LE DOUBLE

ET AUTRES CONTES FANTASTIQUES

La collection Espace Nord est dirigée par un comité composé de Vincent Engel, en sa qualité de directeur de collection, et de Anne-Marie Beckers, Jacques Cels, Sophie Creuz, Jacques De Decker, Christian Libens, Colette Nys-Mazure et Pierre Piret.

Ce livre a été réalisé avec le soutien de la Communauté française de Belgique.

© *Nocturnal, précédé de quinze histoires*, Les cahiers indépendants, Bruxelles, 1919.
© *Réalités fantastiques*, Éditions du Disque vert, Paris-Bruxelles, 1923.
© *Nouvelles réalités fantastiques*, Les Écrits, Bruxelles, 1941.
© *Herbes méchantes et autres contes insolites*, Éditions André Gérard, Verviers, 1964.
© *Le dernier jour du monde*, Pierre Belfond, Paris, 1967.

© 2009 Tournesol Conseils SA – Éditions Luc Pire
Directeur général : Luc Pire
Quai aux Pierres de Taille, 37/39 – 1000 Bruxelles
www.laborlitterature.eu
www.lucpire.eu

Illustration de couverture : © Urbanhearts – fotolia

ISBN : 978-2-507-00178-0
Dépôt légal : D/2009/6840/7

Droits de traduction et de reproduction réservés pour tous pays.
Toute reproduction, même partielle, de cet ouvrage est strictement interdite.

Franz Hellens

Le double
et autres contes fantastiques

Lecture de Michel Gilles

espace nord

Nocturnal, précédé de quinze histoires
(1919)

La courge

Il y a quelques semaines, en me rendant à une mortuaire pour y déposer ma carte de visite, je rencontrai un de mes anciens camarades d'université, avec qui j'avais été assez lié autrefois. Pendant vingt ans, nos occupations très différentes nous avaient tenus éloignés l'un de l'autre. Je savais que Degomez dirigeait une des grandes banques de la capitale. Je me souvenais de lui comme d'un homme froid, d'esprit positif, né pour les chiffres et les affaires, et tout à fait inaccessible aux séductions de la philosophie et de la métaphysique. Je ne le trouvai guère changé. La vie ne semblait pas avoir assoupli la matière rigide de cette nature incapable de s'émouvoir au charme d'une idée.

Cependant, j'avais conservé la mémoire de quelques glorieuses randonnées accomplies avec lui, aux temps héroïques de nos études. Je fus heureux de renouer nos relations et lui proposai de passer le reste de la journée ensemble. Degomez accepta. Nous allâmes déjeuner, comme autrefois, dans une brasserie du Quartier latin. La conversation roula naturellement sur le passé. À la fin, nous en vînmes à parler du hasard funèbre qui nous avait rapprochés. Je me sentis tout à coup l'envie de sonder Degomez pour savoir s'il répugnait toujours aux idées générales et s'il se déroberait, comme autrefois, à toute provocation philosophique.

– Ces départs de l'un de nous pour l'inconnu, dis-je, que nous marquons d'un geste de politesse équivalant au signe de main de ceux qui restent sur le quai, nous obligent de loin en loin à nous souvenir de la seule énigme que l'homme ne peut affronter sans frémir…

– Vous voulez parler de la mort, répondit Degomez. Il ne m'est jamais arrivé de méditer sur ce sujet. À quoi bon, du reste ? Ce serait une pure perte de temps que de s'y attarder, vu que nos suppositions manqueront toujours de ce contrôle qui peut leur donner de l'utilité. Cependant, bien que je n'aie jamais cherché à me faire une conviction quelconque sur ce problème, je sais ce que nous devenons après la mort. Je le sais depuis peu ; je l'ai appris tout à fait malgré moi, et d'une façon vraiment étrange. Je n'ai raconté cette histoire à personne. Je suis sûr qu'on en rirait.

Je priai Degomez de me faire la confidence de cette étonnante découverte. Sur mes instances, il finit par s'exécuter.

– Il y a deux mois de cela, un après-midi, je fumais tranquillement mon havane quotidien, les pieds allongés sur la sultane de mon cabinet de travail, lorsque le domestique m'annonça la visite d'un bon campagnard de mes amis. Je le fis introduire. Il venait tout droit du Midi de la France et son premier soin, en arrivant à Paris, avait été de me voir pour me parler d'une affaire assez importante qu'il projetait. Il apportait avec lui, en même temps que l'exubérance méridionale, un cadeau spécialement destiné à moi. «Devinez ce que c'est!» me dit-il en riant malicieusement, comme s'il cachait quelque drôlerie. Je cherchai vainement ce que cela pouvait être et m'avouai tout de suite vaincu. Cependant, la question de mon ami avait vivement piqué ma curiosité; je le priai de me montrer tout de suite ce cadeau sans doute peu commun qu'il se plaisait à entourer d'un si grand mystère. Mon ami sortit alors, gardant toujours le même sourire ironique aux coins des lèvres; je l'entendis passer dans l'antichambre, et il rentra bientôt, tenant dans les mains un objet dont je ne pus tout de suite définir la nature. Lorsque je l'eus sous les yeux, je vis que c'était une courge sèche, creuse à l'intérieur et accommodée en gourde, munie d'un bouchon en métal et d'une bandoulière de cuir. «Je l'ai cultivée moi-même, me fit observer mon ami. En la regardant grossir, je ne sais pourquoi je me disais que cette courge était à toi et rien qu'à toi. Mais l'idée d'en faire une gourde ne m'est venue qu'après…»

Je remerciai cet excellent ami de sa pensée, sans pouvoir lui cacher ma perplexité devant cet étrange présent. À quoi cette gourde pourrait-elle me servir? Je n'avais jamais été grand voyageur devant l'Éternel. Mon ami jouissait de mon embarras. Je lui assurai que cet objet me paraissait très intéressant. Ensuite je posai la gourde sur mon bureau, et sans transition nous parlâmes affaires.

Lorsque cet homme m'eut quitté, je regardai l'heure. Il me restait vingt minutes avant de me rendre à ma banque. J'allumai un nouveau cigare et repris mes idées à l'endroit exact où je les avais laissées à l'arrivée de mon ami. Tandis que je réfléchissais au travail qui m'attendait, mes regards s'arrêtèrent tout à coup sur la courge et, de ce moment, il me fut impossible de séparer mes idées de cet objet en apparence insignifiant. Il se faisait un étrange travail dans mon cerveau, comme si mes pensées s'unissaient pour retrouver une chose dont j'avais perdu la trace ; et cette chose que je cherchais, que je ne parvenais pas à rattraper, était intimement liée, je le sentais, à cette courge posée là, devant moi. Si puéril que me parût cet intermède à mes combinaisons financières, je ne me sentis pas moins forcé de chercher la solution du rébus. Sans doute, il avait dû m'arriver autrefois d'apercevoir un objet de cette sorte, et sa vue avait coïncidé avec telle circonstance de ma vie qui échappait à ma mémoire. Je me mis à explorer le passé, confrontant quelques-unes de ses phases les plus saillantes avec cette courge, pierre de touche du métal précieux que je cherchais. Mais j'eus beau scruter en arrière, je ne trouvai rien.

Comme je m'efforçais ainsi, fixant toujours des yeux l'objet posé sur mon bureau, je me sentis dériver peu à peu dans une singulière torpeur, et une à une mes idées s'endormirent. Je demeurais bien éveillé pour le reste, mais le cerveau paralysé, incapable de reprendre le plus simple raisonnement. Et soudain, devant moi, dans une sorte de demi-rêve vaporeux, j'aperçus un chemin couvert de poussière, bordé par des arbres et des plantes exotiques, parmi lesquels on pouvait discerner des hibiscus et des palmiers ; la route se déroulait à travers une plaine où paissaient des troupeaux.

Cette vision, qui m'apparaissait comme tout naturellement après les efforts que je venais d'accomplir pour retrouver une chose oubliée, me fit comprendre que tout cela n'était pas un simple jeu du hasard, une diversion facétieuse à la sécheresse de mes travaux ordinaires. Je voulus étendre davantage l'apparition qui se manifestait à mes yeux, et fixai ma volonté en ce sens ; mais l'image disparut brusquement. Je respirai profondément, me frottai les yeux et secouai mes bras engourdis tout en regardant autour de moi. Je ne voyais plus que ma table de travail chargée de dossiers. Après avoir rassemblé quelques papiers épars, je sortis et me dirigeai vers la banque. Avant de pénétrer dans mes bureaux, j'avais complètement oublié mon aventure.

Le lendemain après-midi, mon ami revint me voir vers la même heure, tandis que je me reposais dans mon cabinet de travail. Lorsque je l'eus reconduit jusqu'à la porte, je retournai vers le bureau, allumai un cigare et repris la place que j'avais occupée dans le fauteuil. À ce moment, mes regards tombèrent de nouveau sur cette courge convertie en gourde, qui était restée sur la table. Je me rappelai que la présence de cet objet m'avait procuré la veille une curieuse rêverie et j'essayai de retrouver cette torpeur propice où était née la vision. Mais je m'y appliquai sans succès, et je retrouvai le chemin de mes occupations ordinaires sans plus me soucier de ces imaginations.

Plusieurs fois encore, cependant, à l'heure de la sieste, je m'efforçai de ressaisir le fil de mon étrange vision. Un jour, je m'étais étendu dans le fauteuil, moins calme que d'habitude, préoccupé par l'état d'une affaire importante dont la tournure m'inquiétait. Au lieu de prendre du repos, je voyais croître de minute en minute mon énervement. Comme je songeais à ces choses, je regardai machinalement la courge toujours à la même place, sur mon bureau. À peine mes yeux s'y furent-ils posés que je me sentis entraîné dans cette même torpeur inexplicable qui m'avait envahi quelques jours auparavant. Je m'y abandonnai tout entier, et je vis devant moi un sentier tracé parmi les mêmes végétations tropicales que j'avais aperçues la première fois. Un homme arrivait à ma rencontre ; il passa lentement près de moi. Je voulus le suivre du regard, mais la figure avait disparu et le paysage lui-même s'effaça presque aussitôt. De plus en plus intrigué par cette apparition qui s'imposait à moi en dehors du sommeil, je laissai passer ce jour-là l'heure de la banque ; je demeurai chez moi, occupé tout entier à rassembler les éléments de cet inquiétant mystère et m'efforçant inutilement d'en découvrir la clef.

De guerre lasse, je me décidai à attendre le lendemain, convaincu que la solution s'offrirait d'elle-même. Je pensai aussi qu'il serait peut-être utile de raconter ma vision à quelqu'un ; mais je renonçai à cette idée, car, dès que je me figurais cette histoire ébruitée, elle perdait aussitôt de sa cuisante réalité et je n'apercevais plus devant moi qu'une anecdote ridicule, d'ailleurs dépourvue de sens. Je gardai donc le secret de mon aventure, de peur d'en perdre le charme, espérant la pousser jusqu'en ses sources profondes.

Le jour suivant, il me fut impossible d'en reprendre le cours interrompu, et une semaine passa sans que j'eusse découvert aucun élément nouveau. Enfin, un après-midi, tandis que je considérais la courge avec la volonté bien arrêtée de retrouver la vision qu'elle avait évoquée deux fois déjà, je vis soudain que deux mains s'emparaient de la gourde et l'abaissaient lentement vers une mare d'eau claire pour y puiser; et comme je me baissais moi-même, j'aperçus ma propre image dans le miroir de l'eau. Je ne me voyais pas tel que je me connaissais, mais comme un ermite, une figure de solitaire, hirsute, décharnée, la tête coiffée d'un turban. Je sentais mon cœur battre violemment. Je demeurai sans respiration, craignant d'effrayer par un souffle cette vision qui semblait se développer comme une vapeur, un de ces nœuds de brume blanche qui surgissent d'un sous-bois. Et je vis que la gourde se remplissait d'eau; les mains la ramenaient de la surface et se mettaient à l'agiter. J'entendis le bruit frais du liquide dans le récipient et il me vint aussitôt une grande envie de boire. Cependant, le moine avait placé la gourde en bandoulière et, s'appuyant sur une canne, il s'était remis en marche. Le personnage et le sentier disparurent encore une fois.

J'éprouvais dans toutes les fibres du corps une sensation de soif intense; il me semblait entendre encore le bruit de l'eau fraîche dans la gourde agitée, et ce bruit qui remplissait mes oreilles provoquait en moi une telle nécessité de boire que je me levai pour prendre une carafe posée sur un guéridon et m'en verser un verre d'eau. Mais je compris que ce n'était pas cela qui apaiserait ma soif.

Ce n'était pas la même eau limpide et mouvante que je venais d'apercevoir. Je voulus sonner le domestique ; mais ce n'était pas cela encore. Alors, je pris le verre et me précipitai vers la salle de bains, comme un homme qui sort du désert. Je puisai l'eau vive au robinet, d'une main nerveuse, et bus à grandes gorgées, avec délice.

Depuis, je ne passai aucun jour sans éprouver le désir intense de retrouver cette inquiétante hallucination. Je sentais bien que je n'avais pas tout embrassé et qu'il me restait à vivre cette vision où je m'étais apparu moi-même sous un aspect inattendu. Malgré la volonté que j'apportais dans ce désir et l'émotion que me faisait ressentir la seule présence de cette gourde sur ma table, je restai quelque temps sans pouvoir rattraper l'impression fugitive. Maintenant, toutes mes pensées convergeaient vers ce seul but. J'abandonnais sans scrupule mes spéculations quotidiennes pour me jeter à tout moment vers cette énigme qui m'obsédait. Je cherchais moins à en saisir le sens, la signification profonde, qu'à retrouver cette suite, cette solution, qui me manquait encore et que je commençais à pressentir. Ma curiosité vibrait comme une corde tendue à l'excès, et le désir confina bientôt à la douleur.

Le jour vint où l'émotion reprit sa clairvoyance par trois fois éprouvée. Je venais de m'étendre sur la sultane, les regards dirigés vers la courge. Ainsi couché, dans cette position commode qui me prédisposait à l'engourdissement propice, je me revis sous le costume du vieil ermite en qui je m'étais reconnu. Je me vis devant moi, accroupi ; mon corps ne bougeait pas plus qu'une statue de pierre ;

mes lèvres seules étaient en mouvement, elles prononçaient des mots dans une langue inconnue, mais qui me parurent très clairs, et je saisis sans aucune peine le sens de ce qu'ils disaient :

« *Ce qu'aucun mot ne révèle, ce qui révèle le mot, cela, connais-le vraiment, comme Brahman, non ce qu'on adore ici-bas.*

» *Ce que personne ne pense avec le mental, mais qui pense le mental, cela, connais-le vraiment comme le Brahman, non ce qu'on adore ici-bas.*

» *Ce que nul n'entend avec l'oreille, mais par qui l'ouïe est perçue, cela...* »

J'articulais moi-même les syllabes et, à mesure que les phrases se formaient, je me sentais bouleversé comme si leur signification m'apportait peu à peu la plus étonnante révélation. Je me dressai enfin et prononçai à pleine voix, les yeux écarquillés sur ma vision : « Oui, oui, je sais, c'est ainsi que cela continue... » Je voulus poursuivre, mais il me fut impossible de trouver encore un seul mot.

Les jours suivants, j'eus beau fixer la courge avec mes yeux avides d'hallucination, elle ne me montra plus que la sécheresse de son contour et je ne pus rien distinguer que sa forme insignifiante et banale. Cependant, ma nervosité ne faisait que croître. Je commençais à ressentir une grande faiblesse dans tous les membres. La marche m'était pénible et j'étais incapable de tout travail. Tourmenté par l'idée de la maladie, je fis appeler un médecin. Il ne découvrit aucun signe inquiétant dans mon état et se contenta de me prescrire quelques jours de repos. Ce temps écoulé, me sentant presque remis, je retournai à la banque et je parvins à me raccrocher à mes travaux habituels.

Mais un soir, en rentrant du bureau, je fus brusquement saisi par la fièvre. Tout grelottant, je me déshabillai dans une sorte d'inconscience douloureuse, et me couchai dans mon lit. À peine fus-je étendu, que j'aperçus nettement devant moi l'entrée d'une grotte obscure. Elle était entourée de palmiers et de ces mêmes plantes aux formes étranges que j'avais déjà vues, et je remarquai la terre brune semée de cailloux qui couvrait l'entrée. Ayant baissé la tête, je vis la courge et ma main amaigrie, jaune et tremblante, qui la tenait ; cette main s'efforçait de porter le goulot à mes lèvres, mais vainement ; à chaque tentative, elle retombait lourdement sur le sol. Puis, la vision commença à s'obscurcir, les lignes se brouillèrent, une vapeur brûlante me passa sur les yeux. J'éprouvai dans tout le corps une violente douleur physique qui me tendait les muscles et les nerfs, et de terribles convulsions grouillèrent le long de mes membres que le mal semblait écarteler. « C'est la mort ! » pensai-je. Vraiment, j'apercevais la mort devant moi, dans cette obscurité bouleversée qui couvrait maintenant la vision disparue. Tout d'un coup, dans un dernier effort, je m'arc-boutai sur mon lit, et me dressai. Je pris ma tête entre mes deux mains et, sans comprendre ce qui se passait, toujours plongé dans cette obscurité terrible comme un gouffre, je demeurai quelque temps immobile, insensible, anéanti.

Lorsque j'ouvris les yeux, je vis avec étonnement que j'étais dans ma chambre, couché sur mon lit, entouré des meubles et des objets au milieu desquels j'étais habitué de vivre. Exténué, je laissai retomber ma tête sur l'oreiller et je m'endormis bientôt d'un sommeil profond et paisible.

Je me réveillai, le lendemain matin, à l'heure habituelle. Il me restait le souvenir d'une sorte de cauchemar très agité dont je ne conservais que les lignes saillantes. Au physique, je me sentais tout à fait d'aplomb, la fièvre avait complètement disparu, mon cerveau avait repris son énergie coutumière, si bien que je pus sans peine poursuivre mes travaux de banque, comme si je n'avais jamais été forcé de les interrompre. Le même jour, après dîner, m'étant étendu sur la sultane, je regardai à travers la fumée de mon cigare la courge toujours posée à la même place sur la table. Mais je compris que cet objet ne possédait désormais plus aucun pouvoir; il m'était devenu presque étranger, et je m'étonnai qu'il eût pu produire une telle impression sur mes pensées. Je pris la courge dans mes mains et la retournai en tous sens. « Que c'est laid et vulgaire ! » pensai-je très sincèrement. « Pourtant, il faudra que je conserve cette courge en souvenir... En souvenir de quoi ? » J'essayai vainement de fouiller ma mémoire. Mais je me mis à rire tout à coup : « C'est bien simple, poursuivis-je, en souvenir de cet ami qui m'en a fait présent ! » Et je continuai à rire, quelques instants encore, bruyamment.

La courge fut reléguée dans une armoire.

Il y a peu de jours, afin de consulter des papiers dont j'avais besoin, j'ouvris le tiroir où gisait le souvenir. La vue de cet objet me rappela l'étrange vision qu'il avait éveillée en moi, quelques semaines auparavant, et je pus y réfléchir cette fois froidement. Je constatai que j'avais gardé une image très nette de ces choses, mais je ne voulus pas m'attarder longtemps à ces rêves issus sans aucun doute d'un état morbide de mon cerveau surchauffé par l'accumulation des affaires dont j'avais eu à m'occuper à cette époque. Pourtant, cette explication fut rejetée aussitôt et complètement anéantie par un fait imprévu. En effet, je me souvenais fort bien des paroles prononcées par le vieil ermite dans cette langue que je ne connaissais pas; je pus les réciter tout haut, sans en omettre une seule syllabe, telles que je croyais les avoir entendues au cours de ma vision. Extrêmement frappé par cette mémoire qui semblait conférer la vérité à ce que j'avais pris pour un fantasme, je pensai que ces paroles au sens profond n'étaient peut-être que la traduction d'un de ces innombrables poèmes orientaux d'où elles paraissaient tirer l'origine. J'interrogeai là-dessus l'un de mes amis, très versé dans les arcanes de la littérature et de la liturgie brahmaniques. À mon énorme surprise, j'appris bientôt que les versets qui m'avaient été révélés n'étaient autres qu'un passage tiré mot pour mot du livre hindou des *Entretiens dans la forêt, Le Keno panishad (1. 4, 5, 6.).*

Voilà. Ne riez pas. Je sens, je suis convaincu que je fus moine et ermite, quelque part, sous le soleil, avant d'être banquier. J'ignore sous quelle forme je reparaîtrai ailleurs, après cette vie. Mais je sais qu'une suite d'existences diverses m'attendent encore au sortir de celle-ci.

Il est regrettable que tous les hommes qui pensent et s'inquiètent ne reçoivent pas comme moi quelque courge pour leur révéler ce que la réflexion et toute la philosophie du monde ne pourront jamais leur apprendre.

La dame en noir

Je venais de monter dans un compartiment de première classe de l'express de Marseille, et je m'employais à caler mes valises parmi la charge du filet déjà très encombré, lorsque je me sentis violemment frapper dans l'omoplate. Un monsieur, occupé à la même besogne que moi et qui me tournait le dos, venait par mégarde de me planter son coude entre les épaules. Il s'empressa de s'excuser. Nos deux visages demeurèrent un moment face à face. Ma mauvaise humeur me quitta aussitôt car, dans cette figure bien portante et sereine qui me regardait, je venais de reconnaître un Russe que j'avais rencontré assez souvent à Monte-Carlo, l'hiver précédent. Seulement, je me souvenais qu'en ce temps-là le visage de cet homme était pâle, déprimé ; il présentait tous les signes d'une nervosité excessive, qui distinguent les joueurs incurables.

Je lui tendis la main et le félicitai de sa bonne mine. Il s'assit près de moi. Lorsque le train se mit en branle, la conversation était engagée. Je lui demandai s'il jouait toujours.

– Ah ! non, me dit-il. J'ai rompu définitivement avec le jeu. C'est, du reste, une histoire assez drôle. Vous connaissez aussi bien que moi la roulette : une vieille coquette qui donne sans compter à ceux qui sont gais et qui n'en ont pas besoin. Moi, j'étais triste à cette époque, et j'avais mes raisons. Je venais de quitter à grand-peine la Russie en pleine révolution, emportant avec moi tout mon capital, quinze mille francs, que je comptais placer dans une entreprise de commerce quelconque, à Bordeaux ou à Marseille. Descendu dans cette dernière ville, je fis la connaissance d'un financier qui me proposa une affaire assez sérieuse. Je partis pour Nice où il habitait. En attendant son retour, les circonstances me poussèrent à Monte-Carlo, pour la première fois de ma vie. Le jeu me tenta. Ce jour-là, j'y laissai cent francs. Le lendemain, je retournai au casino, afin de réparer cette perte. Je rapportai mille francs après une heure d'opérations d'abord indécises. Comptant que j'avais neuf cents francs à perdre sans scrupule, puisqu'ils n'appartenaient qu'au hasard, je me remis à jouer le jour suivant. Mais la chance, cette fois, me fit faux bond, et je perdis deux mille francs de mes économies. Comme mon commanditaire ne devait rentrer à Nice que dans un mois, je continuai à jouer chaque jour, décidé cependant à renoncer à la roulette lorsque j'aurais reconstitué mon capital.

» L'ensorceleuse se moquait visiblement de moi. Quand j'arrivais presque au bout de mes ressources et que les derniers jetons me brûlaient les doigts, je me mettais à regagner une bonne partie de la somme perdue ; quand je me croyais sur le point de reprendre la totalité de mon capital, le hasard me faisait la grimace et je perdais de nouveau.

» Je devins un joueur à calculs. Je ne rêvais que combinaisons ingénieuses, changements de tactique ; j'inventais des méthodes inédites, des systèmes de pure mathématique. Je prétendais enlever la roulette, à force de ruse et de réflexion, comme un vulgaire jeu d'échecs. Chaque jour, je couvrais de chiffres les bulletins que j'emportais en entrant. Comme aucun de mes plans ne me procurait la fortune, je m'en remis, de guerre lasse, simplement au hasard. Mais la chance continuait à me bouder.

» C'est à cette époque que je vous rencontrai. Bien des fois, nous nous croisâmes dans la salle des pas perdus ; je sortais les poches vides, les joues creuses, crispant les doigts ; vous entriez, incertain encore du courant. De l'homme pratique que je représentais en arrivant dans cette ville, j'étais devenu le plus indécis et le plus superstitieux des joueurs. Avec une anxiété puérile, j'observais, je guettais les mille incidents, les particularités fugitives qui semblent orienter la chance et la malchance. Les joueurs de profession n'omettent aucune de ces opportunités ; elles sont comme l'aiguille aimantée de la boussole. J'avais remarqué, notamment, parmi les habitués de la salle, une dame en noir dont la présence opérait sur mon jeu comme un sort. Chaque fois qu'elle passait près de moi, avec son regard triste et fatigué, si je reprenais la partie, je gagnais à coup sûr.

» Un jour pourtant, le malheur me précipita jusqu'à la débâcle. Je quittai le casino, serrant dans ma poche le dernier lambeau de mon capital, un jeton d'un louis. Aveuglé par ma déveine, je traversai la terrasse, puis le jardin public, et je m'avançai jusqu'au-delà du pont du chemin de fer, d'où j'aperçus soudain la mer bleue, comme en me réveillant. Longtemps, sans pensée, je regardai les vagues qui s'effaçaient et renaissaient. Puis, comme le soleil baissait déjà, je revins sur mes pas. J'errai quelque temps dans le jardin, sous le feuillage raide des ficus, les yeux rivés au chemin comme pour y découvrir le fil égaré du bonheur. Je finis par m'arrêter dans cette étroite rotonde où se dresse une cage habitée par un couple de tourterelles. Là, je m'assis sur un banc, et, la tête entre les mains, j'attendis. Les roucoulements des oiseaux s'élevaient au-dessus de moi comme une plainte déchirante. Je sentis jusqu'au fond de mon être l'écho de cette douleur aérienne qui semblait répondre à ma propre détresse. Bouleversé, plein de rancune contre moi-même, je versai des larmes amères et je me reprochai ma faiblesse, cet entraînement stupide qui m'avait acculé à la ruine. Tout était fini ; je ne voyais plus rien devant moi. J'aurais pu vivre heureux de mon travail, et maintenant, qu'allais-je devenir ?

» Tandis que je me perdais dans ces méditations, je regardai instinctivement le chemin du casino, et j'aperçus la silhouette de la dame en noir qui marchait de ce côté. Soudain, la certitude que la chance s'était brusquement tournée vers moi surgit dans mon esprit. Je me levai et me dirigeai tout droit par le chemin à la suite de cette femme. Dans la salle de jeu, je m'approchai de la première table ; au hasard, je fis rouler mon jeton sur le tapis vert. La fiche rouge s'étala sur le numéro 2. Puis je détournai la tête et cherchai, parmi la foule des joueurs, la dame en noir dont la présence m'avait ramené à la roulette. Je l'aperçus au fond de la salle, tournée de dos, devant la table du trente et quarante. J'entendis vaguement la mélopée du croupier :

» – Rien ne va plus...

» Après un moment, la mélopée reprit sur le même ton :

» – Deux, noir, pair et manque...

» Nullement étonné, d'une voix tranquille mais qui ne semblait plus m'appartenir, j'ordonnai de mettre le maximum sur le 2, en plein, et le maximum à cheval sur le 0 2. Je glissai le reste du gain négligemment dans ma poche, et mes yeux distraits cherchèrent de nouveau ma dame en noir.

» Je n'éprouvai pas la moindre surprise lorsque la voix du croupier annonça que le 2 sortait derechef. Calmement, mais d'une voix qui me parut plus étrangère encore, je prononçai :

» – Maximum sur les trois autres chevaux du 2, trois transversales pleines, première transversale simple et deux premiers carrés, tous maxima.

» On m'avait rendu environ six mille francs. Je gardai cette somme dans ma main et dirigeai mes regards sur la dame en noir. J'avais à peine remarqué l'émotion qui commençait à agiter les spectateurs de la table. Pendant ce temps, un autre croupier avait pris la place du premier. Comme si cette nouvelle voix se bornait à proclamer la vérification de mes pensées, je l'entendis, sans le moindre trouble, annoncer pour la troisième fois :

» – Deux, noir, pair et manque...

» On m'avait remis plus de soixante-douze mille francs, au milieu des applaudissements du public. À ce moment, je me sentis une légère nervosité dans les doigts. Je plaçai les billets dans mon portefeuille, puis les retirai. Je n'étais plus maître de mes mouvements. On changea de nouveau de croupier. Je me souvins au dernier moment que je n'avais pas ramassé mes douze mises maxima. Comme je voulais les reprendre, la voix du croupier prononça le « rien ne va plus ».

» Ce fut encore le 2 que la bille indiqua pour la quatrième fois.

» Le bruit des applaudissements avait attiré de nombreux joueurs à ma table. Je me sentis le héros de cette foule qui me regardait par tous ses yeux brillants et envieux. Je repris alors ma mise entière et fis changer tous les jetons. Puis, les mains pleines de grands billets, sans savoir ce que je faisais, je me promenai autour des tables. En ce moment, les sens extraordinairement tendus, je perçus pour la première fois l'étrange ensemble des bruits de la salle. Ils se fondaient dans une sorte de ruissellement sec, à la fois glissant et brutal. Je cherchai des yeux la dame en noir parmi les groupes qui se reformaient ; je ne pus la retrouver. Mais, en passant près d'une table, je remarquai qu'une chaise restait inoccupée. Comme si cette place était la mienne ou qu'elle m'eût été réservée par quelque attention bienveillante, je m'y installai aussitôt ; je déposai mes billets devant moi et recommençai à jouer grand jeu. Le croupier m'était sympathique, j'avais coutume de choisir la table où il opérait, parce que je prétendais connaître assez bien sa façon d'animer la roulette. Mais, cette fois, mes calculs me trompèrent ; ou bien fus-je trahi par ma nervosité. Après une demi-heure de guigne, de chute en rechute le monceau de billets s'était entièrement fondu. Je remuai mes poches ; dans l'une d'elles, je trouvai encore un louis. Je le jetai, le râteau l'emporta. Quelques pièces de monnaie restaient dans la poche de mon pantalon ; mais il n'y avait plus seulement de quoi faire une mise.

» D'un œil hébété, je regardai quelque temps encore tourner la roulette, puis je me levai et je sortis.

» Il me restait tout juste assez d'argent pour prendre le tramway. Je montai. Pendant une partie du trajet, je demeurai immobile ; j'étais figé dans une totale inconscience. Je ne voyais rien, mon cerveau était vide. Le mouvement monotone de la voiture semblait accentuer ce marasme de l'âme et de l'esprit.

» Tout à coup, un souvenir me tira de cette torpeur. Je me rappelai que j'avais reçu une lettre, ce matin ; comme j'étais en retard, j'avais glissé l'enveloppe dans mon veston, et j'avais oublié de la couper. Je fouillai fébrilement mes poches, sans la trouver. J'ouvris alors mon portefeuille. Ma surprise fut énorme, je ne pus croire à ce que je voyais : plusieurs billets de banque étaient tombés sur mes genoux. Je ramassai l'argent et comptai : il y avait quinze mille francs, exactement. Comment cette fortune se trouvait-elle là, à ma portée, alors que je me croyais entièrement rincé ? Après toutes sortes de suppositions invraisemblables, je me souvins du moment où, devant la table de jeu, j'avais placé l'argent gagné dans mon portefeuille et l'en avais aussitôt retiré.

Dans mon énervement, j'y avais sans doute laissé ces billets. Un simple hasard voulait qu'il restât juste la somme que j'avais emportée en me rendant en France.

» La lettre était également dans le portefeuille. Elle était datée de Nice et contenait un mot de ce financier que j'avais rencontré à Marseille; il m'y exposait les conditions définitives de l'opération pour laquelle j'étais allé le trouver. Elles me parurent avantageuses et très acceptables, puisque j'avais récupéré la totalité de mon capital.

» Voilà mon histoire. Mes affaires marchent à merveille. Ma santé s'est rétablie, et j'espère que le démon du jeu m'a définitivement lâché. »

Un crime incodifié

Elle n'avait pas la mine gaie, cette petite gare de province où j'étais obligé d'attendre le train pour Paris. Je rentrais d'une partie de chasse, et, comme j'avais oublié l'heure exacte du train, j'étais arrivé beaucoup trop tôt. Éreinté par l'exercice, je m'assis sur un banc, devant les rails, et regardai d'une humeur peu résignée le va-et-vient de deux ou trois employés qui se livraient nonchalamment à leur besogne réglée. Les seules distractions qui me visitèrent pendant le premier quart d'heure d'attente furent l'arrivée d'une paysanne assez laide qui déposa ses bagages près des miens, et l'amorce, vite étouffée du reste, d'une querelle entre mes deux chiens. Des pigeons roucoulaient sur le toit. Devant le mur d'en face, quelques roses trémières balançaient leurs tiges ; et c'était tout le mouvement de cette petite gare au visage banal et paresseux.

Je commençais déjà à perdre patience, lorsque la sonnerie électrique annonça le passage d'un train pour Orléans. Un long convoi, traîné par une asthmatique locomotive, se montra bientôt et fit un arrêt ponctué par un affreux crissement d'essieux. En regardant monter la paysanne, je songeai douloureusement qu'il me fallait attendre encore plus d'une heure dans les poussières de cette gare. Le train sifflait déjà. À ce moment, un voyageur débarqua d'une des voitures et sauta trop précipitamment sur le quai ; je vis le contrôleur s'élancer derrière lui. L'employé paraissait agité et discutait avec le voyageur ; tandis qu'il remontait sur le marchepied du train qui s'était remis en marche, j'entendis qu'il prononçait des paroles irritées à l'adresse des individus qui se permettent de pénétrer dans le train sans billet. Les derniers wagons défilèrent lentement, et la gare retomba aussitôt dans sa torpeur d'après-midi provincial. Il ne restait qu'un homme de plus, cet inconnu rejeté du train au passage.

D'ennui, je me mis à observer ce nouveau personnage. Il marchait nerveusement, la tête baissée, le long du quai. Quand il passa devant moi, je fus étonné de reconnaître dans ce voyageur un écrivain que j'avais rencontré deux ou trois fois chez des amis, il y avait plusieurs années de cela. Je savais que ses débuts s'étaient manifestés avec quelque éclat ; mais depuis deux ans au moins aucun livre nouveau n'avait paru pour soutenir sa réputation. J'avoue que je fus choqué par sa tenue vraiment loqueteuse ; son visage était pâle, presque méconnaissable. Un moment, je me demandai s'il fallait lui parler ou détourner les yeux. Mais je m'aperçus presque aussitôt que, de son côté, le voyageur m'avait reconnu. Il eut le même geste de recul que moi ; sans doute avait-il remarqué mon indécision. Mais comme nos regards se rencontraient, il se décida à s'approcher. Nous nous saluâmes. Légèrement embarrassé, je lui demandai comment il allait, afin d'engager la conversation.

Sans aucune transition, pour toute réponse, il me dit avec un geste violent, exagéré :

— Il faut que j'arrive ce soir à Orléans ! Il le faut, il le faut, je dois le tuer…

Surpris d'une pareille apostrophe, je m'exclamai :

— Qui donc voulez-vous tuer ?

— Cet imbécile, ce voleur de Gommery !

— Gommery ? Que vous a-t-il fait ?

— Ah ! poursuivit le voyageur, d'un ton qui me parut emphatique, vous ne pouvez soupçonner la tragédie de ma vie. C'est une chose horrible, stupide, inouïe, oui, stupide, stupide…

Je le priai de s'asseoir et de me raconter tout de suite le drame dont il parlait. Mais il demeura debout et commença son histoire, sans cesser de marquer un pas nerveux et saccadé. Je ne pus supporter ce mouvement. Je priai l'étrange personnage d'accepter un vermouth et nous nous attablâmes au buffet de la gare. Après quelques verres de cette liqueur réconfortante, il se calma un peu et reprit son récit :

— Il y a deux ans environ, je répondis à l'invitation d'un de mes amis, Jacques Ducros, chez qui nous nous rencontrâmes quelques fois depuis. Il avait organisé une séance de spiritisme. Cette perspective me tentait ; j'espérais trouver là quelques éléments intéressants pour un nouveau livre que je projetais. Mais la soirée ne donna presque aucun résultat. Après un dîner très bien servi, échauffé par d'excellents vins, je déclarai dans la conversation qu'il était fort incommode, même impossible pour un écrivain qui n'était pas né stérile, de réaliser tous les projets qui naissaient dans son esprit. Je me sentais en possession d'une multitude d'idées originales, mais le temps me manquait pour leur donner la forme et la vie. Aucun des convives n'ignorait que mes premiers livres avaient fait un certain bruit. On se mit à discuter la question. Chacun à son tour me proposa des moyens « pratiques » afin de réaliser rapidement mes projets. On me conseilla de prendre un sténographe, de confier mes paroles au cornet d'un gramophone, et quelques autres avis du même goût. Je répondis qu'aucun de ces moyens n'étaient suffisants : il importait que mes idées fussent notées instantanément, à la seconde même de leur formation dans mon cerveau. Pour moi, c'était là l'unique façon convenable de procéder.

» Ducros, grand clerc, comme vous le savez, en matière d'occultisme, me fit observer très sérieusement que cette méthode n'était pas inexécutable. Il s'agissait de découvrir un sujet qui posséderait un appareil mental assez subtil pour entrer en communication avec mon cerveau et noter aussitôt mes pensées. Toute l'assistance répondit en plaisantant que le système était assurément des plus simples. Parmi les invités, se trouvait un personnage que je voyais pour la première fois. Je le connaissais un peu de nom ; c'était un de ces barboteurs de lettres, de ces piètres esprits condamnés à perpétuer leur indigence dans les mares du journalisme. J'avais lu sous sa signature quelques nouvelles absolument dépourvues de talent, dans je ne sais plus quelles feuilles éphémères du boulevard. Cet homme s'adressa à moi, et, avec une obséquiosité qui me choqua, me servant du « maître » à bouche que veux-tu; il me déclara qu'il serait très flatté s'il pouvait m'être utile, qu'il se présentait pour tenter l'expérience proposée. Deviner et noter la moindre de mes pensées serait déjà pour lui le plus grand honneur…

» Peu satisfait des résultats médiocres qu'il avait obtenus au cours de la séance, Ducros saisit l'occasion qui se présentait d'essayer une nouvelle performance psychique; il insista vivement pour qu'on se livrât tout de suite à cette épreuve. Il pria Gommery – car c'était lui – de s'étendre sur un divan, la tête appuyée au dossier et les pieds allongés. Je pris sa main droite avec ma gauche, et j'appuyai les doigts de ma main droite sur sa nuque. Ducros me dit de fixer le sujet dans les yeux tout en lui suggérant qu'il devait savoir ce que je pensais; quant à lui, il fallait qu'il pensât de toutes ses forces qu'il savait ce que je pensais. Il y eut d'assez longues tentatives infructueuses. Ces efforts de volonté me lassèrent; je voulus cesser les expériences. Mais Ducros, dépité, s'obstinait, me suppliait de poursuivre l'essai jusqu'au bout. Il proposa de varier la méthode; Gommery se tiendrait cette fois dans une pièce voisine et noterait par écrit une pensée que je lui suggérerais. Je me prêtai à cette nouvelle expérience, et afin d'éviter toute confusion, j'écrivis moi-même sur une feuille de papier la pensée que je voulais transmettre au sujet. Peu de temps après, au milieu d'un silence profond, Gommery entra. Il avait jeté quelques mots sur son papier, mais ils n'avaient aucun rapport avec ma pensée; pourtant, la deuxième ligne de cet informe document contenait une chose qui parut très drôle aux assistants, et qui, pour ma part, me frappa vivement. Tout en griffonnant ma pensée sur le papier, j'avais songé : « Gommery n'est qu'un sot, il ne fera jamais rien. » Cette phrase était reproduite, mot pour mot, dans la deuxième ligne du papier de Gommery. Je me mêlai à l'hilarité générale qui accueillit cette révélation. Tout le monde crut à une plaisanterie et l'expérience fut classée sans résultat. Je quittai la maison de Ducros ; en route, j'avais oublié la séance.

» Rentré chez moi, je me mis tout de suite au travail. J'avais l'habitude de consacrer une partie de la nuit à écrire. Je tenais dans la tête le plan d'une nouvelle que j'avais longuement mûrie ; j'en apercevais clairement les moindres détails, il ne me restait plus qu'à la fixer par l'écriture. Je voulus commencer ce travail ; mais, lorsque j'eus pris la plume, je ne pus trouver que quelques mots dépourvus de sens, et vainement je m'efforçai d'aligner une phrase intelligible. Le sujet de ma nouvelle, la forme, les personnages, tout avait disparu. Je me levai et fis quelques pas autour de mon cabinet pour me dégourdir. Je sentis bientôt que ma nouvelle se reformait tout entière dans mon cerveau ; les idées, les images même, se classaient à la suite avec l'ordre voulu. Je me rassis, repris la plume ; mais l'étrange phénomène se répéta. Tout se fondait dès que j'essayais de formuler mes idées.

» Je me passai la main sur le front ; il était brûlant. Sans doute, bien que je ne sentisse plus aucune fatigue, cette séance d'occultisme m'avait-elle énervé, et c'était cet état qui m'empêchait de fournir, ce soir-là, un travail sérieux. Je me couchai, sans autre inquiétude.

» Mais le jour suivant, l'effet bizarre observé la veille se représenta. Immanquablement, lorsque je travaillais mon thème au mental, étendu sur mon sofa, les idées s'amenaient, rapides, justes, parfaitement ordonnées. Mais dès que j'essayais de les fixer par la plume, elles disparaissaient comme la plus ténue des illusions. Je fis venir un sténographe et voulus dicter mon sujet. Le résultat fut malheureusement identique. Il m'était impossible même de réaliser mes idées au moyen des paroles.

» Absolument bouleversé par cet événement, je ne pus trouver d'autre explication à ce fâcheux contretemps que la fatigue nerveuse, une forme d'anémie, qui annihilait momentanément les facultés de ma volonté sans affecter le cerveau. Jugeant qu'un repos total m'était nécessaire, je partis pour le Midi, résolu à laisser tout travail jusqu'à mon complet rétablissement.

» Pendant de longues années, mon cerveau s'était accoutumé à construire sans relâche. Le nouveau milieu où je me trouvais maintenant, le climat différent, les distractions pittoresques dont j'étais entouré, d'autres habitudes aussi, rien ne put m'empêcher, tout en me reposant, de concevoir le plan de quelques œuvres nouvelles. À la promenade, dans la foule des casinos, ou assis devant la mer bleue, je pus sans aucune fatigue élaborer le plan de plusieurs histoires, et je m'amusai à les pousser chaque jour jusqu'en leurs derniers replis.

» C'est ici que commence mon épouvantable tragédie. Le mot n'est pas trop fort, vous allez le voir. Un après-midi, je venais de me procurer selon mon habitude les principaux journaux parisiens. Je les parcourus rapidement, ne m'arrêtant qu'aux rubriques qui m'intéressaient; mes regards rencontrèrent dans l'un d'eux le nom de Gommery. Ne trouvant rien de mieux à faire, je me mis à lire l'élucubration qui portait sa signature. Je ne pus croire mes yeux; ce que je lisais, c'était une des nouvelles que j'avais construites ici, sur la Riviera; toutes mes idées y étaient et jusqu'aux phrases que j'avais mentalement alignées. Dans une agitation croissante, les jours suivants, je dépliai fébrilement mes journaux habituels et je m'en procurai d'autres que je ne lisais jamais. Je trouvai une à une, sous la même signature, toutes les nouvelles que j'avais imaginées depuis mon incapacité d'écrire.

» Je n'hésitai plus, et je repris immédiatement le chemin de Paris. Dès mon arrivée, je recherchai l'adresse de Gommery. Je courus chez lui. En m'apercevant, cet homme manifesta une heureuse surprise de me revoir; il me salua trop bassement et renouvela ses obséquiosités dont il m'avait gratifié chez Ducros. Je ne savais au juste comment formuler mes griefs. Cette séance de spiritisme, où je le rencontrai, me servit de prétexte; je l'interrogeai ensuite aussi discrètement que je pus sur ses travaux, et lui parlai des nouvelles qu'il venait de publier; les sujets me paraissaient fort intéressants, j'étais curieux d'apprendre comment l'idée lui en était venue. Enfin, je lui déclarai tout court le cas étrange qui se présentait. Gommery se montra très embarrassé; il me sembla du moins. Il me répondit que la coïncidence était en effet bizarre ; il était désolé de cette contrariété qui me frappait, et, afin de m'être agréable, il partirait pour quelque temps en Bretagne, il s'isolerait, ne penserait pas à moi.

» Nous nous quittâmes en bons termes. Cependant, mon état ne s'améliorait pas. J'espérais toutefois que je pourrais reprendre à la longue mes travaux. En attendant ma guérison, je combinai un grand roman dans la solitude de mon cabinet. C'était une œuvre qui devait me procurer d'un coup la célébrité et la richesse. Je le savais, j'en étais convaincu. Pendant un mois, j'en réglai toutes les parties, je fouillai ses moindres motifs. Ces semaines-là furent les plus heureuses de ma vie ; je me sentais comme l'architecte qui équilibre le plan d'un fabuleux palais.

» Un de mes amis m'avait conseillé de faire une cure d'hydrothérapie. Je m'y livrai avec toute la ponctualité nécessaire et me jetai en même temps avec fureur dans la pratique de quelques sports, afin de retrouver cette énergie qui m'avait permis autrefois d'entreprendre tant de travaux. Un jour, rentrant d'une excursion à cheval au Bois de Boulogne, je mis pied à terre et continuai ainsi ma promenade. Arrivé sur le boulevard, je m'arrêtai devant la vitrine d'un libraire. Parmi les romans nouveaux exposés, j'en aperçus un dont le titre littéralement me foudroya. C'était celui même du grand roman que j'avais imaginé avec tant d'ardeur, un si vigoureux élan, et la couverture portait tout en haut, en gros caractères, le nom de Gommery. De Gommery ! Figurez-vous ma stupeur. Je me précipitai dans la librairie et achetai un exemplaire. Je déchirai les pages avec le doigt. Cet imbécile m'avait volé, grugé. Toute mon œuvre était étalée là, les chapitres, les paragraphes, à la suite, tels que je les avais classés dans mon cerveau : les idées, la couleur, les images, et jusqu'à certains mots qui m'étaient venus à l'esprit pour marquer le ton d'un passage… Je me souvins d'un détail assez gauchement conçu ; il se trouvait reproduit avec la même maladresse à l'endroit qu'il occupait dans ma mémoire.

» Plein de fureur, je me fis conduire le soir même à l'adresse de Gommery. Il avait, me dit-on, changé de domicile. J'appris bientôt qu'il avait quitté Paris et qu'il se trouvait en ce moment en Australie, invité à faire une tournée de conférences dans différents pays. Cette nouvelle m'atterra. Je me rendis alors, dans une sorte d'affolement, chez Ducros, dont la curiosité de psychiatre avait involontairement causé mon malheur. Il refusa d'abord de me croire et me dit ensuite qu'il serait facile de vérifier mes prétentions en faisant, chez lui, une nouvelle épreuve de l'expérience qui avait échoué la première fois.

» À cette époque, je n'avais plus rien publié depuis longtemps. Ma situation matérielle était devenue très précaire, par suite des dépenses successives qu'avaient exigées mes voyages et la vie de sports à laquelle je m'étais adonné. Je rassemblai mes efforts pour rejeter désormais toute idée littéraire. Mais mon cerveau affamé, rompu du reste aux spéculations de ce genre, se remit presque malgré moi à combiner diverses nouvelles, un roman, puis un autre. Il m'était toujours impossible de les écrire. Entre-temps, je ne rêvais qu'au retour de mon adversaire. Il fallait le confondre, crier l'erreur au monde, et briser enfin cet ensorcellement.

» Ce fut presque avec résignation, tant je m'y attendais, que je vis successivement paraître aux vitrines des libraires, dans les grands périodiques et les journaux, toutes les nouvelles et les romans que j'avais imaginés. Le nom de Gommery éclatait partout, la critique ne pouvait suffire à son éloge ; je le vis proclamer un écrivain de génie, le plus grand créateur de l'époque !

» J'ai commencé à boire, pour oublier. Je suis tombé peu à peu dans une misère sans issue.

» Il y a peu de temps, j'appris que Gommery était rentré de voyage. J'allai tout de suite sonner chez lui. Il refusa de me recevoir. Je lui écrivis ; s'il était homme d'honneur, il se soumettrait à une nouvelle épreuve dans le salon de Ducros. Je ne reçus même pas une réponse. Je me rendis chez Ducros pour lui reparler de l'affaire. Cet homme abominable m'éconduisit sans ménagement, en me priant de laisser en paix son excellent et célèbre ami, Antoine Gommery…

» Je suis un homme perdu, tout à fait fini. Je ne vois qu'une solution : supprimer mon ennemi, le tuer. Si vous avez compris mon malheur, donnez-moi un peu d'argent pour aller à Orléans où cet homme s'est installé dans un château magnifique, dans le luxe… »

Il me tendait la main. Il me regardait avec des yeux suppliants. Très ému par ce récit, je m'efforçai cependant de lui expliquer qu'il avait tort ; il ne pouvait rien, Gommery ne se laisserait pas approcher, ses domestiques étaient prévenus. Il me répondit qu'il le tuerait dans la rue. Je lui fis observer que son adversaire avait à sa disposition des autos, il serait impossible de le rejoindre. Du reste, la police se mêlerait bientôt de l'affaire. Toute la société serait contre l'assassin. Mais il renouvela ses supplications sans rien entendre. Tout ce que je pouvais faire pour lui, c'était l'inviter à aller trouver l'un de mes amis, psychiatre avisé, qui l'examinerait volontiers. Ce docteur habitait justement Orléans.

Je lui donnai de l'argent pour la route. À ce moment, mon train arriva et je quittai le malheureux écrivain.

Jusqu'à présent, je n'ai entendu parler ni de la mort de Gommery ni de nouveaux travaux de l'auteur si étrangement dépossédé. Je me suis informé auprès de ce docteur d'Orléans à qui je l'avais recommandé. Il m'a répondu qu'il n'avait jamais reçu sa visite.

La divinité indoue

Nadajan était un de ces hommes doués d'une intense vitalité extérieure, et qui semblent créés pour l'entretien d'une joyeuse camaraderie, comme certains êtres, jadis, aux temps primitifs, pour la garde et l'activité du feu. La vivacité orientale pétillait dans toute la personne de cet Arménien. Sa présence était une continuelle illumination dans notre société dont il incarnait l'esprit et le sourire.

Deux forces s'alliaient dans sa nature, l'une et l'autre supérieures : une extrême douceur animée par une parole qui jaillissait de l'âme et nous communiquait son charme musical ; et ce pouvoir non moins précieux qu'il avait de rompre les moments pénibles, les mauvais silences, de relever les conversations languissantes par d'inénarrables plaisanteries, d'immenses farces.

Tous, nous l'aimions. Nous ne pouvions nous passer de lui. Nadajan possédait tous les dons, et au plus haut point cette ardeur multiple, commune aux êtres de sa race, qui le faisait s'égaler dans les directions les plus opposées. Il était peintre, musicien, philosophe, et sa générosité faisait de lui, à son insu, le plus authentique des philanthropes. Les improvisations au piano, dont il nous enchantait souvent, sont demeurées parmi les souvenirs les plus vivants que j'ai conservés de cet ami : c'étaient des moments d'euphorie suprême ; je comprenais alors de quelles actions extraordinaires Nadajan était sans doute capable.

Notre ami vivait principalement des leçons de piano qu'il donnait dans quelques familles bourgeoises de la ville. Il n'avait aucune peine à s'en procurer ; on venait au-devant de lui et il était accueilli partout avec la même faveur, car sa réputation d'homme divertissant et spirituel avait fait du chemin.

Il y a un an, après une absence assez longue à l'étranger, je revis Nadajan et lui demandai des nouvelles de nos amis. Il me dit que plusieurs d'entre eux avaient quitté la ville pour se fixer soit en province soit à l'étranger.

– Quant aux autres, ajouta-t-il, je ne les revois que rarement…

Cette réponse m'étonna.

Quittant brusquement ce sujet, Nadajan se mit à me conter, avec sa vivacité habituelle, une vague histoire de sculpture indoue aperçue quelque part, et dont l'extrême beauté l'avait ébloui. Je fus assez surpris de la confusion qu'il mit dans l'expression de son admiration de cette œuvre d'art : il me parut bouleversé. Devant cette attitude imprévue, je voulus l'interroger pour en savoir plus sur ce sujet. Mais il me tourna brusquement le dos et s'éloigna sans me serrer la main.

Quelques jours plus tard, je retrouvai un de nos amis, qui n'avait pas quitté la ville. Les nouvelles qu'il me donna au sujet de Nadajan furent déplorables. J'appris que cet homme, qui nous avait tenus si souvent sous le charme de son caractère et de sa parole, était devenu ombrageux et inquiet. Il s'était jeté dans le jeu, buvait, se plaisait à des relations inavouables ; enfin, on parlait d'une liaison avec une femme de mœurs plus que douteuses, qui aurait entraîné notre ami dans une voie dont il ne saurait se tirer que flétri et déshonoré.

Ces nouvelles me remplirent de stupéfaction. J'avais peine à y croire. Ma surprise redoubla quand, un matin, je trouvai dans mon courrier une lettre de Nadajan. Il me priait instamment de venir le voir, sans tarder. Le ton du billet cachait mal une sorte de supplication. L'écriture était presque indéchiffrable, des mots intervertis ; des lettres avaient sauté sous la plume. Tous les signes graphiques d'une excessive nervosité. Nadajan, c'est certain, avait grand besoin de mon aide. Je me hâtai d'aller le voir à l'adresse indiquée.

Je trouvai l'Arménien étendu sur un misérable lit, dans une mansarde obscure et d'aspect sordide. Je ne voyais que son visage, mais c'était celui d'un spectre, le spectre de cette radieuse physionomie qui nous avait autrefois illuminés. Ses joues, deux cavités pleines d'ombre, ses lèvres privées de sang. La peau se montrait jaunie, et les yeux, luisants de fièvre, faisaient peur à voir.

Je m'empressai auprès de lui et lui pris les mains. Elles étaient décharnées et brûlantes. Je ne trouvais rien à lui dire. Mais Nadajan remua la tête. Il retira ses mains et m'indiqua du doigt un escabeau à côté du lit.

Puis il me conta sa triste histoire. Cette voix aussi, je ne pouvais la reconnaître.

Il y avait quelque temps, me dit-il, il avait remarqué à la vitrine d'un antiquaire une sculpture hindoue représentant le dieu Siva. Une figure admirable, à la fois céleste et terrestre, d'une beauté vraiment surhumaine. L'antiquaire en demandait un prix qui parut à l'amateur exagéré; du moins ses moyens ne lui permettaient pas de débourser cette somme. Il vivait bien, il est vrai, les leçons de musique ne lui manquaient pas. Il avait mis quelque argent de côté, auquel il attribuait une autre destination : prendre à la campagne un repos dont il sentait la nécessité.

Il rentra chez lui sans avoir pris une décision et ne put dormir de la nuit, tant le souvenir de cette sculpture le tourmentait. Le lendemain, de bonne heure, Nadajan se hâta de rejoindre la boutique de l'antiquaire. La sculpture ne figurait plus à l'étalage, et il eut la désagréable surprise de s'entendre dire qu'elle avait été vendue.

Il ne put cacher sa déception. Le marchand s'en aperçut et lui dit qu'il avait vendu l'objet à un peintre dont il indiqua le nom et l'adresse. Nadajan rentra chez lui, décidé à aller trouver le possesseur. Revoir de ses yeux l'œuvre d'art dont la beauté exceptionnelle avait bouleversé son esprit autant que sa vue lui était, non seulement nécessaire, mais urgent.

Mais comment, sous quel prétexte, se présenter chez le propriétaire de ce chef-d'œuvre ? Il réfléchit quelque temps au moyen de se présenter chez ce peintre sans éveiller dans son esprit le vrai motif de sa visite. À force de vouloir il se découvrit un talent de ruse qu'il ne se soupçonnait pas. Introduit chez l'artiste, Nadajan lui déclara qu'il avait eu l'occasion d'admirer ses œuvres dans quelques expositions et lui demanda la permission de visiter son atelier.

– Je m'occupe de critique d'art, lui dit-il ; il me serait agréable de pouvoir consacrer une étude à vos œuvres les plus récentes. Je voudrais ce travail sérieux et approfondi.

Le peintre accueillit cette proposition avec l'empressement qu'on pense. Dans l'atelier, le faux critique fut obligé de s'émerveiller devant des tableaux médiocres et d'en subir, pendant près d'une heure, le monotone défilé sur le chevalet. Mais il vit sa divinité. Aussi souvent qu'il lui fut possible, tandis que le peintre changeait les tableaux, il jetait les yeux vers la cheminée où trônait Siva. Dans l'éclairage de l'atelier, la sculpture lui apparut plus animée, véritablement fascinante.

Nadajan demanda au peintre la permission de revenir le voir, afin d'étudier sur place ses tableaux. L'artiste se hâta d'acquiescer. Le lendemain, tandis que les deux hommes échangeaient des idées à propos de problèmes d'esthétique à l'ordre du jour, Nadajan fit mine de remarquer pour la première fois la sculpture sur la cheminée, et posa quelques questions sur l'origine et l'époque de cette œuvre d'art. Puis, comme ils allaient passer à un autre sujet, le visiteur, prenant à deux mains son courage, proposa d'un air nonchalant au peintre de lui céder cette antiquité. Il lui en offrit une somme supérieure à celle qu'avait exigée l'antiquaire. Le peintre se mit à rire, fort amusé de cette proposition.

— Je ne suis pas marchand, répondit-il. Je vous remercie d'avoir songé à cette étude sur mes œuvres. Choisissez un de mes tableaux, si l'un d'eux vous plaît !

Nadajan retint un mouvement de dépit. Le jour suivant, il retourna chez le peintre, tremblant à l'idée de cette dernière entrevue avec la sculpture dont l'image continuait à le poursuivre jour et nuit. Sa stupeur fut énorme quand, dès l'entrée à l'atelier, il s'aperçut que le dieu Siva ne figurait plus sur la cheminée. Il se sentit prêt à défaillir. Il eut pourtant la force de s'étonner tout haut de cette disparition, sans appuyer sur sa question. Le peintre lui dit qu'il avait offert la sculpture à une dame de ses connaissances, qui était venue le visiter la veille.

Nadajan quitta l'atelier, m'assura-t-il, comme foudroyé par l'événement et reprit le chemin de sa maison « dans l'état d'un homme qui aurait quitté ce monde… » Il s'égara dans sa route, erra plusieurs heures par les rues, incapable de ressaisir les réalités, le cerveau plein de l'image obsédante dont les formes semblaient se multiplier à ses yeux. Il rentra enfin, brisé, n'en pouvant plus. Dans son anéantissement, la pensée qu'il lui fallait absolument connaître cette femme qui avait emporté la sculpture se fixa dans son esprit.

Il rencontra, le lendemain, un de ses anciens amis et lui dit le nom de la dame, dans l'espoir que cet ami aurait entendu parler d'elle. Par chance, cet homme lui répondit (avec un sourire équivoque, il est vrai) que cette personne était loin d'être une inconnue ; on n'en parlait que trop dans la ville, depuis quelque temps. Elle tenait une maison de jeu dont la réputation était détestable ; on disait même qu'on y fumait l'opium, et que c'était un lieu de rendez-vous plus que mondain. Nadajan feignit de s'intéresser beaucoup à ces détails ; en vérité il avait fréquenté autrefois la maison.

Le soir du même jour, il sonnait en compagnie de son ami à l'endroit indiqué.

La maison était située dans un quartier éloigné du centre de la ville. La première pièce, après l'antichambre, était une salle de jeu. Nadajan y aperçut quelques figures connues parmi un grand nombre de joueurs répartis par petites tables. Il prit part lui-même au jeu de trente et quarante sans s'y attarder longtemps, puis pria son ami de le présenter à la propriétaire de l'établissement. On passa par un large couloir peu éclairé, sur lequel donnaient plusieurs portes, de chaque côté. Quelques-unes étaient ouvertes et laissaient entrevoir l'intérieur de boudoirs tapissés de couleurs variées. Les uns étaient vides, d'autres exhibaient des silhouettes d'hommes en smoking et de femmes étendues sur des poufs et des sofas. On buvait ; des musiques s'échappaient de micros dissimulés çà et là. Une atmosphère imprégnée d'indéchiffrables parfums régnait dans ces pièces et se répandait dans le couloir. Nadajan la respirait en tremblant. Son cœur battait violemment à l'idée qu'il allait connaître cette femme, l'heureuse propriétaire de sa divinité. Car depuis longtemps cette idée le poursuivait, que cette sculpture était sienne autant que lui-même, Nadajan, lui appartenait corps et âme.

Dans le court espace de ce couloir, il sentit plus d'une fois ses jambes chanceler. Allait-il tout de suite connaître la retraite de sa divinité, ou lui faudrait-il inventer encore d'autres ruses pour y parvenir, dans ce capharnaüm ? Il se pouvait que la sculpture eût été placée dans un endroit inaccessible.

Ces idées et bien d'autres se bousculaient dans sa pauvre tête à la faire éclater. Enfin, ils arrivèrent au bout du couloir. L'ami qui le conduisait inspecta rapidement une pièce très éclairée, et, apercevant la personne qu'il cherchait, fit entrer Nadajan devant lui. À l'intérieur, celui-ci tourna vivement les yeux de tous côtés. Une cheminée en marbre noir se chargeait d'un brûle-parfum de bronze, de fort belle allure, les murs tapissés de rose clair s'ornaient de gravures anciennes. Nadajan fut présenté à une dame qui causait au milieu d'un groupe dans le fond de la salle. Cette femme lui parut vieille, le visage enduit de fards. Il lui dit tout de suite qu'il serait heureux de connaître sa maison. Elle eut l'air de sourire de son trouble fort apparent et s'offrit à le conduire dans les pièces qu'il n'avait pas encore visitées. Ils sortirent. Quand elle eut ouvert la dernière porte donnant sur le couloir, Nadajan comprit de quelle nature était l'odeur qui s'échappait de cette pièce.

Il se trouvait dans une salle assez étroite, emplie de fumeurs d'opium. Quelques-uns étaient étendus sur des nattes et des tapis. Par une porte latérale on discernait à travers la fumée l'entrée d'une autre salle ; il y fut introduit : d'autres salles encore suivaient séparées par des portières de joncs ou de perles enfilées. La lumière tamisée de lampions chinois laissait aux objets une apparence illusoire. Nadajan regardait, cherchait, à mesure qu'il avançait dans ce nouveau dédale. La dame parlait, il n'écoutait plus. Dans la demi-lumière, des formes orientales se dessinaient parmi des soies multicolores reflétées par des miroirs. On passa devant un Bouddha énorme accroupi entre deux chandeliers à troncs de serpents. Mais il n'aperçut nulle part ce qu'il voulait voir.

Soudain, dans la dernière salle, où un personnage drôlement costumé tirait d'une guitare des sons agaçants comme des égratignures, Nadajan vit se dresser sa divinité, éclairée par la lueur rouge d'une veilleuse.

À partir de ce soir-là, il se mit à fréquenter régulièrement l'établissement. Cette maison devint le but de chacune de ses journées, l'obsession de tous ses instants, sa seule préoccupation, l'unique place où il se sentait vivre, chez lui. Les heures qui précédaient sa visite quotidienne à cette salle parfumée de poison, où il pouvait contempler le sourire ensorcelant de sa divinité, étaient ravagées d'une soif d'attente insupportable ; celles qui suivaient son départ l'entraînaient dans une atmosphère d'extase prolongée et indescriptible.

Nadajan perdit au jeu toutes ses économies ; le produit des quelques leçons qui lui restaient encore fut bientôt absorbé par le tapis vert. Mais le chemin était trop éloigné de l'antichambre au temple ; chaque minute qu'il était obligé de passer dans une salle de jeu ou un boudoir constituait un abîme qui le séparait du lieu sacré.

Il commença alors à fumer. Il s'étendit sur les nattes de la dernière salle et put ainsi demeurer de longues heures face à face avec la divine sculpture, comme un amant devant une irremplaçable maîtresse. La nécessité du stupéfiant s'ajouta à celle de l'adoration. Rien ne venait troubler à cette place son voluptueux bonheur. Afin d'en amplifier l'intensité, chaque soir, Nadajan se saoulait de poison. Il atteignit des doses insensées. Sa divinité n'appartenait à personne, ou plutôt n'était qu'à lui seul ; il s'en approchait par degrés, comme sur un escalier de velours, rampait vers Elle et, soudain, redressé, ouvrait les bras et avançait les mains pour la saisir, s'en emparer. Parfois, elle se noyait tout entière dans sa miraculeuse ivresse ou bien il semblait à l'adorateur qu'il poussait des hurlements de douleur comme si on lui crevait les yeux. Ou bien encore, la divinité se haussait à des altitudes vertigineuses et son admirable visage se perdait dans un nuage de sang. Il se sentait entraîné à sa suite, s'accrochant à ses pieds, balancé dans une espèce de vol furieux d'où il retombait en des chutes qui lui broyaient les membres.

Mais plus souvent Siva lui ouvrait ses bras d'une adorable plénitude et l'emportait dans son nirvâna céleste ; il se sentait alors léger, ses mouvements imitaient les courbes et les inflexions voluptueuses de la divinité, la moelleuse matière de ses membres, de son cou arrondi et de ses épaules ivoirines, et il montait, franchissant successivement tous les degrés du ciel indou ; ou bien il traversait des contrées hérissées de minarets, parsemées de pagodes, dans un envol de cercles croisés aux couleurs phosphorescentes. La divinité lui parlait une langue qu'il ne comprenait pas, faite de sons, de musiques, d'images, de parfums, qu'il reconnaissait et que sa mémoire millénaire semblait puiser dans la nuit du plus lointain passé.

Nadajan interrompit son récit. Il tint quelques moments les yeux fermés, puis reprit d'une voix sifflante. Ses réveils, me dit-il, étaient terribles. La lumière du jour devint un supplice insupportable. Il passait ses journées dans sa chambre, au sein d'une obscurité artificielle, et respirant des parfums empruntés à son temple nocturne. Afin de tromper l'attente par des rêves, il s'efforçait d'évoquer sa divine maîtresse. Hélas, rien ne pouvait le satisfaire. Il se tordait dans l'agonie.

Il décida alors de ne plus quitter le sanctuaire divin, fit vœu de se consacrer tout entier au culte de Siva, et renonça à la fréquentation des hommes. Pour accomplir ce projet, il s'approcha de la vieille propriétaire de la maison. La répugnance, l'horreur, l'immense contraste de ce visage fardé avec celui de sa divinité, il surmonta tout cela avec une fureur insensée ; et, quand les lèvres fanées de cette femme s'ouvrirent devant lui, il s'y précipita comme l'ivrogne trébuchant dans son vomissement. Mais il avait réalisé son vœu. Il ne quitta plus la maison. Une partie du jour, et la nuit presque entière, il put se livrer à son extase, sans témoins, jusqu'aux attouchements suprêmes.

Pourtant il sentait ses forces s'épuiser. D'affreuses douleurs physiques commencèrent à rôder dans toutes les parties de son corps, le saisirent par tous ses membres. Il ne pouvait plus se passer du poison et voyait son ardeur s'affaisser de jour en jour, tandis que sa soif de contemplation ne faisait que grandir. Les voluptés terrestres qu'exigeait la vieille femme qui était devenue sa maîtresse tyrannique lui arrachaient des cris de honte et de dégoût ; il s'en accusait aux pieds de sa divinité, et il lui sembla que celle-ci l'accablerait un jour d'une haine dont la seule pensée le faisait frémir.

Depuis quelque temps une sombre pensée s'était emparée du cerveau affaibli de Nadajan. Il avait loué cette chambre où je venais de le retrouver, loin du bruit et des lumières de la ville, dans une maison isolée. Il devait enlever sa divinité et la déposer dans cet endroit ignoré de l'humanité entière, afin d'en jouir seul, d'être tout à elle. « Oui, pensait-il, c'est elle qui le veut, qui l'exige, je ne puis en douter... Ne me témoigne-t-elle pas sa joie par de nouvelles attentions depuis que je lui ai promis de lui obéir ? » Il se sentait capable de tout pour accomplir son projet, prouver son amour à sa véritable, son unique maîtresse...

Un jour, « sous le coup de l'inspiration » (c'est en ces termes que Nadajan s'exprima) seul avec la propriétaire de la maison, il avait étranglé cette vieille femme et emporté chez lui sa divinité.

Un jour, qu'est-ce, un jour, dans l'étendue et le tourbillon de la passion ? Y avait-il place pour temps et espace dans cette éternité ?

— C'est la nuit dernière que j'ai commis mon crime, atteint à la délivrance, me dit le pauvre dément ; à présent, j'attends que la police vienne m'arrêter. Je mourrai bientôt... Je vous ai écrit de venir, mon bon, mon vieil ami, non pour moi, mais *pour ma divinité.* Elle est là, je vous supplie de la prendre, de l'emporter chez vous, de la sauver des mains de la justice… Y a-t-il une justice pour lui rendre le culte qu'elle mérite ? Gardez-la bien, ne la montrez à personne… Ma belle, ma précieuse, ma terrible, mon incomparable…

En prononçant ces mots d'une voix qui n'était plus qu'un râle, l'Arménien tenait les yeux fixés dans un coin de la mansarde. Dans la mauvaise clarté de la lucarne une forme obscure s'estompait. Je me levai et m'approchai de l'objet : une figure de moyenne grandeur. Toute la surface était enduite de laque sombre. Un filigrane en bronze, d'un travail d'orfèvre, entourait la tête. La main droite, entrouverte, écartée du corps, tenait un disque en agate rouge ; la gauche, plus rapprochée et entièrement ouverte, montrait des doigts longs et effilés, pareils à de minces rameaux de bambou. Le visage, un peu gras, avait d'inquiétants reflets qui en faisaient valoir les méplats.

Je ne trouve pas les mots pour décrire cette figure. À peine y eus-je jeté les yeux qu'il me fut impossible d'en détacher mon regard. Il s'y lisait un fascinant mélange de sommeil, de langueur enfantine et de volupté. Les lèvres légèrement rebondies, entrebâillées, imprimaient à la bouche un sourire à la fois narquois, dédaigneux et sensuel. Sous les paupières à demi baissées, que surmontait la double arcade de sourcils très arrondis, les yeux ne paraissaient que deux fentes incurvées, très découpées dans l'agate, et d'où s'échappait une expression indéfinissable de joie naïve, de sagesse et de cruauté. Pour mieux voir, je m'étais haussé sur la pointe des pieds : mon visage frôlait le visage divin.

La voix de Nadajan rugit derrière moi :

– N'y touchez pas! N'y touchez pas! Voyez comme le soleil se répand sur sa main… C'est du sang, il s'égoutte entre ses doigts… Comme elle rit cruellement! Ses lèvres sont les bords d'un cratère, il s'en échappe du feu… Prenez garde, elle vous consumera!

Il s'était soulevé sur sa couche. Sa tête retomba et sa voix prit soudain un tout autre accent. Trois mots :

– Cruelle, douce, terrible!

Il retomba comme une masse, tout entier; l'œil révulsé essayait encore de regarder. De longs frissons coururent sous les draps qui ondulèrent un moment comme sous la poussée d'un souffle mystérieux. Puis ce fut l'immobilité complète.

J'ai fait don de la divinité indoue à un musée d'art oriental. Le charme incomparable de cette sculpture m'oblige à la revoir souvent. Aucune semaine ne s'écoule sans que j'aille passer quelques heures devant elle. Je n'ose dire : d'adoration. Pourtant son image ne me quitte ni le jour ni la nuit. Je subis sa fascination. Et quand, dans la solitude, je me rappelle son ensorcelant sourire, je repousse de toute ma volonté une pensée qui me hante : la reprendre et m'enfermer avec elle.

Le double

Après une longue traversée, marquée de quelques incidents de bord qu'il est inutile de rapporter, me voici enfin arrivé.

Je suis attablé dans un des principaux restaurants de la ville. Le balancement régulier d'un *punka* rafraîchit l'air imprégné de chaleur humide, où l'on suffoque. Je viens de terminer une conversation qui m'a bouleversé ; je suis encore tremblant d'étonnement. Je n'ose confier cet incident trop extraordinaire à ma mémoire ; il vaut mieux que je l'écrive tout de suite.

Je connais depuis de nombreuses années une riche famille hollandaise, établie à Rotterdam. Les Van Camp furent autrefois d'intrépides colonisateurs en Océanie. Depuis, ils ont fondé un vaste commerce de denrées coloniales dans la mère patrie, et leur maison n'a cessé de prospérer sous une direction hardie et ferme, transmise de père en fils.

La réputation de cette firme d'ancienne souche est l'une des mieux établies du grand port hollandais.

J'ai joué, tout enfant, avec le fils des Van Camp, Hendricus, un gaillard d'aspect solide, comme tous ceux de sa famille, mais dont le caractère se révéla, dès sa jeunesse, totalement différent de celui de ses ancêtres.

Le jeune Hendricus était un être rêveur, timide, doux comme une fillette, et d'une sensibilité vraiment inimaginable. Je me souviens de quelques traits de son caractère, tout à fait insolites dans cette famille d'hommes d'affaires réalistes. À un âge où les autres Van Camp commençaient d'ordinaire à s'initier aux opérations commerciales, il n'était pas rare de trouver Hendricus s'amusant dans la rue avec de plus jeunes que lui. Une fois même, il distribua entre ses camarades tout l'argent qu'il avait dans ses poches. Une autre fois, en plein hiver, il rentra chez ses parents, transi, grelottant de froid; il avait abandonné son paletot à un ivrogne qui avait su l'apitoyer en simulant la misère.

*

Sur les conseils d'un ami de la famille, le vieux M. Van Camp se décida à envoyer son fils aux colonies.

On lui avait offert une place, assez lucrative, de préposé à l'Administration des domaines de l'État, à Batavia. Le père espérait que ces occupations constantes et positives apprendraient à vivre à ce fils par trop déréglé. Il ne voulut même pas accompagner le jeune homme jusqu'au bateau; ses adieux furent d'une sévérité, à mon sens, outrée. C'est moi qui conduisis Hendricus au port et l'aidai à s'embarquer.

Plusieurs mois après son départ, je reçus une lettre de Batavia. Hendricus me priait de faire une démarche auprès de son père, pour qu'il lui envoyât une certaine somme d'argent; j'appris qu'il avait quitté sa place, mais il me recommandait de cacher cet incident à sa famille.

À part cela, aucun détail de cette lettre ne me parut trahir des dispositions nouvelles dans le caractère du jeune homme.

Attristé par ce que je venais d'apprendre, j'allai trouver le vieux Van Camp, afin de rendre à mon ami le service qu'il réclamait de moi.

Quelques mois passèrent encore. Je reçus une autre lettre, datée de Sumatra.

Cette fois, ma surprise fut énorme. Le ton et l'écriture même étaient tout différents; ils indiquaient une transformation complète dans le caractère d'Hendricus. Cette lettre ne contenait que des phrases énergiques, formées des seuls mots nécessaires et tracées d'une main ferme; le jeune homme me demandait de lui indiquer quelques maisons de Rotterdam, disposées à lui acheter les produits d'une nouvelle culture de tabac qu'il avait entreprise dans l'île de Sumatra, contrée d'une colonisation difficile, pleine d'écueils, à cause du climat meurtrier, de mœurs sauvages des indigènes et du terrain encombré de forêts inextricables.

Je m'empressai d'annoncer cette étonnante nouvelle au vieux Van Camp. Il trembla de joie en lisant la lettre d'Hendricus et me serra les mains, des larmes dans les yeux.

– C'est bien lui, cette fois, me dit-il; je le reconnais maintenant, cette paresse n'était que passagère… Il s'est réveillé, c'est mon fils, un vrai Van Camp, le digne représentant de ses ancêtres…

*

Nous nous occupâmes immédiatement des affaires du jeune homme, et pendant un an environ celles-ci parurent constamment prospérer. Les commandes arrivèrent régulièrement. Le vieux Van Camp put se flatter que son fils était enfin sur la voie tracée par la famille.

Les lettres qu'Hendricus nous écrivait semblaient confirmer cette opinion ; elles avaient toujours le ton de fermeté et d'énergie dont la première annonce m'avait causé tant de surprise. Un détail pourtant me laissait perplexe. En parlant de sa maison, de ses plantations, de sa vie à Sumatra, mon ami employait maintenant des termes qui indiquaient assez clairement qu'il n'était plus seul. Le « nous » remplaçait partout l'ancien « moi ». J'eus beau interroger le planteur sur ce sujet, je ne pus obtenir aucune réponse précise.

Au bout d'une année, je reçus une lettre, absolument inattendue. Hendricus m'annonçait qu'une révolte avait éclaté parmi les travailleurs employés dans ses plantations ; il avait été obligé de prendre d'autres aides, parce qu'il avait tué de ses propres mains la moitié de ses hommes, après avoir étouffé l'émeute.

Tout cela se trouvait relaté dans la lettre, en termes violents, presque grossiers ; on ne reconnaissait dans ces lignes ni l'être doux, timide, avec qui j'avais vécu à Rotterdam, ni le planteur entreprenant et positif qui s'était révélé quelques mois plus tôt.

Je ne pus rien comprendre à ce nouveau changement. Le vieux Van Camp en fut douloureusement frappé. En considération de l'amitié que toute sa famille éprouvait pour moi, et en souvenir de mes anciennes relations avec son fils, il me supplia de partir tout de suite pour la colonie, afin de me rendre compte sur place de cette transformation mystérieuse dans le caractère et les mœurs de mon ami. Il était trop vieux pour entreprendre lui-même ce voyage, et du reste les affaires le retenaient en Hollande.

C'est pour accomplir cette mission que je suis arrivé ici.

*

Je viens de revoir Hendricus, et ce qu'il m'a raconté dépasse toutes les divagations imaginées par la fantaisie la plus déroutante et la plus folle. Je ne sais comment interpréter cette histoire. Le sens m'en échappe. Mais enfin, je la note textuellement, telle qu'elle se présente d'après les paroles mêmes de mon ami et mes observations personnelles.

En se rendant à l'île de Java, Hendricus Van Camp se lia sur le bateau avec un personnage hindou qui se dirigeait vers Ceylan. Ils causèrent des mœurs et des idées de leurs pays. L'Hindou fournit au jeune Hollandais des explications approfondies sur la sagesse et sur les expériences des Yogis, et lui relata les exemples stupéfiants par lesquels ces ascètes illustrent leurs doctrines.

Le jeune homme fut tellement bouleversé par ces révélations que, dès son débarquement sur la terre d'Océanie, il se mit à étudier, avec une énergie qu'il ne se connaissait pas, les livres où se trouvent consignés les préceptes de l'antique sagesse, et il voulut réaliser lui-même les expériences prodigieuses dont l'Hindou l'avait entretenu en route.

On peut se représenter sans peine que les fonctions officielles qui appelaient le jeune homme à Batavia ne furent pas remplies par lui avec tout le zèle nécessaire. Hendricus Van Camp négligea de jour en jour le travail de bureau pour s'adonner sans frein à ses études favorites, et bientôt, malgré les protections et les appuis qui avaient présidé à sa nomination, le préposé à l'Administration coloniale fut mis en demeure d'abandonner sa place.

C'est à cette époque qu'il m'écrivit pour me prier de lui procurer une somme d'argent dont il avait besoin.

Sans se soucier de la mesure qui le frappait, mon ami poursuivit ses recherches. Après toutes sortes de tâtonnements et bien des déceptions trop longues à décrire, il se mit à diriger sa volonté vers un but déterminé : il prétendait arriver à matérialiser son propre reflet, à faire surgir son double devant lui.

Enfin, je ne dirai pas à la suite de quelles manipulations mystérieuses, Hendricus eut le bonheur de voir réussir ses efforts ; très vaguement d'abord, puis avec une netteté de plus en plus accentuée, l'image recherchée se forma devant lui, prit dimension et volume, et, un jour, le double parfait d'Hendricus Van Camp se dressa sur ses deux jambes, en chair et en os.

Mais, chose curieuse et tout à fait inattendue : c'était une femme.

*

Pendant les premières semaines qu'il vécut avec ce prodige, il ne put se convaincre lequel, de cette femme ou de lui, représentait sa véritable nature. Cependant il s'habitua bientôt à ce dédoublement, et il en vint même à considérer celle qui vivait à ses côtés comme une compagne qu'il se serait choisie librement.

Quant à lui, son caractère s'était modifié à la suite de cet extraordinaire événement. Il était devenu l'homme énergique et décidé que la deuxième lettre, datée de Sumatra, m'avait si brusquement révélé.

En compagnie de sa femme, il avait organisé dans l'île dangereuse, et malgré des difficultés énormes, cette plantation de tabac qui exigeait un labeur constant et une fermeté soutenue. Pendant de longs mois, l'entreprise avait donné les meilleurs résultats. La somme de travail et de volonté dépensée par le jeune colonisateur était telle, que toute la prodigieuse activité déployée pendant des siècles par la suite des Van Camp se trouvait d'un seul coup surpassée.

*

Après une année de séjour dans ses plantations de Sumatra, à son double, ou à sa femme, je ne sais m'exprimer, naquit un enfant. (Je ne raconte que ce que j'ai entendu, ici, devant cette table même où j'écris ; il me semble que c'est sa voix qui me dicte les mots, sa voix comme répétée par les murs et par les objets en désordre sur la table où nous venons de déjeuner ensemble.)

Au moment de cette naissance, suivant ses propres paroles, Hendricus Van Camp se sentit dépouillé des parties enfantines de sa personnalité et de son caractère. Il perdit cette sensibilité toujours prête aux impulsions généreuses, et qui lui était restée malgré le développement de qualités plus viriles qui lui avaient permis de mener à bien son entreprise.

D'humain et de modéré qu'il était, il devint presque du jour au lendemain cruel, dur, sans pitié.

C'est à cette époque qu'il perpétra le meurtre inutile, monstrueux, d'une partie de ses employés, simplement pour se venger de leur révolte.

Avec son nouveau personnel, il se montra d'abord aussi brutal et insensible. Mais un événement bizarre vint de nouveau modifier son caractère.

Cela se fit peu à peu, sans heurt. Hendricus Van Camp remarqua que son double, ou sa femme, comme vous voudrez, commençait à maigrir : il n'y fit d'abord pas grande attention, mais il fut bientôt contraint de suivre de plus près cet étrange dépérissement. Il lui sembla que sa compagne diminuait de volume, d'épaisseur ; son teint pâlissait de jour en jour, ses forces semblaient s'évaporer, et, tandis que lui-même se sentait d'une robustesse en quelque sorte renforcée, sa compagne s'imprécisa lentement et finit par s'évanouir tout à fait.

Demeuré seul avec son enfant, le planteur modifia presque à son insu son attitude vis-à-vis des travailleurs occupés à ses terres. Il avait perdu cette rudesse impitoyable qui lui faisait infliger à ses hommes les plus durs châtiments, les astreignait à des corvées exténuantes. Peut-être même devint-il trop indulgent, car ses affaires commencèrent à péricliter.

Quelques jours avant mon arrivée à Batavia, il vit que son enfant pâlissait à son tour et semblait décroître comme celle qui avait disparu ; il observa les mêmes phénomènes, l'affaiblissement progressif des chairs, une sorte de blêmissement transparent ; d'évaporation graduelle de toutes les parties de l'être, et enfin l'effacement complet, le retour au néant.

*

Mon étrange ami m'a confié, avec une expression angélique du visage, que la disparition de sa femme et de son enfant ne lui a pas causé la moindre douleur. Au contraire, il m'a affirmé qu'à mesure qu'il les a vus s'éteindre, il s'est trouvé comme soulagé d'un poids cruel ; une sensation de raideur intérieure, qu'il éprouvait depuis quelque temps, l'a quitté presque aussitôt.

En m'avouant cela, le regard d'Hendricus Van Camp a pris une expression de douceur que je lui connaissais bien. J'ai regardé ses yeux ; il m'a semblé y découvrir un trait nouveau et curieux : ils donnaient une impression que je ne peux définir qu'en comparant ces yeux à ceux d'une mère…

Dans toutes ses paroles et dans ses gestes, j'ai retrouvé le jeune homme doux, timide et généreux d'autrefois. Il m'a déclaré qu'une seule chose l'inquiétait profondément. Ce n'était pas le sort de son entreprise ; il n'ignorait pas que celle-ci était perdue pour lui, qu'il ne pourrait plus la relever. Mais il se demandait avec anxiété ce qu'il adviendrait de son personnel après la ruine de ses affaires. Ces hommes allaient se trouver sans travail. Ne convenait-il pas qu'il partageât l'argent de la liquidation entre ses employés privés de pain par sa faute ?…

En l'entendant prononcer ces mots, j'ai regardé Hendricus Van Camp avec stupeur. J'ai compris que l'impitoyable climat de l'île avait sans doute altéré les facultés mentales de mon pauvre ami, et qu'il fallait à tout prix le sauver de la folie. Je lui ai dit que son père m'avait envoyé vers lui et lui demandait instamment de rentrer avec moi en Hollande. Timidement, comme un enfant, il m'a répondu qu'il obéirait.

Nous partons demain pour l'Europe. Plus je songe à cette histoire et moins je la comprends. Enfin, nous verrons bien ce que diront les médecins de Rotterdam.

Réalités fantastiques
(1923)

Le portrait

À Eddy du Perron.

Un de mes amis, que je fréquentai beaucoup dans ma jeunesse, à l'époque où un front pur et un ciel serein me paraissaient les plus fades des spectacles, était un homme inquiet. Son visage toujours sombre, ses gestes toujours fiévreux et impatients contenaient l'annonce d'une tempête prête à éclater, mais qui ne se déchaîna jamais en ma présence.

Que voulait-il ? Quelles étaient les pensées nobles ou basses qui se dissimulaient sous ce front nuageux ? Il ne me vint à aucun moment l'idée de l'interroger sur cette matière. Il suffisait que je le visse, et avant que nous eussions prononcé une parole, mille réflexions contradictoires se soulevaient dans mon cerveau ; un vent d'orage se mettait à souffler en moi et m'emportait loin de lui.

Aussi nous parlions-nous fort peu. Il ne semblait du reste pas faire grand cas de mon amitié, absorbé tout entier par son inquiétude. Quant à moi, je ne pouvais me passer de lui sans éprouver un mortel ennui.

Un jour, cet homme inquiet se maria. Un événement aussi commun ne m'eût causé aucune surprise, si, pour la première fois, ce jour-là, je n'eusse observé dans les traits de mon ami un extraordinaire changement. Son visage souriait. Il ne paraissait plus rien redouter. Il se départit même de son mutisme habituel et me confia, avec une effusion de paroles exaltées, que plus rien ne manquait à son bonheur.

En effet, par la suite, je ne le vis pas rejeter un seul instant cet air d'allégresse qui faisait un si étrange contraste avec son aspect rébarbatif d'autrefois.

Il m'entretenait sans cesse de ses travaux, de ses projets, et semblait avoir une confiance absolue dans l'avenir. S'il s'inquiétait encore d'une chose, c'était de savoir quelles étaient mes occupations. Il m'interrogeait souvent, d'un regard plus insistant que ses paroles, sur mes goûts, sur les émotions que certains spectacles me faisaient éprouver, et sur l'opinion que je me faisais de la vie. Et cet intérêt, si nouveau, qu'il semblait porter à ma conduite, loin de me lier davantage à lui, m'inspirait une secrète rancune qui me détachait peu à peu de son amitié. Ce changement imprévu, ce calme inaccoutumé me privaient de tout sentiment devant lui. Je me trouvais désarmé.

Je continuai cependant à le fréquenter, mais avec moins d'empressement qu'autrefois.

À quelque temps de là, comme j'étais allé le voir, j'aperçus sur la table du salon une photographie dont l'aspect singulier me frappa. C'était le portrait des deux époux.

Tout dans cette image paraissait concourir à un effet prémédité. Le format était de grandes dimensions et le cadre luxueux dont était ornée la photographie attestait le prix immense qu'on attachait à ce souvenir. Dès l'abord, je remarquai le sourire qui éclairait le portrait. Les deux visages se touchaient. Cependant leurs regards ne se rencontraient pas, mais ils brillaient d'une joie pareille et sans borne.

Bien que la jeune femme ne fût pas jolie, malgré des traits assez communs même, rien n'était plus gracieux que l'inclinaison de sa tête qui paraissait reposer sur celle de son époux avec un air d'abandon touchant, tandis que les yeux, qui ne cherchaient plus rien, se laissaient envahir par une douce lumière, et que la bouche entrouverte respirait une béatitude où ne se mêlait aucune apparence de volupté, mais comme une reconnaissance claire envers la vie.

Le visage de mon ami ne montrait pas moins de bonheur. L'expression des traits semblait même chez lui appuyée davantage. Après quelques moments d'attention, pourtant, je crus y découvrir une trace de fatigue, qui se marquait notamment dans un pli des lèvres légèrement contractées, et qui ramena soudainement devant mes yeux la physionomie inquiète que j'avais connue autrefois. C'était à peine perceptible ; nul autre que moi sans doute n'aurait deviné une amertume aussi légère sur ce visage heureux. Peut-être le souvenir trop vivant encore du passé me faisait-il entrevoir une ombre qui n'existait en réalité que dans mon imagination.

Cette photographie formait le centre de la maison. On y allait tout droit, dès l'entrée. Alentour, chaque objet semblait disposé pour le service ou l'agrément de ce cadre extravagant, qui faisait tort au portrait comme une toilette trop chargée nuit à des formes frêles.

Tandis que je me penchais pour l'examiner, mon ami s'approcha de moi et parut heureux de constater que je m'intéressais à cette image. Il se mit aussitôt à vanter le portrait, me força de le prendre, d'y attacher les yeux de plus près, poussant mon attention sur chaque détail, guettant sur mon visage des signes d'émerveillement, et provoquant des paroles qu'il avait l'air de m'arracher des lèvres. Il semblait préoccupé de me faire toucher du doigt une chose par-dessus tout, ce rayon de joie, cette lumière de bonheur, dont les physionomies du portrait étaient pénétrées ; il s'y employait de toutes ses forces, comme s'il dépendait de moi que le soleil dût se maintenir éternellement dans le ciel. Et pour appuyer plus fort, il appliquait sans cesse contre moi son singulier sourire qu'il élargissait jusqu'à m'en couvrir tout entier.

– Je suis parfaitement heureux ! me dit-il, en replaçant le portrait sur la table.

Mais comme il prononçait ces mots, je vis se dessiner nettement au coin de ses lèvres le même pli de fatigue ou d'amertume que j'avais cru apercevoir sur la photographie.

Depuis cette entrevue, j'allai chaque jour chez mon ami, et nos relations se poursuivirent dans un calme qui m'irritait, mais où mon imagination se plaisait à trouver des indices de tempête.

Lorsque j'entrais dans le salon, le sourire encadré du portrait semblait accourir le premier à ma rencontre. Je ne pouvais m'y soustraire. On le respirait avec l'air de la chambre. À force de le voir toujours égal, incorruptible, je le trouvai béat et méprisable, et j'en vins à le détester autant que les fleurs en taffetas qui s'éternisaient dans un vase, non loin de là.

Je me sentais mieux à l'aise en présence de mon ami, car, bien qu'il s'efforçât de ressembler à l'image que j'avais sous les yeux, j'observais avec une joie croissante la marque de ses lèvres, qui semblait devenir toujours plus profonde, à tel point que cela finit par crucifier son visage d'une horrible grimace.

Cependant il ne cessait de me parler de ses projets, de l'existence qu'il menait, de la beauté de sa femme, de la paix de son cœur; et il trouvait pour justifier ces confidences des mots qui me touchaient au bon endroit.

– Sais-tu ce que c'est que le bonheur? me demandait-il en fixant dans mes yeux ses regards brûlants.

Comme je protestais qu'il m'en donnait une preuve assez vivante pour m'éclairer, il ajoutait avec une exaltation nouvelle :

– Tu es poète, toi, tu sais aimer le soleil!

Plus d'une fois, j'eus envie de lui crier : «Ne t'aperçois-tu pas que tu mens? L'excès de joie est un mauvais indice… Tout ce bonheur dont tu me parles avec des mots vagues et sonores, des phrases mal jointes, sur un ton peu rassurant, n'est qu'une passagère illusion qui ne tardera pas à s'évanouir!»

Il me semblait qu'à prononcer ces mots tout haut je troublerais en même temps la sérénité du portrait. Je ne sais quoi, pourtant, m'empêcha de lui jeter cette pierre au visage. Je n'aimais pas mon ami ; il y avait de la haine et du dédain dans mon silence. Je pensais avec regret au temps où je m'abîmais dans l'inquiétude de son mutisme obstiné.

Ce souvenir commençait à m'obséder, lorsqu'un jour je lui dis adieu. Je quittai la ville pour me marier. Je lui fis part de la nouvelle avec la même brusquerie qu'il avait déployée jadis à m'annoncer son mariage. À mon tour, j'explorai la passion et je goûtai quelques délices de l'existence.

J'avais complètement oublié mon ancien camarade sous le fatras croissant des soucis et des événements. Mais un matin, en dépliant le journal, je lus un écho qui me fit éprouver tout à coup un recul étrange et me précipita ensuite dans une violente émotion. Mon ami avait tué sa femme et s'était fait justice.

À l'évocation de ce drame vulgaire et terrible de la jalousie, la physionomie du jeune homme m'apparut telle que je l'avais vue, lorsque, me serrant la main avec effusion et prononçant des paroles d'adieu qui tremblaient, il s'était efforcé d'ajuster une dernière fois son sourire à celui qui régnait sur le portrait, sans pouvoir me cacher l'affreuse crispation dont sa bouche était contractée.

Ma première surprise apaisée, j'essayai de me représenter les convulsions de cette âme désemparée, qui venait de disparaître dans une ombre effroyable. Le dénouement n'avait rien que de logique. Cet homme n'était pas de ceux qu'une simple apparence de bonheur peut satisfaire : il n'avait jamais cessé d'être tourmenté. Quoi d'étonnant dès lors à ce qu'il eût cherché dans l'obscurité complète la fin de son inquiétude ?

Bien que cette explication sommaire et les quelques lambeaux de souvenirs qui me restaient de nos relations eussent suffi pour m'éclairer sur le dernier tourbillon de cette existence, je demeurai cependant obsédé malgré moi par cet événement qui remuait à nouveau la terre piétinée de mon passé. Je me rappelai l'entêtement avec lequel mon ami m'avait si souvent parlé de sa passion, de l'exaltation extraordinaire de ses regards, et les paroles qu'il m'adressait d'un ton si équivoque, où la sincérité et une emphase contrainte semblaient se combattre sans relâche. Je ne pouvais plus m'arracher à ces pensées. Je me figurais maintenant sans peine le long acheminement de ces deux êtres vers la mort ; mais c'est en vain que j'essayai de me faire une image du drame où tous deux venaient de s'anéantir. Chaque fois que je croyais en tenir le nœud et lorsque je m'efforçais de susciter en moi l'horreur de cette scène tragique, une autre image, toute petite, le sourire de mon ami, à peine une lueur, glissait devant mes yeux, une parole qu'il avait prononcée tintait à mon oreille, un seul mot, un son à peine, qui dispersait toutes les ombres.

Plusieurs mois passèrent. Je pensais moins souvent à cette cruelle histoire, et j'allais sans doute en perdre bientôt tout souvenir précis. Quelle ne fut pas ma stupéfaction, quand un soir, en rentrant chez moi, je trouvai sur ma table de travail la photographie qui m'avait accueilli autrefois si souvent la première, lorsque je pénétrais dans le salon de mon ami, ce portrait des amants autour duquel, pendant quelques années, toute une vie irritante et fiévreuse s'était jouée! La lumière de la lampe frappait en plein les deux visages qui se touchaient.

Certes, la présence de ces deux êtres, vivants et dressés devant moi, ne m'eût pas troublé davantage. Comment, pour quel motif, ce portrait se trouvait-il là, sous mes yeux, lorsque tout naturellement j'en étais venu à oublier presque entièrement la fin de mon ami, c'est ce qui me parut d'une telle invraisemblance, que je me crus frappé d'une hallucination.

Cependant, je m'approchai de la table et remarquai qu'on avait tracé quelques mots au bas du portrait:
– «Tu es poète, toi, tu sais aimer le soleil!»
C'était l'écriture de mon ami, qu'il s'était efforcé de faire belle et claire. Il n'y avait aucune date et la phrase n'était pas signée.

Cette parole, ne me l'avait-il pas répétée cent fois? D'un seul coup, je compris ce qu'il m'avait été impossible de saisir jusque-là dans le chaos de cette existence où le soleil le disputait sans cesse aux ténèbres. Il n'avait pas voulu que l'unique image souriante qui subsistait de leur amour disparût après lui.

Je pris le portrait dans mes mains, comme mon ami m'en avait prié autrefois, et l'approchai en tremblant de mes yeux. Une émotion étrange faisait battre mes paupières. J'eus à peine regardé les deux visages appuyés l'un contre l'autre, qu'une lueur nouvelle pour moi parut se dégager du portrait. Jamais, lorsque je fréquentais la maison de mon ami, l'expression de bonheur qui illuminait ces figures ne me frappa comme aujourd'hui. Comment avais-je pu un seul moment la trouver fade et contrainte ? Le sourire était clair, sans arrière-pensée, d'une pureté parfaite ; et même ce pli léger, vestige de fatigue ou annonce de tourmente, que j'avais voulu voir autrefois aux lèvres du jeune homme, s'était effacé.

Dans cet azur, il ne traînait plus le souvenir d'aucun nuage.

Et comme je demeurais là, sans pouvoir quitter des yeux ce spectacle, il me sembla soudain que les temps avaient reculé, que moi-même je me trouvais emporté dans l'espace. Je ne reconnaissais plus les visages qui souriaient sur le portrait. J'oubliais que l'inquiétude et la mort avaient passé par là. Il ne restait plus devant moi qu'un sourire lumineux, un rayon dans le ciel, la minute éternelle du bonheur.

Nouvelles réalités fantastiques
(1941)

Un voyant

J'ai connu autrefois, à Nice, un peintre dont on ne parlait pas beaucoup à cette époque. Ou plutôt on parlait de lui comme d'un génie méconnu, mais cette opinion ne dépassait pas les bornes d'un certain monde, celui des marchands et de quelques amateurs à l'affût de la nouveauté. On connaît ce genre de flaireurs rôdant la nuit en quête d'un cadavre encore tout frais et cousu d'or.

Deux ans plus tard, ce jeune peintre devait mourir d'une façon presque tragique, laissant en héritage à cette troupe de chacals une œuvre qui, du jour au lendemain, par un coup de bourse adroitement concerté, donna non pas du cent pour cent, mais du cent, du mille pour rien, tandis que sa femme, un enfant dans les bras, réduite au désespoir, se jetait par la fenêtre.

Toute l'existence, assez courte, de ce peintre, côtoie le drame. Sorti de peu, il avait épousé par amour une femme de la haute société, remarquablement belle, intelligente, d'un caractère passionné ; celle-ci, pour se marier, avait dû renoncer à tous les avantages d'une famille riche et influente, se voir condamnée à la déchéance complète, car tout le monde savait que le peintre avait la maudite habitude de boire, qu'il buvait le peu d'argent que lui rapportaient ses tableaux, menant une vie vagabonde, hors du temps, on eût dit même, à certaines heures, hors de l'espace. C'est ainsi qu'il se manifesta dans la suite avec cette femme qu'il adorait et respectait comme une idole, au point qu'il n'osait jamais habiter avec elle.

Elle vécut tout le reste de sa vie dans cette solitude tantôt sombre, tantôt rayonnante, des êtres trop aimés, trop respectés. Le peintre menait son existence à part, peignant ici et là, buvant partout, errant les trois quarts du temps et couchant avec des prostituées. Certains jours, n'y tenant plus, il se rendait chez sa femme ; elle l'attendait, toujours adorable comme à la première heure. Malgré les supplications, qu'elle lisait dans ses yeux battus et souffrants, il ne pouvait être question entre eux de pitié ou de pardon. Elle n'était que douceur et passion, accueil et justice, cette justice de ceux qui comprennent. Leurs rencontres n'étaient jamais de longue durée. Si elle n'eût pas demandé mieux que de le garder toujours auprès d'elle malgré son haleine avinée, et tout ce qu'elle devinait dans ce relent de cave et d'entrailles, lui refusait d'accomplir cette profanation à laquelle l'habitude eût ajouté un goût vulgaire. Repris presque aussitôt par son fantôme, il quittait le domicile conjugal, sans prévenir, et se remettait à errer, emportant avec lui le souvenir précieux d'un corps divinement beau, d'un visage angélique, dont il nourrissait toutes ses peintures et jusqu'aux portraits qu'il lui arrivait de faire. Tout ce que son pinceau touchait avait cette transparence de chair, cet allongement des formes et cette plénitude intérieure du regard qui faisaient son regret. Sans l'alcool, sa vie eût été un éternel sanglot. Car ni la peinture ni la vénération passionnée qu'il témoignait à sa divine épouse ne pouvaient le guérir d'un mal qu'il portait en lui depuis sa naissance et dont la mort même fut incapable d'effacer la trace; ses œuvres sont là pour l'attester.

C'était un voyant. Je l'aperçus un jour assis sur un banc, tout au bout de la promenade des Anglais, à cet endroit désaffecté de la digue où ne viennent s'asseoir que les pauvres et les vrais amoureux de la mer. Je n'étais, à cette époque, pas mieux pourvu d'argent que lui, vivant d'une petite pension, fort précaire, du reste. Quant à lui, un marchand de tableaux tchécoslovaque, touché de sa misère et de son incapacité de vivre, mais influencé davantage par les avis et les prédictions de quelques devins, lui garantissait le manger de chaque jour en échange de la production, lui laissant le droit de brosser çà et là un portrait pour assurer le boire et la fantaisie; encore ces hors-d'œuvre étaient-ils assez surveillés.

Je le connaissais de vue; presque tout le monde le connaissait, bien qu'il ne fût pas d'un physique particulièrement remarquable, petit, assez mince, l'allure effacée, marchant vite, toujours tête nue, ne s'arrêtant presque jamais, ayant l'air de ne rien voir, de ne regarder personne. Il avait le nez court, les lèvres fines; seuls ses yeux, sous d'épais sourcils noirs, décelaient l'artiste qu'il était. Toujours ivre, il marchait cependant droit; l'ivresse n'apparaissait que dans ses yeux extraordinairement brillants, et, quand il parlait, plutôt dans le ton que dans le sens de ses paroles. Peut-être me trompé-je. Il me souvient fort bien, en effet, que, n'ayant bu de la journée, il me parut plus fou et plus ivre que lorsque je l'apercevais dans quelque bar, déjà pris de boisson. Pour dire mieux encore, je crois que le vin n'ajoutait rien à son ivresse naturelle, n'était apte qu'à l'échauffer, à l'entretenir, à la faire passer dans sa peinture, celle-ci n'étant que la matérialisation ou la preuve formulée d'une certaine angoisse continuelle et d'un besoin de stabilité.

Je ne rapporterai rien des conversations que nous eûmes ensemble. C'était un être plutôt taciturne, d'une réserve extrême, étrangement raffiné sous ses dehors négligés, son costume défraîchi et chiffonné, ses chaussures grises, son linge douteux et ses cheveux au vent. Il ne parlait, eût-on dit, que contraint et par petites phrases sans lien apparent, mélodiques et pleines de sens comme un trait de violon. Du reste, si j'essayais de me rappeler quelques-unes de ses paroles et parvenais à les reproduire dans ce récit, je n'en rendrais ni le son ni le sens véritable. Et j'en aurais honte, pour moi aussi bien que pour lui.

C'était un voyant, ai-je dit. On s'en apercevra dans la suite de cette histoire, mais j'en reçus une preuve dès le début de nos courtes relations, un jour qu'il me demanda si je ne possédais pas sur moi une lettre, un écrit quelconque, de l'un de mes amis. Comme il semblait ne m'avoir posé cette question que par jeu, je lui répondis de même, en lui tendant une lettre reçue la veille et que j'avais tirée de mon portefeuille. C'était une lettre de femme, mais d'une écriture absolument masculine.

– Vous me permettez de lire les deux premières lignes ?

Je fis oui de la tête. Il me rendit presque aussitôt le papier et me dessina, je veux dire me traça un portrait de ma correspondante, sans hésiter un moment sur son sexe, et si ressemblant, saisissant de vérité, palpitant de vie, que j'en fus bouleversé. Bien qu'il eût l'air d'agir par pure plaisanterie et de n'attacher aucune importance à cette sorte d'exploit, j'éprouvai de la frayeur, touché moi-même au vif, pénétré de ce regard surnaturel, traversé de part en part, éclairé par le dedans et par le dehors à la fois, aussi définitivement que si je me fusse trouvé devant l'écran du radiologue.

Ce jour-là, je le sentis terriblement, le peintre m'avait complètement découvert, je n'avais plus de secret pour lui ; et dans la suite je ne pus me défendre de cette impression fort désagréable de marcher nu sous ses yeux.

Je le sentis d'une façon plus cuisante encore, le jour qu'il fit mon portrait.

Il ne m'avait rien demandé et je me serais gardé de lui en faire la proposition ; du reste, je n'avais pas d'argent à lui offrir et il continuait à me faire peur. Depuis quelque temps, je le fuyais, honteux de mon geste et de mon attitude quand je faisais un crochet pour éviter sa rencontre. Un jour même que je l'avais croisé sur le trottoir, j'avais fait mine de ne pas le remarquer, mouvement de pur instinct, mais que j'eus de la peine à oublier, tant il me parut manquer de courage et d'esprit.

Une de mes amies m'avait demandé si je n'aimerais pas avoir mon portrait peint par lui. Il se contenterait de vingt francs, mais elle savait qu'il était dans le besoin ; je lui rendrais un grand service en acceptant. Elle venait elle-même de faire faire son portrait, qu'elle me montra ; une fort belle esquisse et assez ressemblante.

Je ne sus que répondre, tiraillé entre le désir d'aider l'artiste et la crainte d'être confondu à ses yeux parmi la troupe de chacals dont j'ai parlé, qui guettaient déjà sa dépouille du coin de l'œil. D'autre part, à cette époque, vingt francs représentaient la dixième partie de ce que je touchais par mois pour ma subsistance. Je finis par accepter, me sentant absous par ce fait que nous étions au troisième quart du mois et que ces vingt francs constituaient presque toute ma réserve en numéraire jusqu'au premier du mois suivant. Dix jours de jeûne, c'était quand même une espèce de rémission : le peintre ne le saurait pas, il est vrai, mais j'aurais la conscience tranquille.

On se chargea de fixer rendez-vous chez moi, pour le jour et l'heure qui conviendraient à l'artiste. Celui-ci me fit dire qu'il exigeait (je doute que ce furent ses propres termes), en plus de la somme convenue, deux litres de vin sur la table « pour se donner du cœur à l'ouvrage. »

Au jour et à l'heure fixés, les deux litres de vin et un verre sur l'unique table de mon petit appartement, j'attendis l'arrivée du peintre dans un état d'émotion assez compréhensible. Je ne l'avais plus revu depuis plusieurs semaines et je gardais toujours sur le cœur et la conscience les deux ou trois rencontres, petitement, lâchement évitées. Lui qui voyait tout sans en avoir l'air, il ne devait pas ignorer ces vilains mouvements dont je m'étais rendu coupable. De quels yeux allait-il maintenant me regarder ?

Il se présenta en retard et au moment où, croyant qu'il m'avait oublié, je m'apprêtais à sortir. Son premier regard, tout en me serrant la main et en s'excusant d'un ton contrit mais très digne, fut pour les deux litres de vin que j'avais préparés, et il me sembla qu'il avait déjà bu avant d'entrer chez moi. Il était presque trois heures de l'après-midi, nous étions en hiver, l'obscurité n'allait pas tarder à tomber.

« Nous n'avons pas de temps à perdre », dis-je pour me donner contenance. Il ne répondit pas, déposa la toile, le chevalet et la boîte à peinture, alla prendre les deux bouteilles et le verre, qu'il plaça à terre, à côté de la chaise où il s'assit quand il eut achevé de dresser son chevalet. Il avait l'air fatigué et préoccupé ; tous ces mouvements, il les avait faits l'esprit manifestement ailleurs.

Pourtant il se mit tout de suite au travail et sans m'avoir indiqué la pose. Je regrettai de ne m'être pas placé de profil, obligé que j'étais maintenant de subir son regard chaque fois qu'il levait les yeux sur moi. J'en ressentis un peu d'irritation, qui m'incita à opposer à ce coup d'œil répété une sorte de résistance, comme si je me fusse trouvé en face d'un hypnotiseur. Jamais son regard ne m'avait frappé comme ce jour-là, même quand il fit sur moi l'impression gênante que j'ai rapportée, après qu'il eut deviné l'écriture de la lettre. Dire qu'il ne restait, devant moi, de la personne du peintre, que ces deux yeux, ces yeux qui me dévoraient en silence, avec une décision mathématique, m'arrachaient d'un bec d'aigle, à chaque rencontre, un lambeau de chair, absorbaient une gorgée de mon sang, asséchaient coup sur coup mon âme, serait par trop facile et une pareille image, si forte qu'elle soit, ne correspondrait pas à la réalité. Il me semblait que ce regard se vengeait tout à l'aise de mes nombreux détournements de tête. Les yeux de l'artiste, du reste, je ne les apercevais pas ; je ne faisais que les sentir et encore ne les sentais-je pas comme l'on sentirait deux pointes entrer en vous et vous déchirer, mais en quelque sorte comme l'envahissement progressif, la pénétration rapide et sûre d'une eau qui monte, s'étend, profitant de toutes les ouvertures, remplissant tous les trous et finit, après cette incursion terrible, par s'apaiser et paraître aussi maternelle qu'une épaisse couche de neige, quand elle a tout pris, tout recouvert.

Telle fut l'exacte impression que j'éprouvai pendant la première demi-heure que le peintre consacra à son travail, impression d'autant plus extraordinaire que rien, dans l'attitude de l'artiste, ne semblait la justifier. L'inondation dont je parle n'affectait que l'intérieur, la pensée, l'âme, ce que vous voudrez. Pour le reste, j'étais demeuré assez lucide et dégagé pour ne perdre aucun des gestes du peintre, pas le moindre de ses mouvements, comme si c'était cela qui devait m'intéresser surtout, songeant, comme tout le monde sans doute l'aurait fait à ma place : « Voyons comment se trahit chez cet étrange artiste la nervosité de la création, l'inspiration du moment; essayons de surprendre les signes de l'excitation artistique... » et autres rengaines de ce genre. Vaines préoccupations qui nous laisseront toujours déçus. De tout ce que je pus observer, je ne rapportai qu'une assurance : cet homme ne travaillait pas autrement que la plupart des peintres que j'avais pu voir à l'œuvre, il ne paraissait se laisser conduire par aucune méthode particulière. De plus, je m'étais étonné du calme de la main qui tenait le pinceau et le promenait sur la toile. Non, aucune fougue, au contraire une sorte de désintéressement physique qui me choqua, je me souviens, comme s'il trahissait le peu d'importance que l'artiste attachait à ce travail commandé et qui devait lui rapporter un si mince salaire.

Je ne cherchai pas à vérifier l'exactitude de cette opinion un peu humiliante pour moi, et qui ne m'empêchait pas de ressentir les effets d'une dépossession intérieure, de plus en plus certaine.

Tout en travaillant, il buvait lentement, posément, le vin qu'il avait commandé, abandonnant un instant le pinceau sur la palette pour se verser à boire. Je remarquai qu'il portait le verre à ses lèvres avec une véritable distinction.

Il déposa palette et pinceau et se leva, totalement indifférent à ce qu'il venait d'accomplir.

Je me levai à mon tour, étonné de n'éprouver aucun engourdissement dans les membres, l'âme si légère et si propre, qu'il semblait vraiment qu'une eau eût passé dessus.

Le peintre remit sa veste dont il s'était débarrassé pour travailler, sans hâte, comme les cheminots après la besogne, et me proposa de prendre l'air quelques moments avant de continuer. Il ne lui restait que peu de chose à faire pour finir le portrait. Comme il n'y avait pas regardé lui-même, je m'abstins de jeter un coup d'œil sur la toile, malgré ma curiosité.

Mon compagnon paraissait maintenant d'excellente humeur, son visage rayonnait. L'aspect de santé physique de ce visage, contrastant avec la flamme sombre du regard et la maigreur du corps, m'avait souvent frappé. En chemin, il me parla de choses et d'autres, sur un ton familier que je ne lui connaissais pas. Il m'avait toujours semblé voir dans sa retenue quelque défiance à mon égard ; aujourd'hui, plus rien de tout cela, comme si le portrait qu'il venait de faire eût achevé ma connaissance. Il me semblait lire dans le regard amusé qu'il m'adressait en parlant : « Je te possède à présent jusqu'au bout des ongles, avait-il l'air de dire, ta nature n'a plus de secret pour moi ! » Chose curieuse, je ne me sentais pas le moins du monde incommodé de cette indiscrétion ; j'étais comme l'adversaire loyal, après le combat, devant son vainqueur : du fond de ma chute, je lui tendais la main.

– Allons prendre quelque chose, me dit-il en désignant la porte d'un café.

J'y consentis, bien que je n'eusse aucune envie de boire et que je craignisse pour la fin de mon portrait : la nuit allait tomber et l'état d'ivresse du peintre devenait de plus en plus sensible. Il but d'affilée trois « calvados » ;

je me hâtai de payer, et l'achèvement du portrait eût été remis au lendemain, peut-être à plus tard, si je n'avais entraîné le buveur par le bras hors du café. Il était redevenu songeur et il se laissa emmener docilement, sans avoir l'air de se douter de ma présence. Puis il reprit place sur la chaise, devant le chevalet, se pencha pour voir s'il ne restait rien dans les bouteilles, et comme l'une de celles-ci n'était pas tout à fait vide, se versa le contenu qu'il avala d'une seule gorgée ; ensuite il demeura les yeux fixés devant lui, sur la toile ou ailleurs. L'obscurité commençait à envahir la chambre. Après quelques moments d'attente, comme il ne faisait pas mine de reprendre la palette et le pinceau, je lui fis observer qu'il serait préférable de remettre la fin du portrait au lendemain. Il me paraissait hors d'état de poursuivre un travail sérieux.

Il se peut bien que son attention fût concentrée dans l'examen de la toile qu'il venait de remplir ; je n'apercevais pas son visage caché derrière le chevalet. Ce qui est certain, c'est que ma phrase le fit sursauter.

– Non, non, protesta-t-il après s'être éclairci la voix en toussant, il ne reste presque plus rien à faire. J'aurai terminé dans quelques instants.

Il saisit le pinceau, recula sa chaise et fixa les yeux sur moi ; dans la demi-obscurité, l'éclat de ce regard était si violent que je subis un choc ; heureusement, ce ne fut pas long. À partir de ce moment, il ne fit plus aucune attention au modèle. J'entendais le bruit du pinceau sur la toile, plus fort qu'un simple glissement ; quelques coups appliqués d'une main ferme, avec cette sûreté du praticien qui accomplit en quelques secondes un miracle d'ordre et de création.

– Voilà, dit-il en se levant. Je ne vous ai pas tenu trop longtemps, je crois. C'est assez ressemblant, ajouta-t-il en considérant la toile et reportant aussitôt les yeux sur moi. Je ne croyais vraiment pas réussir ce portrait, mais l'obscurité m'a porté conseil. Que pensez-vous de ce travail ?

Comme il avait prononcé ces derniers mots en riant, je crus qu'il plaisantait ; et aujourd'hui encore, en y pensant, je ne peux m'empêcher de croire qu'il n'attachait aucun sens à sa remarque sur l'obscurité et ne se doutait pas combien elle était fondée. Je me levai à mon tour et allai me placer devant la toile, timidement, comme quelqu'un qui n'est pas sûr de ne pas commettre une indiscrétion. Réellement, je me sentais indiscret ; je constatai, du reste, que j'avais lieu de l'être, car au premier coup d'œil, pour autant que l'ombre me permit de juger, le portrait me parut complètement dépourvu de la ressemblance que le peintre lui attribuait : j'avais devant moi une figure étrangère, d'un faire excellent, il est vrai, mais enfin ce n'était pas moi. Je m'étais attendu à retrouver mon image comme dans un miroir, et voilà qu'on me mettait en présence d'une face humaine dont aucun trait ne semblait m'appartenir. « Pardon, excusez-moi ! » fus-je tenté de bégayer. Il y eut bien quelque chose comme un bégaiement dans la réponse que je lui fis.

J'attendis le départ de l'artiste pour oser faire de la lumière, et après un examen attentif je dus me convaincre que ce visage n'avait rien de commun avec le mien. À la vérité, je n'avais aucune raison d'être surpris, connaissant la furie déformatrice du peintre.

Je n'y réfléchis pas davantage, ce soir-là, en déposai le châssis à terre, la figure tournée vers le mur.

Le lendemain, à la lumière du jour, je me livrai à un examen plus froid, oubliant d'abord de rechercher la ressemblance pour m'étonner du fini du travail : ce n'était nullement une simple ébauche, mais une œuvre achevée, complète en toutes ses parties ; le front, les yeux, le nez, la bouche et le menton, chacun de ces morceaux semblait avoir été l'objet d'une sollicitude toute particulière ; le pinceau s'y était attaché avec ce mélange de dextérité et de complaisance amoureuse qui frappe dans les images japonaises. Malgré cela, l'ensemble donnait l'impression d'une peinture enlevée d'inspiration ; c'était vivant, animé, « parlant » comme disent les amateurs éclairés. Mais de ressemblance, vraiment aucune.

– Eh bien, me dis-je en portant la toile chez l'encadreur, si ce n'est pas un portrait, cela n'en reste pas moins une fort précieuse peinture. Et comment oserions-nous exiger d'un portrait peint une ressemblance absolue, si la photographie, souvent, ne se montre pas plus fidèle ? Ne suffit-il pas que l'artiste y ait mis sa chimère ?

Je me mariai et quittai Nice quelque temps après.

– Qu'est-ce cela ? avait demandé ma femme en apercevant le portrait accroché au mur.

– Tu ne reconnais pas cette figure ?

– Non vraiment, répondit-elle en cherchant dans sa mémoire autant que sur la toile un élément qui la mît sur la voie de la découverte.

— Voyons, insistai-je, tu plaisantes, tu connais parfaitement le modèle.

Je voulais pousser l'expérience jusqu'au bout.

— Je t'assure, je ne vois pas, mets-moi sur le chemin...

Et tournant les yeux vers moi, tout à coup :

— Ce n'est tout de même pas toi ?

Elle me parut un peu humiliée. Il faut dire que le peintre n'avait pas songé un seul instant à flatter la figure que nous avions sous les yeux ; elle se montrait étrangement étirée, l'allongement de l'ovale accentuait une maigreur pleine de caractère sans doute, mais qui ne ressemblait pas à la mienne ; de plus, les épaules étaient complètement supprimées, si bien que le peu de corps que le peintre avait bien voulu accorder au portrait accusait davantage encore cette absence de volume dont le modèle n'était certes pas responsable à ce point. Enfin, les deux ou trois rides déjà marquées à cette époque sur mon visage avaient été exagérées. Il se dégageait de cette figure un air de fatigue physique et morale justifiée par la vie pénible que j'avais menée jusque-là. Malgré cela, ce qui frappait surtout, c'était un caractère de jeunesse, il faudrait dire d'enfance, aussi disproportionné et paradoxal que le reste, et qui provenait de la fragilité voulue de cette construction et d'autre chose encore que je ne pus m'expliquer.

— On dirait, fit remarquer ma femme, que le peintre t'a vu dans un miroir déformant. Non, non, je ne te veux ni si jeune, ni si maigre, ni si long. Il faut nous défaire de cette inquiétante image ou l'enfermer dans un tiroir.

– Si ce portrait te tourmente à ce point, répondis-je, n'est-ce pas signe qu'il n'est pas si faux qu'il paraît ?

Elle voulut bien en convenir. À mon tour, je lui concédai que le peintre avait très bien pu me voir dans le miroir déformant de son imagination, me souvenant du mot de Samuel Butler : « Un beau portrait est toujours davantage le portrait de celui qui l'a peint que le portrait de celui qu'il représente. » Pourtant je ne sais quoi me disait secrètement que l'artiste avait aussi bien pu discerner en moi quelques traits précis, sur quoi son attention s'était arrêtée, et qu'il était seul à reconnaître. Enfin, je dois ajouter que depuis quelque temps, à force sans doute d'avoir le portrait sous les yeux, une certaine ressemblance commençait à se dégager pour moi de ce visage, ressemblance dont je ne songeai même pas à discuter l'exactitude ; ce pouvait n'être qu'un reflet ou même une simple illusion.

L'impression défavorable de cette peinture sur ma femme et l'état où elle se trouvait à cette époque (elle attendait un enfant) me dictèrent la seule chose qu'il y eût à faire : vendre le portrait afin d'en éloigner le souvenir. Si l'artiste eût encore vécu, je lui eusse envoyé le produit de la vente ; mais il venait justement de disparaître, et sa femme à sa suite, de la façon tragique que j'ai indiquée en commençant. J'avais proposé l'achat du tableau à un de mes amis habitant en Angleterre et que je savais grand amateur d'art contemporain ; le prix qu'il m'en offrit, sans me paraître exagéré, n'était pas en rapport avec celui que j'avais payé au peintre. Je l'acceptai cependant parce qu'il correspondait exactement à la somme dont j'avais besoin pour retourner avec ma femme à Paris, où une situation m'était offerte.

Quinze années s'écoulèrent. Au début, je m'intéressai quelque temps aux destinées du portrait. Je savais qu'il avait été revendu pour une somme assez importante, dix ou douze fois celle que j'avais acceptée de mon ami. Ensuite le souvenir m'en était complètement sorti de la tête.

Il n'y a pas longtemps, je l'ai vu reparaître dans la chronique des ventes d'art avec la mention d'un prix imposant.

Je ne sentirais pas le besoin de signaler ce fait, si je ne m'étais rappelé que j'avais gardé de ce portrait mieux qu'un simple souvenir.

Autrefois, avant de me séparer du tableau, j'en avais fait faire une photographie, à l'insu de ma femme. Les épreuves, ou pour mieux dire l'unique épreuve que j'en avais conservée, avait été reléguée au fond du tiroir le plus obscur. Qu'était-elle devenue, quelle retraite s'était-elle choisie après nos nombreux déménagements ? Chaque chose a son destin, parfois bizarre, et celui de ces objets minces et flexibles, légers, furtifs, qu'on nomme dédaigneusement des « papiers », m'a toujours paru plus mystérieux que les autres. J'ai vu de ces papiers auxquels je n'avais attaché aucune importance, livrer leur signification après un long voyage dans les ténèbres d'un bureau, ou après un patient séjour dans quelque livre ou à une autre place, plus oubliée encore, où ils s'étaient glissés et finalement arrêtés, on ne sait comment.

J'eus donc la curiosité de revoir le portrait, ou plutôt la photographie, après de si longues années. Mais comment retrouver cette épreuve ? Je commençai par visiter tous mes tiroirs, consultai ensuite les nombreuses enveloppes, fardes et portefeuilles de toute sorte où j'avais l'habitude d'enfermer les reproductions, les photos, les gravures accumulées dans les différentes pièces de mon appartement et jusqu'au grenier. Je ne sais pourquoi je mettais tant d'obstination dans mes recherches, convaincu que je ne retrouverais jamais cette photographie qui avait bien pu s'égarer à la suite d'autres objets de caractère indépendant et aventureux. Après une journée ou deux de ce travail, ma nervosité devint si apparente que ma femme s'en aperçut ; j'eus un instant l'idée de l'associer à mes efforts, mais il eût été nécessaire de lui confesser la cause de ma curiosité, cela m'était impossible. Je m'avouais le peu d'intérêt de ces recherches. Mais l'obstination est une des marques de mon caractère ; quand j'ai commencé un examen ou une expérience, il est rare que je ne pousse pas cette occupation jusqu'à ses extrémités, même si je me suis aperçu en route qu'elle ne mènerait pas à grand-chose. Je cachai comme je pus mon souci et me mis, en désespoir de cause, à feuilleter l'un après l'autre tous les ouvrages de ma bibliothèque. Le résultat ne fut pas meilleur et il me fallut en rester là, ayant fait le tour de mon domaine. « J'ai dû négliger quelque recoin, pensai-je. Reposons-nous deux ou trois jours avant de compléter notre exploration. »

Le lendemain, j'achevais paisiblement mon courrier, quand j'éprouvai le besoin de consulter mon Littré au sujet d'une expression sur le sens de laquelle il me venait un doute. Je ne peux interpréter autrement cette impulsion que comme la réponse à un appel, car, à vrai dire, le doute était léger. À peine eus-je ouvert le volume, je tombai sur la photographie que je cherchais. J'avoue que je reçus un choc au cœur ; là, si près de moi, à portée de main, et dans les parages où je me rendais presque chaque jour ! Comment se faisait-il que je n'eusse jamais rencontré cette photo au cours de mes incessantes consultations ? Cette question m'eût retenu quelques secondes si le premier regard jeté sur la reproduction que je tenais en main ne m'avait plongé dans une autre stupeur, beaucoup plus grande.

Ma main se mit à trembler et je fermai un instant les yeux, frappé par une constatation tout à fait inattendue. C'était une excellente photographie, d'une netteté parfaite, imprimée sur papier brillant, ce qui rendait l'image plus claire et en même temps plus vivante, sans compter l'effet produit par la réduction du format. Il est certain que ni moi, ni ma femme, ni mes amis, personne ne s'était trompé autrefois au sujet de la ressemblance de cette peinture. Je me regardai dans la glace ; impossible de me retrouver sous ces traits ou pour mieux dire de me rappeler mon ancienne apparence ; elle n'y était pas et les quinze années qui s'étaient écoulées depuis l'époque où l'artiste exécuta le portrait ne m'avaient pas conduit sur la voie. Il est des ouvrages dont le sens n'apparaît qu'à la longue ; ce ne fut pas le cas pour celui-ci. Non, le temps n'y avait rien ajouté, ne m'avait pas aidé à le comprendre, de même qu'il ne m'avait pas amené non plus à constater que le peintre, ainsi que je me l'étais figuré autrefois, prenant comme prétexte mon visage, s'était borné à s'exprimer lui-même dans cette figure.

La révélation fut complète, immédiate et unique. Je revis à l'instant celui qui avait créé l'image. Pendant une seconde il fut devant moi, plus sûrement présent que s'il était revenu sous sa forme humaine : deux yeux seulement, et ce regard qui m'envahissait, m'absorbait, m'enveloppait, était dans tout le sens du mot un regard prophétique.

J'appelai ma femme et lui montrai la photographie : « Mais c'est tout le portrait de Serge ! s'écria-t-elle, à peine l'eut-elle sous les yeux. Où as-tu trouvé cette photo ? » Pas un instant elle n'avait songé que ce fût celle du tableau fait à Nice.

Le doute n'était plus possible : le portrait que je venais de retrouver était celui de notre enfant.

Au repos de la santé

À André Gide

I

Malgré la fièvre dont j'avais senti dès le matin le bourdonnement dans les oreilles et qui me tirait aux jambes, je partis à pied pour le Bois.

Soleil d'avril, comment résister à ton appel ?

Je pris l'avenue du lac et comme je ne puis pas plus résister à l'eau qu'au soleil, je descendis dans le bateau qui conduit les promeneurs à l'île de Robinson, figurée par un café-restaurant d'apparence en vérité peu primitive. Je suppose que cet îlot et l'établissement qui le couvre de son aile ont mérité leur nom à cause de l'océan de feuillage qui les isole du monde, car le cercle liquide dont ils s'entourent ne justifiera jamais l'attention, même par les tempêtes les plus authentiques.

Quelques passagers s'étaient installés sur les bancs, de chaque côté, lorsque je m'embarquai. Je grelottais un peu en m'asseyant. Le bac quittait la rive. Je regardai d'abord les gens rangés en face de moi : un jeune couple composé d'un troufion et d'une ouvrière endimanchée, une grosse dame armée d'une ombrelle bleu de ciel, et un collégien en béret de velours, tenant dans la main un paquet mal ficelé. « Du pain pour les pigeons », pensai-je. Sur le banc que j'occupais, à ma droite, était assise une fille sans chapeau, affublée d'une robe écarlate qui semblait faite tout exprès pour accentuer la tendre pâleur d'un visage où les yeux, qui me regardaient, se montraient d'un éclat surprenant.

Je me laissai distraire quelques instants par l'amusante audace du soleil ; profitant du délabrement de la toile qui devait nous protéger de ses rayons, il se glissait par un trou et se laissait tomber sur la chevelure noire de la femme sans chapeau.

À côté de moi était le passeur tournant à deux mains la manivelle de la roue à palettes. Jusqu'ici, bien que j'eusse pris souvent le bac, l'idée ne m'était jamais venue que cet homme pût parler ; il m'avait paru tellement lié à cette manivelle, que je l'avais cru fait de la même matière et capable seulement de grincer comme elle. Du reste, sa physionomie était assez ordinaire : le corps de grandeur moyenne, ni gros, ni maigre, et le visage soigneusement rasé mais sans autre expression que celle d'une patience mécanique.

Je dus le regarder avec plus de curiosité que d'habitude, car il leva les yeux vers moi et me demanda, du ton d'un homme qui vous connaît parfaitement et vous rencontre chaque jour :

– Eh bien ! comment vous portez-vous ?

– Merci, répondis-je sur le même ton, je me sens tout malade aujourd'hui.

Il me considéra avec une attention pleine de bonté.

Non, le passeur et la manivelle n'étaient pas une même chose !

Cependant je ne vis aucune pitié dans son regard.

– La maladie, c'est le repos de la santé, fit-il. Ne vous tourmentez pas, vous vous portiez trop bien.

Le bateau abordait. Les passagers, qui avaient entendu la remarque du passeur, sortirent en riant.

Le couple entra tout droit dans le café, la grosse dame s'assit à la terrasse et le collégien se dirigea vers la volière aux pigeons en défaisant son paquet. Quant à la fille, je la vis marcher quelque temps sur le chemin, devant moi, puis descendre la berge et s'asseoir nonchalamment devant le lac.

Je fis rapidement le tour de l'île, sans m'intéresser d'aucune façon aux essais printaniers des taillis. Le soleil me caressait et je me laissais caresser, mais surtout j'étais poussé par cette hâte un peu inquiète que la fièvre, comme le vin, communique aux jambes aussi bien qu'au cerveau. Je pensais avec plaisir au passeur ; loin de se montrer comme je me l'étais figuré jusqu'ici, il venait de me révéler en deux mots, et avec le sourire d'un visage bien humain, l'esprit narquois d'un philosophe. Tandis que je marchais d'un pas rapide mais peu ferme, une idée se formula visiblement devant moi ; je l'exprimai tout haut, avec un plaisir qu'il me fallait dépenser largement : « Cet homme tourne sa manivelle, mais sa pensée est droite comme la marche du bateau ».

Je répétais encore cette phrase faite de lignes qui se traçaient dans ma tête comme un beau problème de géométrie, dont la solution me paraissait d'une simplicité divine, lorsque je me trouvai de nouveau en face du café-restaurant.

La grosse dame n'avait pas changé de place mais s'abritait à présent sous l'ombrelle ouverte, bien que le soleil ne fût pas insistant. J'entendais la voix du collégien parlant aux pigeons, et je vis que la femme à la robe écarlate était toujours seule, étendue sur la berge.

Dans le bac, le passeur, assis devant la roue, avait l'air de dormir. De ce moment, une légère irritation commença à se manifester en moi. Au lieu de disparaître, lorsque je vis l'homme manœuvrer la manivelle et que je sentis le mouvement du bateau qui glissait en ligne droite, l'impression de picotement désagréable ne fit que grandir, surtout quand, tournant la tête, je m'aperçus que la fille aux cheveux noirs s'était embarquée à ma suite.

Elle était venue s'asseoir tout à côté de moi, bien qu'il y eût beaucoup de place sur le banc. Le passeur me regardait maintenant d'un air curieux et amusé. Je le pris en grippe aussitôt, car je devinais fort bien sa pensée : « Vont-ils se joindre ou s'en iront-ils sans se toucher ? Lui adressera-t-il la parole ou fera-t-il semblant de ne pas s'apercevoir qu'elle est jolie ? »

Philosophe, peut-être, mais psychologue, assurément non !

Le soleil avait disparu. Je ne regardai plus ni le passeur ni la fille, mais l'eau fendue par le bateau me donna le frisson ; elle révélait d'une façon étrange sa profondeur, non seulement par transparence, mais plus positivement encore, car pendant une seconde je me sentis bel et bien au fond, tout entier, dans une sorte d'obscurité caverneuse où le bac avançait avec une rectitude qui me parut, cette fois, terrible comme la fatalité.

Un choc me fit ouvrir les yeux : nous venions d'accoster.

Je pensai d'abord prendre pied sur la rive sans donner de pourboire au passeur ; mais, soit que je fusse encore sous le coup de la fatalité qui venait de me plonger au fond d'un gouffre, soit que ma conscience m'empêchât d'accomplir une vengeance de mauvais goût, je puisai au hasard quelques sous dans la poche de mon gilet et les allongeai au bonhomme.

À ce moment, je me sentis pris doucement par le bras et j'entendis la voix du passeur, qui disait :

– Venez me voir ce soir à mon auberge, ce n'est pas loin d'ici, vous vous y trouverez bien. À ce soir ! répéta-t-il en crachant dans ses mains.

Je n'eus que le temps de sauter à terre ; il avait saisi la manivelle et le bateau se remettait en mouvement.

Il tenait donc auberge, ce passeur ! Je ne pus m'empêcher de rire. L'art de la réclame qu'il savait allier à son métier n'était pas mal imaginé, puisqu'il avait réussi à attirer mon attention avant de me tendre son adresse. Du reste, je fis autant de cas de celle-ci que de ces papiers imprimés que l'on reçoit dans les rues, d'une main distraite, et qu'on rejette sans même y avoir accordé un regard.

Je grelottais de plus en plus. Ma soif était si grande, que je m'arrêtai devant une de ces fontaines érigées au bord des routes à l'intention des chevaux et des chiens, et j'allais y tremper les lèvres lorsque passa un taxi dont le fanion relevé se montra comme un signe de salut. J'en oubliai ma soif et montai dans la bagnole où j'éprouvai tout de suite le bien-être d'une heureuse vitesse.

Cependant, arrivé chez moi et bel et bien couché dans mon lit, malgré l'heure inaccoutumée, je ne pus me défendre d'une impression désagréable ; il me semblait que j'avais heurté du pied un pavé et qu'il en résultait pour l'avenir un danger de chute perpétuel.

II

J'étais couché depuis une heure à peine, du moins il me sembla, lorsque je me souvins du rendez-vous du passeur. Je n'avais pu oublier la douceur de sa voix et la pression amicale de sa main sur mon bras.

Je me décidai sur le champ à prendre le chemin de l'auberge. Je le fis avec toute ma volonté et pourtant je comprenais que je n'étais pas libre d'y renoncer. Ce fut facile, car je n'eus pas besoin d'accomplir le plus petit effort pour me lever.

Parvenu dans un endroit dont j'ignorais hier encore le nom, je m'aperçus que j'avais dû faire un assez long chemin.

Cependant je ne sentais aucune fatigue ; c'était comme si je venais de traverser la ville assis sur le pont d'un bateau.

Je pris sans la moindre hésitation une rue étroite et déserte où tout, jusqu'aux lumières, dormait paisiblement, et marchai d'un réverbère à l'autre, les yeux fixés sur une enseigne lumineuse dont on voyait de loin le signal, annonçant à n'en pas douter un café de nuit. En effet, je pus lire bientôt l'inscription qui se détachait en lettres rouges :

AU REPOS DE LA SANTÉ

Il y avait déjà du monde à l'intérieur.

J'aperçus d'abord une longue silhouette debout au fond de l'établissement. À mon entrée, l'homme tourna la tête et vint à ma rencontre d'un air naturel et souriant. Je reconnus le passeur ; mais celui qui m'avait adressé la parole, ce matin, dans le bac, et celui qui m'accueillait maintenant dans cette auberge, différaient sensiblement par la taille. Le passeur du bac semblait s'être allongé. Il est vrai que dans le bateau il était tout le temps assis. Le mouvement aisé de sa marche et le balancement harmonieux de son corps me disposèrent agréablement. Lorsque je me fus assis à la table qu'il m'avait indiquée, après qu'il m'eut serré cordialement la main et souhaité bienvenue, mon image familière de la sécurité m'apparut tout de suite : l'oscillation d'un mât dans un port, lente et régulière, et qui fait pressentir une eau tranquille.

Pendant quelques minutes, je restai sans bouger sur mon siège. Du reste, on s'y trouvait si bien installé, avec l'impression d'être complètement étendu, que l'on ne demandait qu'à jouir sans fin de ce confort. Je ne songeai pas à me faire servir une consommation quelconque, bien que j'eusse bu volontiers un verre d'eau fraîche.

Le passeur devina sans doute mon désir. Je le vis arriver, toujours sans se presser, mais assez vite pour que je n'eusse pas à souffrir de l'attente, et regardai avec plaisir le liquide doré remuant dans un verre qu'il posa devant moi.

C'est à partir de ce moment que je m'aperçus qu'il faisait chaud dans ce café. Je me figurai l'une des fenêtres, allongée comme un immense thermomètre dont la colonne de mercure marquait au moins trente-neuf à quarante degrés. Malgré cela, l'atmosphère était supportable et je me trouvais bien de n'avoir à faire d'autre mouvement que celui d'étendre la main jusqu'au cylindre transparent de mon verre.

La salle formait un rectangle au plafond élevé et était éclairée par une lumière voilée, très agréable aux yeux; on n'apercevait aucune lampe, rien qu'un large abat-jour vert qui rejetait la clarté sur une fenêtre du fond, dont le store était baissé. C'est vraisemblablement à cause de cette lumière sans éclat que le café me parut d'un cube imposant, à cause aussi de l'atmosphère généreuse qui noyait les détails pour ne livrer aux regards que de grandes lignes calmes et d'heureuses surfaces.

L'excellente chaleur y était sans doute aussi pour une part, elle donnait une mollesse aux pierres mêmes.

Vraiment, je n'avais jamais désiré moins l'agitation que depuis mon entrée dans cette paisible auberge; ou plutôt, les allées et venues du passeur représentaient à mes yeux tout le mouvement nécessaire.

Après avoir posé mon verre sur la table, il resta debout devant moi, attendant quelque chose. Je crus qu'il convenait de payer ma consommation et esquissai le geste de glisser les doigts dans mon gousset. Mais le passeur me prévint :

— Laissez donc, c'est moi qui vous ai invité. Comment vous trouvez-vous ici ?

— Mais fort bien, répondis-je. Je ne regrette pas d'être venu.

Il s'en alla avec un sourire et je m'amusai quelques moments à suivre l'oscillation de son corps étroit entre le bar et les tables. Mes yeux s'étaient habitués à la lumière du café, tout m'apparaissait comme baigné dans une eau tranquille. Les mouvements étaient d'une extrême douceur et les formes d'un aspect moelleux. Malgré sa maigreur, le tenancier de l'auberge n'accusait aucun angle déplaisant ; au contraire, le torse contenu dans le fourreau d'un chandail ne montrait que des courbes multipliées par les raies rouges et vertes du maillot. Il passa près de moi deux ou trois fois de suite, puis se dirigea vers la porte à la rencontre d'un nouveau visiteur. Je vis sa bonne figure osseuse et rouge qui me regardait, plus rouge assurément que ce matin, car il ne faisait pas aussi chaud sur le lac ; et je prenais de plus en plus l'assurance que le passeur n'avait jamais cessé de tourner une manivelle, que tout avançait par la volonté de ce mécanisme primitif qui m'avait conduit d'une mer agitée jusqu'au havre de cette auberge.

Je commençai alors à considérer avec curiosité les consommateurs assis autour des tables. Comme moi, ils semblaient se plaire dans l'immobilité de cette position assise, ou plutôt étendue, que permettaient les sièges et qui donnait aux quarante degrés de l'atmosphère une appréciable saveur. À peine tournais-je indolemment la tête lorsque la porte de la rue s'ouvrait. Je regardai l'un après l'autre les visages ; tous avaient cette bonne rougeur avivée qui fleurissait celui du passeur, mais je n'en reconnus aucun.

Comme le maître de l'endroit se dirigeait encore une fois vers la porte, je vis entrer une femme sans chapeau, qui chercha du regard une place libre. C'était la fille à la robe écarlate que j'avais rencontrée ce matin, et qui s'était assise dans l'île au bord du lac. Elle passa devant moi ; ses yeux sombres s'arrêtèrent sur les miens, et je remarquai en même temps le clin d'œil du passeur, dont je comprenais parfaitement le sens. Je ne fus donc pas surpris en voyant la fille prendre place à côté de moi. Quant au passeur, je ne lui en voulus nullement d'avoir en quelque sorte poussé cette femme dans mes bras. Façon de parler, car celle-ci n'avait pas l'air plus que moi pressée d'accomplir les mouvements ordinaires. Lorsqu'elle eut pris le siège, elle parut se fixer avec volupté dans cette attitude bienheureuse et tourna enfin vers moi son visage. Il n'était plus pâle, comme ce matin, mais animé d'une belle couleur qui couvrait le front et les joues.

Elle commença à me parler familièrement. Je ne pouvais m'étonner qu'elle m'eût reconnu ; il semblait du reste probable que, si cette fille n'était pas venue ici pour me rencontrer, aucune autre figure que la mienne ne dût l'intéresser dans cette auberge. Du moins, j'en jugeai ainsi et sans aucune vanité. Je bénis le passeur de l'avoir invitée en même temps que moi.

– Le bateau glisse en ligne droite, pas d'accident à craindre, me dit-elle.

– Oui, répondis-je ; il fait chaud, mais il y a à boire dans l'île et tout le lac pour se baigner.

– Avec un bac comme celui-là, et ce passeur, on va plus loin qu'on ne croit.

– Et cette manivelle qui tourne. Tout devient simple, on avance sans le savoir.

– Avez-vous vu les pigeons ? Ils sont gardés par une vieille femme, des gamins leur jettent à manger. Ils ne s'envolent jamais, ce serait pourtant si facile !

Elle tendit le bras vers la table, sans bouger le reste du corps, et prit le verre de citronnade que le passeur lui avait apporté. Je soulevai mon verre en même temps et le vidai d'une seule haleine.

À peine eûmes-nous remis nos verres sur la table, je sentis en effet que nous pouvions aller très loin. Le bac ne coupait pas l'eau avec plus de rectitude que ma pensée, la roue ne tournait pas plus aisément.

III

Le passeur s'était arrêté une fois de plus à notre table. À voir la façon tranquille dont le maillot, le cou et la tête oscillaient, on jugeait l'attitude d'un homme qui a enfin servi tout le monde et se flatte d'avoir satisfait ses clients. Il jeta une œillade à ma voisine et me demanda, sans cesser de balancer le chef à la façon d'un magot chinois :

— Voulez-vous boire encore quelque chose ?

— Merci, dis-je, il fait chaud, mais on peut se reposer. Ce matin, je me sentais grelotter, bien qu'il y eût du soleil, et je trébuchais à chaque pas, tellement mes jambes étaient faibles.

— Moi, c'est tout pareil, dit la fille. Je me suis assise au bord du lac et j'ai failli rouler dans l'eau. Maintenant, comme monsieur, je ne trouve rien de plus reposant que cette auberge, malgré qu'il fasse chaud, comme il dit.

— Ils parlent tous ainsi, fit le passeur d'un air entendu. Mon auberge est la dernière où l'on puisse encore se reposer. Aussi vient-on de loin. Voyez vous-mêmes.

Il se dirigea vers le fond de la salle, sans se presser plus que d'habitude, et s'arrêta devant la fenêtre où se concentrait la clarté réservée par l'abat-jour de la lampe.

Aussitôt le store se leva et je vis quantité de choses qui s'agitaient derrière les vitres. D'énormes blocs de pierre taillés en maisons et percés de fenêtres sur un nombre infini d'étages, formaient des rues tirées au cordeau et éclairées par des lampes électriques suspendues. On voyait des machines compliquées dont les volants tournaient ; des ombres montaient aux murs ou descendaient jusqu'aux trottoirs. Les voies publiques étaient noires d'autos et de tramways dont le mouvement prenait presque toute la place et qui filaient sur deux lignes parallèles ; par moments, un train surgissait, bousculant les murailles, franchissait une rue sur un pont et disparaissait sans laisser de traces. Le peu de place qui restait était occupée par les hommes dont la foule se massait sur les trottoirs; il y en avait qui s'engouffraient dans les autos et les tramways; un plus grand nombre qui traversaient les rues en courant. Jamais je n'avais aperçu la ville dans une pareille rapidité sans arrêt, tant de choses et d'êtres s'entrecroisant et se mêlant dans un pareil danger de se broyer ou d'éclater. Les hommes semblaient emportés par le vent des machines et dans leurs gestes on devinait surtout le souci de se préserver des accidents. Si l'un d'eux s'arrêtait un moment et levait les yeux, peut-être pour regarder le ciel où les étoiles étaient remplacées par les disques tournants, les raies et les zigzags des annonces lumineuses, il était aussitôt balayé par la foule. J'en vis qui culbutaient sous les roues, d'autres que rejetaient déchiquetés deux autos entrechoquées. Les fenêtres des plus hautes constructions en vomissaient quelques-uns qui s'abattaient sur le trottoir; çà et là, dans l'engrenage des machines, on apercevait un homme enlevé, les bras ouverts.

— Comme ils bougent! prononça ma voisine en rajustant lentement une mèche de sa chevelure.

— Oui, répondis-je, il faut une rude santé pour tout ce mouvement.

Une grande partie des hommes était poussée vers la fenêtre. Les uns avaient de grosses joues qui balançaient, un corps large, de courtes jambes, et ils riaient en marchant; d'autres étaient longs et maigres, ils ne riaient pas mais avançaient en se vantant de leur santé nerveuse, qui leur permettait de gagner les autres de vitesse. Tandis que les formes grandissaient en approchant, le mouvement semblait se relâcher. Les premiers arrivants s'arrêtaient comme s'ils s'attendaient à quelque chose d'insolite, et leurs têtes, pareilles à d'énormes boules de pavot, s'inclinaient de fatigue. Mais bientôt on les voyait disparaître les uns après les autres et l'on sentait que, tous, ils entreraient un soir à l'auberge, pour se reposer comme nous et boire le frais liquide.

Le passeur rabaissa le store et revint près de nous. Je lui demandai l'heure et m'étonnai de n'apercevoir aucune horloge dans le café, comme il en existe partout, dans les maisons et même dans les rues.

Il répondit que si je voulais connaître l'heure, je devais aller la chercher dehors ; aucun de ses clients ne lui avait jamais posé cette question, c'est pourquoi il croyait que le besoin d'une horloge ne se faisait pas sentir.

Ma voisine me demanda si je perdais la tête ; je compris qu'elle avait raison, car pour rien au monde je ne me serais levé du siège où j'étais si commodément assis. Il me prit même une sorte de terreur en songeant qu'il faudrait s'arracher à ce repos, quitter l'auberge et marcher dans les rues pour rentrer chez soi.

Je fis part à ma compagne de mon inquiétude.

– Pour moi, répondit-elle en s'enfonçant au plus profond de son siège, je ne partirai pas d'ici. Il faudra qu'on me chasse !

C'était sans doute l'avis de tous ceux qui étaient entrés, car personne ne faisait mine de bouger.

Le passeur avait entendu notre dialogue. Il sourit en nous regardant, se dirigea vers la lampe cachée par l'abat-jour et l'éteignit.

— Bonne nuit, dit-il, je vais dormir. Demain il me faut passer l'eau.

L'auberge fut plongée dans une obscurité plus confortable encore que la lumière qui venait de s'éteindre. Sans que j'eusse fait le moindre effort pour me soulever, j'étreignis la taille de celle qui était auprès de moi. Il me sembla que nous étions transportés en pleine mer, bercés par un roulis d'une aisance et d'une sûreté miraculeuses. L'éternité et l'espace s'étendaient devant nous, tandis que nous avancions au milieu des vagues agitées dont le tumulte ne faisait qu'accuser le calme du navire.

IV

Lorsque je rouvris les yeux, ma surprise fut grande en constatant que j'étais couché dans mon lit. « Je devine, pensai-je, c'est cette femme qui m'aura reconduit; elle aura pris un taxi pour ne pas me réveiller ».

Cependant je me souvins qu'elle m'avait déclaré que rien au monde ne l'obligerait à se lever. Je sautai de mon lit et me mis tout de suite à ma toilette. Ma figure, dans la glace, était gaie et rose, mais je dus me raser car ma barbe avait prodigieusement poussé. Je mangeai de bon appétit et pris mon chapeau pour sortir.

Le soleil m'avait appelé par la fenêtre. J'avais hâte de marcher et, tout naturellement, je me dirigeai du côté du Bois, après avoir traversé la ville en prenant le chemin le plus court. Du reste, ce fut sans déplaisir que je me mêlai quelque temps au mouvement des rues; mes jambes allaient bien, mes oreilles étaient libres de ce bourdonnement qui les tenait hier encore enchaînées. Je me rappelai aussi cette peur que j'avais éprouvée de trébucher, et l'idée seule de monter aujourd'hui dans une voiture me parut un non-sens.

Après quelques détours par des sentiers que je connaissais bien, et que je me plaisais souvent à visiter en frappant résolument le sol, pour lui marquer mon amitié, je débouchai sur le grand chemin qui conduit au lac. L'eau blanche, avec l'ovale sombre de l'île au milieu, m'inspira l'idée de descendre.

Un moment, je pensai que le passeur ne serait pas à son poste. Je me pris même tout à coup à douter que ce passeur existât vraiment, car je me sentais une somme de souvenirs assez confus dans la tête, lorsque j'aperçus le bateau qui arrivait à ma rencontre, avec une lenteur élargie, dont la sécurité me parut assez ridicule, par ce soleil qui n'avait rien de casanier. Il me prit envie d'agiter mon mouchoir pour faire signe à quelqu'un, mais le baldaquin n'abritait aucun passager : la silhouette du passeur, toute petite, animait seule le pont du mouvement régulier de sa main actionnant la manivelle.

Cette absence de passagers me déçut. Je tournai la tête pour voir si personne ne descendait sur la berge.

Depuis mon entrée dans le bois, je m'étais retourné fréquemment, j'avais exploré les chemins les plus sympathiques dans l'espoir de retrouver cette fille aux cheveux noirs et à la robe écarlate, qui s'était assise à côté de moi et dont je ne pouvais me souvenir avec indifférence ; je crois même que j'étais sorti de chez moi, ce matin, avec cette pensée vague, qui prit forme et devint inquiétante à mesure que j'approchais de l'île où j'avais aperçu cette femme pour la première fois.

Lorsque le bac accosta et qu'il m'y fallut prendre place sans autre compagnie, je ne pus m'empêcher de jeter au passeur un regard de mécontentement. L'homme m'avait reconnu ; il me demanda comme la veille, sans manifester la moindre surprise et d'une voix tranquille :

– Eh bien, comment vous portez-vous ?

– Merci, répondis-je en m'asseyant en face de lui, tout à fait bien, mieux que jamais !

Il sourit et se mit à manœuvrer la roue.

L'idée me vint de lui poser quelques questions sur son auberge et de le prier de me dire comment j'en étais sorti ; mais je le vis la tête penchée, le corps ramassé, comme je l'avais toujours vu pendant mes traversées, et à ce moment son travail me parut si grave, si important et si merveilleux, que je me fis scrupule de le distraire. En le regardant tourner la manivelle, je me représentai le nombre de traversées qu'il avait dû accomplir depuis le temps qu'il s'était attelé à cette roue, et la longueur du chemin parcouru ; la somme en devait être grande, et ma voisine de la veille avait raison lorsqu'elle disait : « Avec un bac comme celui-là, et ce passeur, on peut aller loin ! » Je me persuadai de cette vérité et ne songeai plus au problème du départ de l'auberge, dont la solution me parut futile.

Un regard jeté sur l'autre bord me révéla qu'il était désert.

Pourtant je gardais l'espoir de retrouver ma compagne dans l'île.

Je sautai sur la rive et courus jusqu'au chemin sans rencontrer la moindre créature humaine. Le gazon portait les traces des embarcations qu'on remontait le soir sous les arbres. « C'est là qu'elle s'est assise », pensai-je, en jetant les yeux sur la berge. Je m'arrêtai quelques instants devant la volière aux pigeons, que je trouvai encore fermée, puis, d'un pas nerveux je fis le tour de l'île et revins à mon point de départ.

Peut-être se reposait-elle dans le café ? J'entrai et jetai dans la salle un regard de voleur, car je n'avais pas l'intention d'y rester si elle n'y était pas. Le café était désert.

C'était ma faute. Comment n'avais-je pas songé à lui fixer un rendez-vous ?

La reverrais-je jamais ? Sa robe rouge et ses cheveux noirs m'obsédaient. En quittant le café, je regardai encore autour de moi. Une barque s'éloignait sur le lac, avec un homme qui ramait et une fillette au gouvernail.

À quelques pas de là, sous un abri, il y avait un punching-ball devant lequel je n'avais jamais daigné m'arrêter jusqu'à ce jour. Je retroussai la manche de ma veste, donnai du poing sur le ballon de cuir qui oscilla furieusement au bout de l'élastique, et constatai avec satisfaction que l'aiguille du dynamomètre marquait un coup vigoureux.

Il ne me restait qu'à reprendre le bac. Je me trouvai une fois de plus en face du passeur, et le bateau acheva sa ligne d'un bord à l'autre, tranquillement, sans que nous eussions prononcé une seule parole.

En remontant la rive, je me retournai. L'homme avait déjà changé de place ; on l'apercevait maintenant de dos, toujours assis, les mains sur la manivelle, attendant un passager pour repartir.

Quelques couples arrivaient dans la direction du lac. Un cheval de fiacre buvait à la fontaine, une automobile passa en faisant de la poussière.

Je pensais toujours à la fille (pourquoi ne lui avais-je pas demandé son nom ?) et songeais que si le hasard ne la mettait plus sur ma route, il restait cette auberge où il me serait possible de la rencontrer.

Mais en retrouverais-je si facilement le chemin ?

Une restitution

I

Je suis notaire. J'exerce ma profession depuis plus de vingt ans et j'aurais sans doute terminé ma vie dans l'ombre qui me couvre depuis mes débuts, sans cet événement qui vient de bouleverser la famille du comte de Pravelon, dont je représente les intérêts.

Tout le monde a entendu parler de cette affaire tragique. Il est inutile que je l'expose ici ; elle n'a du reste aucun rapport avec les faits dont je vais parler. La presse qui s'en est emparée avec la rapacité impitoyable qui caractérise ce grand fauve jamais assouvi, ne trouvant plus rien à dire aujourd'hui sur les vedettes du drame, s'est rabattue, en dernière ressource, sur le notaire de la famille si durement éprouvée. Des journalistes sont venus me questionner. J'ai opposé à leur curiosité le secret professionnel. Ils ne se sont pas découragés. Il leur suffit, pour l'instant, de connaître quelques traits de ma vie ; ils ont l'air de s'intéresser à moi. Qu'est-ce que mon humble personne vient faire dans tout cela ?

– J'ai toujours vécu dans l'ombre, ai-je répondu, je n'ai rien à vous raconter.

Malgré mes protestations, ma photographie vient de paraître dans un journal du matin. J'ai reçu la visite d'un petit journaliste, blond et timide, qui m'a prié avec le plus grand sérieux de lui fournir quelques indications sur mon caractère. Je lui ai donné ma main à lire...

Pourtant ce jeune homme ne croyait pas si bien faire. Sa question m'a rappelé une bien singulière histoire.

Il y a quelques années de cela ; je l'avais complètement oubliée et je ne m'en suis souvenu qu'après le départ de mon jeune reporter. S'il revient me voir, je la lui conterai volontiers.

*

Je suis notaire, comme je l'ai dit. J'aurai bientôt cinquante ans. Au physique, maigre, sec, nerveux ; au moral, fort différent, plutôt gras de cœur et de cerveau. L'air timide et indécis, à cause de cette opposition du physique et du moral.

Dès mon enfance, je manifestai une disposition d'esprit qui me portait irrésistiblement vers l'imagination, les idées générales, la musique et la poésie ; mais, chose bizarre, ma volonté refusait de suivre cette voie, je faisais de constants efforts pour échapper à la fantaisie et m'appliquer au texte.

Une autre particularité de ma personne, c'est ma débilité physique contrastant avec des appétits énormes, un besoin insatiable d'action, une passion pour les exercices violents. À l'âge de sept ans, j'avais déjà l'estomac délicat, je ne supportais presque aucune nourriture, et pourtant j'étais d'une gourmandise extraordinaire. Il fallut l'inlassable sollicitude de mes parents pour préserver mon enfance d'une indigestion fatale.

Dès que mon père m'eut laissé libre de suivre mon penchant dans le choix d'une carrière, au lieu de m'orienter vers la musique et la poésie, où m'attiraient mes goûts et mon instinct, je choisis volontairement la profession la plus positive du monde, celle du notariat, parce qu'elle devait m'obliger à regarder les choses de près, à me soumettre dans tous mes actes à la formule. Cette décision inattendue plongea ma famille dans une sorte de stupéfaction. Elle n'avait jamais compté de notaire dans son sein.

À l'université, où je me trouvai brusquement libre, je devins un viveur effréné. Les trois quarts du temps l'étude me fut impossible ; mes débordements me rendaient affreusement malade. De plus, j'éprouvais une grande difficulté à m'assimiler les matières sèches et précises du droit. Ces années furent une période de luttes incessantes, d'âpres combats livrés contre moi-même, de souffrances atroces, physiques et morales. J'échouai plusieurs fois aux examens. Mais enfin, à force de volonté bien décidée, je finis par conquérir mes diplômes. Ma santé, il n'est pas nécessaire de le dire, très éprouvée par ces années de débauche, ne valait pas plus lourd que les certificats qui m'introduisirent dans la carrière.

J'ai commis maintes méprises dans la gestion de mon étude et failli me compromettre souvent, malgré le soin que j'ai toujours voulu prendre de mes affaires. Je me suis marié. L'attention affectueuse et soutenue de mon épouse m'a empêché, jusqu'ici, de retomber dans mes anciens excès. Mais ma santé demeure complètement ruinée, et je garde tous mes mauvais instincts.

Voilà mon caractère mis à nu.

J'en suis arrivé à pouvoir me commander assez pour suivre avec quelque rigueur le régime qui m'est prescrit par les médecins. Grâce à l'aide précieuse d'un premier clerc intelligent et méticuleux, mes affaires sont bien tenues à présent.

Ma jeunesse a été dure et tourmentée. Sans l'ombre d'un souci extérieur, constamment favorisé par la fortune, j'ai été l'être le plus sombre, le plus malheureux de la terre.

J'avais un peu oublié tout cela. Les occupations de ma vie réglée avaient tendu un tapis vert sur le champ dévasté de ma conscience.

II

Malgré le calme relatif dont je jouissais depuis mon mariage, mes nuits demeuraient agitées. Je pouvais dormir, mais les rêves que je faisais se ressentaient de mes anciennes débauches. Mes mauvais instincts, matés pendant le jour par le travail ordonné de ma profession, se réveillaient la nuit et prenaient une terrible revanche.

D'abord, ces rêves ne me préoccupèrent pas outre mesure. Ils me paraissaient, en somme, fort naturels ; du reste les rêves s'oublient vite. Mais bientôt mes songes nocturnes se firent plus violents, en quelque sorte, aussi, plus désinvoltes.

Ils avaient beau jeu. C'étaient toujours les mêmes visions : je me voyais, avec les traits les plus ressemblants, mais au lieu de l'être malingre et chétif que j'étais habitué à rencontrer dans la glace, j'apercevais l'image d'un homme énorme, gras, au teint cramoisi. Ce personnage qui réalisait d'une façon frappante tout ce que je n'étais pas et que j'aurais voulu être, se montrait vêtu à une mode antique, portant béret, pourpoint et chausses d'autrefois. Les paysages où je le voyais évoluer ressemblaient à des décors empruntés à des tableaux anciens. Il accomplissait, ou plutôt j'accomplissais, des actions fantastiques ; mes repas étaient dignes de ceux de Gargantua et je ne pouvais assez me repaître de voluptés de toutes sortes.

Ces visions nocturnes devinrent si fréquentes et si mouvementées, qu'il m'arriva de me réveiller en sueur et aussi fatigué que si j'eusse vécu réellement ces cauchemars. Comme on le voit, ceux-ci n'étaient pas effrayants, mais terriblement vrais. J'attribuai ces sommeils monstrueux à une dernière habitude dont je n'avais pu m'affranchir. Après chaque repas, j'avais coutume de fumer deux ou trois pipes, malgré les nausées qui me venaient souvent dès les premières bouffées. Je laissai le tabac après le dîner. Comme cela ne suffisait pas, j'eus le courage, appuyé par les instances de ma femme, de renoncer définitivement à cette pipe malfaisante.

Mais les rêves continuèrent leur quotidienne orgie. Ils avaient encore cette particularité insolite de demeurer parfaitement présents à mon esprit après le réveil. Dans mon bureau, à peine levais-je la tête, je les voyais devant moi, autour de moi, vivants et debout, avec tous leurs détails et leurs transformations innombrables.

*

Un jour, n'ayant pu me concentrer dans ma besogne, je me pris à réfléchir à ce phénomène par trop insistant. Je sentais fort bien le rapport de ces rêves avec les épouvantables poussées de mon instinct, qui m'avaient précipité autrefois dans les pires erreurs. Je me mis à monologuer tout haut : « Où donc ai-je pu contracter ces goûts détestables et si opposés à mon physique et à ma nature paisible. Je n'ai jamais eu de pareils exemples devant moi. Les livres que j'ai lus dans ma jeunesse étaient choisis par mes parents et fort raisonnables ; à l'université, je vécus trop moi-même pour regarder vivre les autres… Je cherche vainement dans mon hérédité. Mon père était un homme maigre et sec, comme moi, sobre par tempérament. Je l'ai toujours vu mener une vie simple, dans un quotidien bien-être. Ma mère non plus n'accusait aucun instinct extravagant. Je l'ai connue douce, absorbée tout entière par les soins de la famille… Mes ancêtres, autant que je me souvienne du portrait qu'on m'en a fait, étaient tous gens graves, rangés, à la tête d'affaires ou de professions sérieuses et respectables. L'histoire de ma lignée n'offre que des faits ordinaires, communs à toutes les familles privilégiées par le sort. Puisque l'hérédité ne m'apprend rien sur mon cas, continuai-je, pourquoi suis-je gourmand et rêveur, quand mon corps est débile et ma volonté impatiente d'équilibre et de mesure ? »

La nuit suivante, je me revis comme d'habitude ; cette fois, mes exploits drolatiques furent indescriptibles. Le génie d'un Balzac ne suffirait pas pour raconter dans un livre ce que je réalisai dans l'espace d'une seule nuit. Au milieu de ce chaos, un détail me frappa particulièrement par son dessin positif et la clarté singulière qui fut projetée sur ce côté du tableau.

Je m'étais vu sur la place publique d'une petite ville, marchant à grandes enjambées et cherchant anxieusement une auberge, car j'étais tourmenté par un intolérable appétit. Cette fois, ce ne fut pas ma personne qui m'occupa le plus, malgré sa position désagréable, mais l'endroit où je me trouvais. Les maisons, basses et vieilles, toutes à pignons, formaient un carré. Il y avait sur l'un des côtés une église dont le sommet de la tour, en cône tronqué, montrait ses cloches par une large ouverture. À l'un des coins s'élevait une maison plus cossue que ses voisines ; on y voyait une enseigne dans un cadre de fer forgé, figurant un renard à fourrure verte, avec cette inscription sous la bête : « *Au véritable gourmet.* » Je vis ma formidable ressemblance s'engouffrer par la porte et je me réveillai.

Les nuits suivantes, le même décor reparut très exactement, mais ma monstrueuse figure se montrait de plus en plus effacée dans le tableau ; parfois même elle en était absente. Une nuit, un autre personnage se présenta sur la place. Je le vis sortir de l'auberge du coin, où, vraisemblablement, j'étais toujours occupé à dévorer un interminable et pantagruélique repas. C'était un homme d'une figure ordinaire, à peu près de mon âge et vêtu à la campagnarde, comme un de nos paysans d'aujourd'hui. En fermant la porte derrière lui, il leva la tête et parut lire attentivement l'enseigne de l'établissement. À cet instant, je vis apparaître une autre inscription : elle ne se trouvait pas sur l'enseigne, ni sur le mur de façade, mais semblait plutôt flotter dans l'air, et elle ne portait que ce mot : « DOYRAND ». Ensuite le nouveau personnage s'éloigna et le rêve s'évanouit.

Plusieurs fois encore, je revis le paysan dans mes songes et toujours dans le même cadre de cette place publique d'une petite ville ancienne. Une fois, je l'aperçus poussant une charretée de bois ; une autre nuit, l'homme se montra vêtu d'une blouse bleue et tenant à la main le bâton noueux du marchand de bestiaux. Chaque fois, on le voyait tourner autour de la place, s'arrêter devant les portes, ayant l'air de chercher quelque chose ; et quand il levait la tête, ce nom qui m'était apparu, quelques nuits avant, du côté de l'auberge, se déroulait devant lui : « DOYRAND ».

*

La succession des derniers épisodes de mes rêves me donna beaucoup à réfléchir.

Je pensai d'abord que ces songes nocturnes étaient des souvenirs, soit d'anciennes lectures, soit de gravures que j'avais pris plaisir à regarder autrefois. Bien que ma mémoire éveillée ne me rappelât rien de pareil, la chose n'était pas invraisemblable. Mais ce qui m'intriguait davantage que tous les rêves passés, c'était ce nom si clairement écrit, qui paraissait et disparaissait sans cesse, comme les lettres d'une annonce lumineuse projetée dans la nuit. Je ne pouvais m'empêcher d'y songer. Je l'entendais sonner à mes oreilles tandis que je rédigeais le texte de mes actes, et il m'arriva plusieurs fois de l'apercevoir sous ma plume, tracé malgré moi sur le papier. Ce pouvait être le nom d'une commune de France. Je consultai le Bottin mais n'y trouvai aucun nom semblable ni même approchant.

Un jour que je feuilletais l'Annuaire administratif pour y rechercher l'adresse d'un collègue, l'idée me vint que ce nom qui s'obstinait à se présenter à moi était peut-être celui d'un notaire rencontré quelque part dans un des innombrables dossiers qui peuplaient mon étude. La mémoire a de ces fantaisies inexplicables. Je parcourus la liste alphabétique des tabellions de France et trouvai, en effet, le nom de Doirrent ; il n'était pas absolument pareil à l'autre, l'orthographe différait même assez, mais pour l'oreille les deux noms étaient identiques.

Suffisamment édifié par cette découverte, je refermai l'annuaire en riant. Mais je le rouvris aussitôt ; j'avais négligé de regarder quelle était la localité où pratiquait ce notaire. Je vis que son étude était située à Lévignan, une petite commune de Seine-et-Oise, que je ne connaissais pas.

Après ces constatations, je fus persuadé que le nom et le décor allaient disparaître de mes songes. Je me trompais. Ils se représentèrent plusieurs fois encore, et je constatai que l'obsession ne faisait que grandir. Mon travail en était continuellement dérangé. Veille et sommeil se confondaient maintenant dans cette vision d'une petite place de province, d'un homme qui semblait être quelque gros fermier de la région et d'un nom de notaire inconnu.

III

Un matin, je décidai de partir pour Lévignan. Je ne confiai à personne le motif de ce déplacement, ou plutôt je prétextai une visite quelconque.

À vrai dire, en prenant le train, j'ignorais ce que j'allais faire dans ce pays sans doute bien monotone. Tout le long du voyage, qui me parut interminable et compliqué, il me vint de fréquents accès de colère contre ma faiblesse ; je m'étais senti entraîné dans cette aventure comme tant de fois jadis dans mes excès néfastes. Avec un peu de réflexion et de volonté, j'aurais pu m'épargner ce voyage qui s'annonçait vraiment fastidieux.

On peut juger de ma stupéfaction quand, arrivé sur la place publique, je me trouvai devant un décor à peu près pareil à celui que j'avais été forcé de contempler tant de nuits dans mes rêves. Il n'y avait qu'une légère différence : la plupart des maisons qui formaient le carré se montraient sans pignons. Mais je vis la grosse tour tronquée de l'église, avec son clocher à jour.

Je me dirigeai vers l'un des coins de la place, où l'on apercevait une maison plus élevée que les autres ; c'était une auberge étalant à son enseigne l'image d'un renard vert, au-dessus de cette alléchante inscription : « *Au véritable gourmet.* »

Ma première pensée fut de rendre visite au notaire dont le nom m'était si singulièrement apparu, comme pour me conduire vers cette ville pressentie dans mon sommeil. Mais le voyage m'avait creusé l'estomac ; je me sentais un appétit énorme, et comme cette auberge se trouvait là bien à propos, j'y commandai à déjeuner, remettant à plus tard toute autre préoccupation.

Le menu fut excellent. Je mangeai beaucoup, de fort bonne humeur, et me laissai entraîner à boire plus que de raison. Vers la fin du repas, tout en fumant un cigare, je pensai à ce qui me restait à faire dans cette ville. J'éprouvais un bien-être dans tout le corps, et pour la première fois il ne me venait aucune inquiétude au sujet de ma digestion.

« À quoi bon aller voir ce notaire ? me dis-je. Il ne m'apprendra rien. Un notaire comme un autre, sans doute. Il fait fort bon dans cette ville, on y mange à merveille, les habitants sont aimables… Allons nous promener, jouir en toute liberté de notre escapade. »

Lorsque je remis les pieds sur la place, j'étais légèrement dégrisé ; une lourdeur descendait dans mes jambes.

En passant devant la mairie, le désir me prit d'entrer, afin de recueillir quelques renseignements sur le notaire de l'endroit. Je voulus d'abord interroger l'un des employés, mais il me parut plus intéressant de consulter les archives sur le nom de Doyrand ou Doirrent, qui m'avait entraîné dans ce pays.

J'appris tout de suite que les Doirrent étaient notaires à Lévignan, de père en fils, depuis plusieurs siècles. Après deux heures de recherches dans des flots de vieux papiers, de parchemins, les narines pleines de poussières, je dus renoncer à découvrir quelque chose de piquant sur cette famille de tabellions. Ce n'étaient que pièces officielles relatant, dans un texte sec et stéréotypé, mariages, naissances, décès, tout l'ordinaire des existences successives, dûment enregistré. Une seule chose me frappa : le nom de ces notaires prenait une orthographe différente à mesure qu'on remontait dans le passé.

J'allais mettre un terme à ces recherches décevantes, lorsqu'une pièce attira mon attention ; on y lisait le nom, cette fois exactement orthographié, je veux dire tel que je l'avais lu dans mes rêves. C'était un acte notarié. La nature de ce document me surprit moins que les noms des parties contractantes réunis en tête de la minute. Le contrat était passé entre Me Félix-Antoine Doyrand, notaire à Lévignan, d'une part, et le sieur François Rabelais, curé de Meudon, de l'autre. La rencontre, tout à fait inattendue, de l'auteur de *Pantagruel* à cette place, me remua d'une façon étrange. L'espace d'une seconde, tous mes songes monstrueux reparurent à la fois, et l'analogie de ces scènes nocturnes avec les imaginations de l'écrivain me frappa vivement.

Le document portait que le sieur François Rabelais s'engageait à payer à Me Félix-Antoine Doyrand, pour services rendus, deux cents pistoles, plus une pièce de vin de Romanée. Une main étrangère avait interpolé ces mots à la suite de la phrase : «... *dont il estoit très friand*».

La découverte de cette pièce curieuse m'inspira l'envie de poursuivre mes recherches. Je fouillai quelque temps encore dans les archives. L'unique document intéressant que je trouvai, parmi quantité de papiers insignifiants, concernait un procès intenté par un sieur Ambroise-Marie Pierre, fermier à Lévignan, contre Me Félix-Antoine Doyrand, notaire ; le texte calligraphié de cette minute portait que le notaire Doyrand avait reçu en dépôt, du sieur Pierre, une somme de cinq cents pistoles d'or ; mais le notaire se prétendait libéré par certains services importants rendus au demandeur. Celui-ci, de son côté, affirmait que les services susmentionnés avaient été payés en plusieurs versements, et aussi en nature. Quelques papiers annexés à ce document démontraient que la cause avait traîné, faute de preuves, du vivant du notaire, et que l'affaire avait été définitivement classée après sa mort. Je pris copie des principales pièces du procès et, jugeant que le notaire actuel ne m'intéressait plus du tout, je renonçai à cette visite.

Le même soir, dans le train qui me ramenait, je réfléchissais à cette journée et à l'étrange procès dont les archives venaient de me révéler les éléments épars. J'étais d'humeur assez maussade, à cause d'une digestion lente qui me donnait des vertiges.

Dans un coin de mon compartiment, j'aperçus un voyageur qui me regardait. Il était vêtu d'une blouse bleue, son visage annonçait une santé gaillarde. Moi aussi, je le regardai, bien qu'il n'offrît aucun trait remarquable. Il ne me quittait pas des yeux et semblait pris d'un grand désir de me parler. Où donc avais-je déjà vu cet homme ? Tout en poursuivant mon examen, j'essayai de me rappeler. Le voyageur s'aperçut de ma perplexité et se rapprocha de moi en me saluant. Nous engageâmes la conversation sur le premier sujet venu. Il m'apprit qu'il était commerçant à Lévignan et qu'il se rendait à Melun pour ses affaires.

Tandis qu'il parlait, je me souvins tout à coup : « Mais oui, je ne me trompe pas, c'est bien le même homme que j'ai aperçu en rêve, sortant de l'auberge du *Véritable gourmet* et se promenant sur la place de Lévignan. C'est la même tournure, le même visage ! Comme tout cela est curieux... »

Mon voisin s'arrêta de parler et il me sembla qu'il s'apprêtait à me dire quelque chose de confidentiel. J'allais moi-même lui raconter le rêve que j'avais fait, quand le train s'arrêta. Le voyageur regarda par la portière et se leva brusquement.

– Il faut que je change de train ici, me dit-il d'un air contrarié. Je regrette de ne pouvoir achever ce voyage avec vous. Mais je vous prie, venez me voir à Lévignan. Je serai rentré dans quelques jours. Venez me voir sans faute, acheva-t-il en me dévisageant d'une façon étrange, sans faute...

Il me donna son adresse en descendant et, se retournant sur le quai pour me saluer, il répéta :

– Sans faute, n'est-ce pas ?

Je répondis que, si je revenais à Lévignan, je ne manquerais pas d'aller le voir.

Tout le long du voyage, jusqu'à chez moi, d'incohérentes pensées se bousculèrent dans mon esprit. Je m'efforçai de rassembler les événements disparates de cette journée et de les confronter avec les rêves dont ils semblaient le prolongement et, en quelque sorte, la vérification. Mais je me perdis de plus en plus dans le vague et l'imprécis. Je rentrai chez moi éreinté, les nerfs à vif, et fort mécontent, comme un homme de loi qui s'est mis en route pour éclaircir une affaire et qui revient moins édifié qu'au départ, avec l'impression désagréable que tout l'ensemble va lui échapper.

La nuit ramena quelques rêves grotesques, où je me revis comme devant ; mais je ne retrouvai plus ni l'auberge ni l'homme que j'avais aperçu plusieurs fois sur la place. Les nuits suivantes, mes visions fantastiques se relâchèrent quelque peu.

IV

Je décidai de ne plus m'occuper de ces histoires de l'autre monde. Une seule envie me restait : c'était de recueillir quelques détails sur la vie de cet ancien notaire de Lévignan, qu'un scribe facétieux m'avait signalé comme un homme « très friand » de vin de Bourgogne.

Je parvins à me procurer un ouvrage ancien qui traitait de l'histoire anecdotique de la région, et constatai avec plaisir, et une sorte de soulagement, qu'il était question, dans ce livre, de la famille Doyrand et spécialement de cet ancien notaire dont j'avais un peu violé le repos. L'auteur du mémoire le décrivait comme un être fantasque et bon vivant, grand mangeur et trousseur de filles devant l'Éternel. Il y était question de ses relations avec l'illustre curé de Meudon, qui le tenait pour un des plus « estonnans et curieux docteurs ès gaudrioles qui soyent sous le ciel ». En effet, le livre rapportait de ce singulier personnage quelques histoires vraiment dignes de ses fréquentations rabelaisiennes.

Il m'est difficile d'exprimer le sentiment que j'éprouvai en lisant ces détails sur le caractère et la vie du plantureux et divertissant notaire. Ce ne fut pas de l'étonnement, loin de là. Au contraire, il me semblait que j'avais déjà lu ou entendu conter cela autrefois et que cet homme m'était parfaitement connu. Tout en lisant, je comblai moi-même certaines lacunes, je soulignai des passages, comme le ferait un témoin oculaire pour en certifier l'exactitude. En un mot, j'eus l'impression que je relisais ma propre histoire et que je me rejoignais dans une ancienne existence dont je n'avais oublié aucune de ses péripéties.

Comment expliquer cela? Je ne sais. Une seule chose me surprit: il n'était point fait mention, dans cet ouvrage, du procès obscur dont j'avais par hasard retrouvé la trace. Cette omission me déplut et je me mis à diriger par là mes réflexions: « Il se peut, raisonnai-je, que le notaire ait eu tous les torts de son côté dans cette affaire. La ténacité avec laquelle la partie demanderesse réclame son bien me semble impliquer une présomption de son droit. Qu'est-ce qui le prouve, cependant? La vie du notaire Doyrand fut, il est vrai, exempte de scrupules. Il dépensa sans compter pour apaiser ses formidables instincts… »

J'allai prendre dans un tiroir les pièces du procès, je veux dire les extraits dont j'avais pris copie, et je me mis à les relire attentivement, cherchant à en tirer toutes les déductions possibles. Pendant plusieurs jours, cette question demeura à la tête de mes pensées et commanda toute mon attention. Je compulsai un grand nombre de textes, de poudreux ouvrages de procédure et les plus anciens recueils de jurisprudence que je pus me procurer. Ma femme, qui me voyait occupé nuit et jour à ce travail, n'y pouvait rien comprendre. Pour moi, on eût dit que ce problème me touchait de très près. L'avouerai-je ? À mesure que je m'enfonçais dans les inextricables méandres juridiques, je me mis à éprouver une honte véritable, de cuisants remords. Il me semblait que je partageais les responsabilités de la dette réclamée dans le procès et que je me sentais moi-même coupable au nom d'un homme qui n'était plus !

Dans ces circonstances, n'étant parvenu à trouver aucune issue satisfaisante, je résolus de retourner à Lévignan et d'aller voir le notaire actuel, afin d'éclaircir avec lui ce mystère. En vérité, je ne pris aucune résolution ; je fus encore une fois entraîné sur ce chemin par une force irrésistible.

*

Si invraisemblable que puisse paraître la suite de cette aventure, j'en relaterai simplement les faits en m'efforçant d'éviter toute supposition, du reste inutile. À quoi bon m'évertuer à trouver la cause primitive d'une impulsion qui ne fut sans doute que le résultat d'une série de coups et d'à-coups, dont il serait fou de prétendre reconstituer la chaîne ?

Arrivé à Lévignan, je me rendis immédiatement au domicile du notaire Doyrand, muni du dossier de l'affaire qui m'occupait.

Dans le train, j'avais longuement médité sur la façon dont il convenait d'entrer en matière ; il faut l'avouer, la chose à traiter était infiniment délicate. Il se pouvait que le notaire actuel ignorât complètement le procès de son lointain aïeul. Je décidai de lui déclarer que j'avais eu connaissance de cette cause, depuis longtemps périmée, par le plus grand des hasards, au cours de recherches que j'avais été obligé de faire pour mes propres besoins dans les archives du pays. Du reste, je comptais ne lui parler de cela qu'incidemment, après avoir trouvé un prétexte pour le prier de me fournir des renseignements cadastraux sur un certain nombre de propriétés de la ville.

Je fus introduit dans une maison qui me parut très vieille. La servante me pria d'attendre quelques instants : elle allait prévenir le notaire de ma visite.

Je me trouvais dans un grand salon d'aspect froid et suranné, dont les murs, crevassés à certains endroits, étaient couverts de portraits de famille aux cadres prétentieux. Je demeurai debout devant l'un de ces tableaux représentant une figure de vastes proportions, haute en couleur, et vêtue d'un costume à l'ancienne mode ; un homme au visage bourgeonnant, de cinquante ans environ, mais qui semblait les porter fort gaillardement. « Sans doute le vieux tabellion amateur de bourgogne, l'ami de François Rabelais : Félix-Antoine Doyrand ».

À ce moment, la servante revint et me dit que le notaire était sorti, mais qu'il ne tarderait pas à rentrer. Elle me tendit une chaise en me priant de l'attendre et me laissa seul. Au lieu de m'asseoir, je fis le tour de la pièce et me mis à observer les tableaux ; puis je m'arrêtai de nouveau devant le portrait qui avait d'abord attiré mon attention. Il me parut d'une fort bonne peinture. À côté se trouvait une petite glace accrochée à la muraille et d'aspect assez ordinaire. Je ne sais pourquoi je reculai de ce côté ; sans doute dans l'intention de vérifier ma tenue dans le miroir.

Une image bizarre m'apparut dans la glace dont le tain était légèrement voilé. Était-ce la mienne ? Était-ce celle du portrait ? Le visage que j'apercevais était énorme et boursouflé.

À ce moment, je sentis exactement ce que j'avais à faire, et j'exécutai tous les mouvements comme s'ils m'étaient dictés par un ordre supérieur. Je tendis la main dans la direction du miroir et frottai du doigt la surface polie. Un ressort joua dans la muraille, le cadre tomba à demi, comme le couvercle d'un tiroir, et j'aperçus dans le mur une cavité étroite, en profondeur. J'en retirai une bourse de cuir épais, la soupesai, la glissai dans mon portefeuille à peu près vide et relevai le miroir contre le mur. Ensuite, fort tranquillement, je me dirigeai vers la porte et l'ouvris. À la servante que je rencontrai dans le corridor, je déclarai que je ne pouvais attendre plus longtemps ; je reviendrais sans doute à la fin de l'après-midi.

Sans que je l'eusse cherché, mon chemin se trouva parfaitement indiqué. Je marchai quelque temps par des rues étroites et contournées, dans une sorte d'engourdissement de toute ma volonté, et m'arrêtai enfin devant une porte où je lus ces mots sur une plaque de cuivre, au-dessus du heurtoir : « *Ambroise-Marie Pierre, négociant*». Je sonnai. Une femme m'introduisit et je demandai à voir M. Pierre. Celui-ci se présenta bientôt et, tout de suite, manifesta une grande joie en m'apercevant.

– Je croyais que vous m'aviez oublié, depuis notre rencontre en chemin de fer, me dit-il. Je vous remercie d'être venu.

– Loin d'avoir oublié ma promesse, répondis-je, je vous apporte une chose qui vous est due.

Sans faire attention à la surprise de mon hôte, en qui je venais de reconnaître le voyageur qui m'avait abordé, quelques semaines avant, dans le train, je retirai la bourse pesante de mon portefeuille et la lui tendis :

– Prenez cela, lui dis-je, et vérifiez si le compte y est.

Comme je le voyais hésiter, ahuri de ce que je lui disais et ne sachant que répondre, je déliai moi-même les cordons de la bourse et alignai sur la table les pièces d'or qu'elle contenait. Cette opération fut longue. Je comptai en tout cinq cents pistoles.

— Voyons, me dit M. Pierre, que faites-vous là ? Que signifie tout cet argent ? Vous ne me devez rien. Et cette monnaie étrangère ? Je n'en ai jamais vu de pareille…

— Attendez, fis-je, je vais vous fournir l'explication que vous me demandez.

Je tirai de mon portefeuille les papiers que j'avais emportés et commençai à lui lire les pièces du procès que le sieur Ambroise-Marie Pierre, son ancêtre, fermier à Lévignan, avait intenté sans succès, du temps de François Rabelais, au notaire Félix-Antoine Doyrand. Lorsque j'eus terminé, M. Pierre, toujours extrêmement surpris, me dit :

— Vous êtes un bien étonnant notaire. Je ne sais comment vous remercier. Qu'est-ce donc qui a pu vous mettre sur la piste de ce procès séculaire, dont je n'avais jamais entendu parler, et comment avez-vous recouvré cette somme ?

— Ne me le demandez pas, répondis-je. C'est mon métier et mon secret.

Je vis que le négociant m'observait, toujours avec une insistante attention, comme pendant notre première entrevue dans le train.

— Savez-vous, me dit-il, que, sans vous connaître, j'avais rêvé de vous, une nuit ? C'est curieux. Je voulais vous dire cela, l'autre jour, mais l'arrêt du train m'en a empêché. Vous ne me croyez pas ?

J'affirmai que je le croyais, au contraire, très volontiers.

— Vous allez prendre une partie de cette somme,

poursuivit-il, c'est votre droit. Ne s'agit-il pas d'un trésor découvert ? Je vous propose d'en emporter la moitié.

Malgré les prières et l'embarras de mon hôte, je ne voulus rien accepter. Il demeura quelques instants soucieux, sans parler ; puis il reprit sa bonne humeur.

– Alors, fêtons ensemble cet heureux événement ! s'écria-t-il. Oui, vraiment étrange, cette histoire de procès oublié…

Il battit des mains et se mit à rire.

– J'ai justement en cave un vieux Romanée qui vous plaira. Êtes-vous connaisseur ? Figurez-vous qu'il fut acheté par mon arrière-grand-père à la succession d'un de ces sacrés notaires de Lévignan. Les flacons portent encore le nom du tabellion, avec la date sur l'étiquette.

Il partit et revint bientôt chargé de quelques bouteilles enduites d'une épaisse poussière.

Le repas qu'on me servit fut truculent. Je bus énormément et mangeai avec appétit de tous les plats. Je fus terriblement malade… Mais que ce vin était bon !

La mort est une récompense

I

Il y a des périodes dans la vie de l'homme et dans celle des peuples où le miracle, ou si l'on veut l'extraordinaire, devient pendant quelque temps la loi et finit d'étonner même les êtres les plus positifs. Chaque guerre, chaque catastrophe, offre de ces exemples de prodiges que l'esprit ne cherche plus à expliquer.

Pierre était un de ces hommes autour de qui viennent s'enrouler les événements les plus invraisemblables. Ses amis le savaient. Sans le tenir pour un être exceptionnel, ils s'étaient habitués à l'idée que tout pouvait lui arriver.

Son fils Jacques était parti, le premier jour de la guerre, rappelé parmi cent mille autres. Ce garçon allait atteindre ses dix-neuf ans. C'était bien jeune pour s'offrir à la mort; mais comme il n'avait pas encore eu le temps de se faire au métier des armes, on pouvait espérer, si la guerre était courte, qu'il ne verrait pas le feu; si la guerre devait durer, il se passerait un temps assez long avant qu'il fût mêlé aux combats.

Quand se produisit la retraite, il fut lâché avec sa compagnie sur les routes de France et l'on vit cette jeunesse fraîchement revêtue de l'uniforme se disperser, profiter de tous les moyens qui se présentaient, pour atteindre au but assigné, où elle devait se rejoindre, se regrouper et reprendre l'activité militaire interrompue par l'approche de l'ennemi. Mais celui-ci la suivait de près ; elle était constamment devancée par le vol des avions ou arrêtée par la chute des bombes. De sorte que cette retraite prit bientôt une allure tragique.

Pierre avait quitté le pays avec le reste de sa famille, presque en même temps que son fils, par un autre chemin. Arrivé dans le Sud de la France, après une fuite éperdue, pleine de fatigue et de risques de toute sorte, il était arrivé dans un village des environs de Bordeaux, où il se fixa en attendant les événements.

C'est là qu'il apprit, un matin, la terrible nouvelle.

On était au début de juillet, il s'était levé tôt, comme d'habitude, pour allumer le feu de bois dans la cheminée. Il se tourmentait de ne savoir rien de son fils, depuis deux mois. Pas encore une véritable inquiétude ; il fallait du temps pour que Jacques apprît sa nouvelle adresse, et lui-même n'était pas encore parvenu à connaître le lieu de cantonnement de son fils. Mais le temps qui passe n'a pas le même son dans toutes les occasions de la vie, et le bruit du vent, dans sa retraite improvisée, se compliquait de la rumeur des bombardements. Il passait ses journées à ramasser du bois, à couper du bois, à le ranger, à le brûler. Le bois était son élément, Pierre en vivait, il en respirait l'odeur et la fumée. Il lui semblait être devenu bois lui-même, bois coupé, bois séché, brûlé. Tout aurait été bien s'il avait pu acquérir une conscience de bois. Mais l'ancienne conscience lui restait.

Il venait de repousser les volets et de constater que le temps, comme d'ordinaire, était beau, trop beau dans les circonstances malheureuses que traversait le monde, et il s'apprêtait à se mettre à table dans la cuisine de l'espèce de cabane où il s'était fait un gîte, quand il aperçut dans le cadre de la fenêtre ouverte, toute illuminée par le ciel le plus serein, le visage d'un de ses compagnons d'exil. De la tête, on lui faisait signe de venir. Pierre se rappela plus tard que ce visage émacié et tout le haut du corps presque squelettique lui avaient fait penser dans cet instant à la parole de Jérémie : « La mort entre par la fenêtre… »

Quand il fut dehors, on lui mit sous les yeux une carte postale, arrivée du matin, où cette simple phrase était insérée parmi d'autres complètement étrangères au sujet : « Jacques a été victime d'un très grave accident. » Ces mots, tracés d'une écriture calligraphiée, l'effrayèrent moins, en ce moment, que l'expression de cet autre visage, celui de la nature, de l'atmosphère où il respirait : il semblait soudain privé de mouvement ; un léger nuage dans le ciel, un de ces nuages qui se forment à l'aube et disparaissent bientôt, fondus par le soleil, semblait fixé là pour toujours, pareil à cette petite phrase d'une écriture si nette et comme définitive. Pierre en eut le souffle coupé. Le cours du temps s'arrêtait aussi. Son cœur battant à se rompre était la seule chose vivante qui restât sur terre et ce rythme continuant, quand tout le reste avait cessé d'exister, était la chose la plus effrayante qui se pût concevoir. On eût dit que deux cœurs réunis battaient maintenant dans sa poitrine pour lui faire sentir à quel point sa vie allait devenir intolérable.

Rentré chez lui, il reprit sa place à table et se laissa interroger par sa femme sur cette sortie insolite. Que lui avait-on dit ? Rien, un simple renseignement que cet homme était venu chercher. Un renseignement ? À propos de quoi ? Il s'agissait d'un lopin de terre qu'un vigneron de la contrée avait cédé bénévolement à cet homme pour lui permettre de cultiver quelques légumes ; on ne savait comment s'y prendre, on était venu demander conseil à Pierre. Pourquoi à lui ? Pierre se rendait compte que son visage devait être livide ; mais il faisait assez obscur dans la cuisine pour que sa femme ne s'aperçut de rien. La fausseté de sa voix lui fit mal ; il lui sembla que ce naturel forcé faisait saigner une blessure.

Demeuré seul, grelottant, dans la fraîcheur du matin abaissée tout à coup à la température de la tombe, Pierre songeait à ce soir de l'hiver dernier, où la sonnerie du téléphone l'avait fait sursauter. Il était justement en train d'écouter au phonographe le chant funèbre de Pergolèse : *In questa tomba profunda...* quand une voix inconnue, sortie on ne sait d'où, lui avait annoncé la mort inopinée de sa sœur ; la même voix le priait de prévenir les enfants de la morte, qui dansaient ce soir-là dans un bal.

Il se mit tout de suite en quête de renseignements. Cette petite phrase en disait à la fois trop et trop peu. Il écrivit à l'auteur de la carte, pour lui demander quelque lumière, mais sa lettre demeura sans réponse. La guerre avait brouillé les distances, les hommes, comme les pièces d'un échiquier, s'étaient dispersés. Il fallait des jours et des jours pour qu'une lettre atteignît son but; encore la plupart de ces missives s'égaraient ou s'immobilisaient-elles en chemin. C'était, sur la carte de France, comme un vol étrange de colombes devenues folles. Il écrivit lettre sur lettre, s'adressa à tous les bureaux, aux mairies, aux agences, aux ministères. Deux mois passèrent encore et aucun éclaircissement ne vint. Il avait beau se dire qu'il existe de nombreux Jacques sur terre, que cette carte pouvait bien s'être trompée; d'autant plus que la nouvelle émanait d'un homme qui ne connaissait pas son fils. Son énervement était extrême; rien ne parvenait à l'apaiser.

Une nuit, un peu avant son réveil, Jacques lui apparut en rêve. Debout à côté de lui, le dépassant de la tête, le jeune homme semblait avoir grandi. Pierre voyait surtout son visage, les joues débordantes de santé. Il tenait les yeux fixés sur son père et le regardait avec une expression sérieuse, calme, pleine d'une fière résignation ou d'une connaissance supérieure. « Pourquoi cet air triste ? » lui demandait-il. Pierre ne se rappelait pas quelle avait été sa réponse et il s'était réveillé trop tôt pour savoir s'il fallait tirer de ce rêve un bon ou un mauvais présage. On dit que les rêves du matin se réalisent. Mais qu'avait-il rêvé, au juste ?

Peu de temps après, à la fin d'une journée particulièrement agitée, il s'était étendu sur son lit, à bout de forces. Dans les grands chagrins, les longues inquiétudes et même dans les longues crises physiques, il arrive qu'on ressente tout à coup une consolation inattendue, une sorte de répit surnaturel. La douleur n'est pas épuisée et rien n'est arrivé pour vous rassurer. Pourtant un calme extraordinaire nous entoure. Il semble vraiment qu'il ne s'est rien passé. Par la fenêtre ouverte se montrait un morceau de ciel d'un bleu presque transparent. Le soleil baissait, Pierre était seul. La consolation lui venait moins de cette tranquille soirée que de lui-même ; d'une part ignorée de son être mis en communication (peut-être par ce bout de ciel sans nuages) avec une présence lointaine, une voix, un battement de cœur ; la présence, la voix, la pensée de l'être dont l'absence l'avait tant fait souffrir. Comme s'il s'entendait dire de loin : « De quoi vous tourmentez-vous ? Je suis là, je pense à vous, vous me reverrez bientôt ? »

Ce moment divin, qui semblait l'écho terrestre du rêve qu'il avait fait quelque temps avant, dura peu ; mais il avait suffi pour rendre à Pierre quelque assurance. Depuis près d'un mois, la guerre était terminée. Il fallait au plus tôt regagner le pays. Et pourquoi Jacques n'y serait-il pas déjà revenu ? Bien qu'il ne parvînt pas à y croire, la pensée que son fils l'avait précédé sur la route du retour, comme il l'avait fait, trois mois plus tôt, sur celle de l'exil, le soutint tout le long du voyage.

Quand il sonna chez lui, on lui apprit que Jacques n'était pas rentré.

II

Pierre avait beaucoup vieilli pendant ces mois d'attente. Ses cheveux étaient devenus blancs. Il avait dû imposer silence à l'émotion, la rentrer ; l'angoisse morale avait pris une consistance physique, était devenue le « vautour intérieur » dont parle Vigny, qui ronge le dedans sans qu'aucune marque sanglante ne paraisse à la surface.

Il s'était tout de suite remis en campagne pour retrouver les traces de Jacques, apprendre toute la vérité, si affreuse et désolante qu'elle fût. En course du matin au soir, sonnant à toutes les portes, interrogeant amis et étrangers, il parvint enfin, après bien des détours, à rejoindre deux soldats du même corps que celui de son fils ; tous deux disaient avoir été témoins de l'accident dont l'écho était maintenant dans toutes les bouches, à tel point que le bruit, dans quelque lieu qu'on allât, revenait de partout. Le premier affirmait avoir vu sur le bord de la route un soldat privé de connaissance ; c'était la nuit, à une heure environ du matin, un aumônier militaire était en train de l'administrer à la lueur d'une lampe de poche braquée sur son visage. Tout de suite le témoin avait reconnu Jacques ; la ressemblance était si saisissante qu'il avait prononcé tout haut son nom, arraché par la conviction et la surprise. Le récit du second différait considérablement. Ce jeune homme était monté dans un camion militaire anglais ; en cours de route il avait vu un soldat sauter sur le marchepied. S'y étant mal pris, le malheureux avait perdu l'équilibre et était retombé sur le chemin. Comme le camion avançait à grande allure et qu'on était sur une pente rapide, la chute avait dû être grave ; en effet, quand le témoin put s'approcher du corps étendu sans mouvement, il constata qu'il ne vivait plus. La mort avait été foudroyante, causée par une fracture profonde du crâne. Parmi les papiers trouvés dans le portefeuille du cadavre, on avait remarqué une carte de visite au nom de Jacques.

Il semblait probable que ces deux témoignages se rapportaient à des accidents distincts : le premier était survenu dans la nuit, le second au petit jour ; les lieux décrits étaient éloignés l'un de l'autre, et les circonstances différaient aussi. L'infernal était que le nom du jeune homme fût mêlé aux deux faits. Pourtant Jacques ne pouvait avoir été tué deux fois, en des lieux différents ! Le premier témoin avait pu se tromper : l'obscurité de la nuit, une lumière indécise et la pluie (car il pleuvait) sont des agents d'erreur, aussi bien que le rêve ou l'hallucination. Le récit du second témoin avait troublé Pierre davantage, mais il se pouvait fort bien qu'il ne s'agît point de Jacques, mais de l'un de ses amis, à qui le jeune homme aurait passé sa carte. La dualité de faits pouvait aussi bien conduire le père au désespoir et à l'apaisement.

D'autre part, il avait eu l'occasion d'écouter tant de récits, tant d'horreurs plus fantastiques les unes que les autres ; plusieurs de ses amis, affirmait-on, avaient perdu la vie dans les circonstances les plus terrifiantes : deux jambes enlevées, la tête emportée par un éclat d'obus, etc. Des témoins assuraient l'avoir vu ; on avait enterré l'un, transporté l'autre dans un hôpital dont on ne se rappelait plus le lieu. Et pourtant ils étaient tous revenus, sains et saufs. Un soldat avait été tué sur la route : sa dépouille mortelle avait été ramenée au pays, la mère avait fait célébrer un service funèbre. Quelques jours plus tard, le mort s'était présenté à la maison ; d'émotion la mère était tombée morte.

En mettant les choses au pis, et que Jacques eût été victime d'un des deux accidents, le premier par exemple, où il avait été formellement reconnu, ne se pouvait-il pas qu'un fuyard se fût emparé du portefeuille du blessé (car le témoin affirmait que le soldat n'était que blessé) ; c'était justement celui-là qui avait essayé de s'accrocher, quelques heures plus tard, au camion et avait été précipité, tête première, sur le chemin...

Réfléchissant ainsi, tout le long du jour, Pierre passait par toutes les phases de l'espoir et du désespoir. Depuis quelque temps il ne quittait plus sa chambre de travail ; cette pièce était voisine de celle de son fils, d'où lui venaient les bruits familiers qu'il avait coutume d'écouter dans la demi-conscience du cœur, à l'époque bienheureuse où le vacarme de la guerre ne couvrait pas encore toutes les voix. C'était Pierre qui réveillait Jacques, le matin, en passant par le palier. La porte de son fils était toujours entrouverte. À vrai dire, il n'avait pas besoin de le réveiller ; il poussait la tête dans l'embrasure pour voir celle de Jacques se tourner de son côté avec cet air d'embarras que ne peuvent dissimuler les êtres jeunes couchés dans leur lit. « As-tu passé une bonne nuit ? » La réponse était toujours la même.

Le lit qu'occupait le jeune homme était celui où coucha sa grand-mère paternelle, les dernières années de sa vie. C'est là qu'elle était morte. Un simple lit en pitchpin verni, avec des appliques imitant le bambou. Un soir que Pierre s'était étendu lui-même dans ce lit, avant qu'il ne servît à son fils, il avait éprouvé une singulière impression dans la demi-obscurité : il lui avait semblé entendre un profond soupir, non loin de son oreille ; si près qu'en avançant la main il aurait pu le prendre, comme si ce soupir – qui était celui de la morte, il n'en doutait pas – eût revêtu une forme physique. Un vague remords lui venait aujourd'hui d'avoir imposé ce lit à son fils. Ce lit où sa mère était morte, n'était-ce pas lui qui aurait dû s'y coucher ?

Lorsque Jacques, à son retour de l'université ou avant de s'y rendre, travaillait dans sa chambre, les bruits qui arrivaient de là et que l'étudiant s'efforçait de couvrir pour ne pas gêner son père, étaient pour celui-ci autant d'indices heureux : les études de Jacques se poursuivaient sans fléchissement ; une page qu'on tournait, frémissement si léger qu'il fallait de l'amour pour l'entendre, c'était une preuve suffisante que le lecteur se plaisait au travail. Un bruit de pas signifiait ardeur et santé. Parfois Jacques frappait à la porte de son père : il avait un conseil à lui demander ou une chose curieuse à lui dire. Il n'entrait jamais sans un peu de crainte, sûr cependant d'être bien accueilli. Son esprit inventif le conduisait à d'intéressantes découvertes. Pierre lui avait fait cadeau d'un microscope. L'appareil brillait sur la table, au milieu de la pièce ; l'oculaire dressé vers le ciel pouvait aussi bien figurer un télescope en miniature. Pierre ne parvenait pas à s'habituer à l'idée qu'il fallait y regarder de haut en bas. Il en avait fait la remarque à son fils et celui-ci n'avait pu s'empêcher de rire. Il admirait le caractère réaliste de Jacques, si différent du sien : là encore, il voyait un indice de réussite.

Pierre se souvenait de tout cela, maintenant qu'il était seul, et il craignait d'ouvrir la porte de la chambre. Quand il pénétrait dans cette pièce, c'était pour tirer les croisées de la fenêtre d'où l'on apercevait les silhouettes de deux arbres magnifiques, un hêtre rouge et un marronnier, dans un jardin voisin ; ces végétaux, assez rapprochés de la maison pour avoir l'air de lui appartenir, faisaient les délices de Jacques ; ils étaient son unique poésie, avec trois ou quatre pierres ramassées au cours de ses promenades et un assez beau fossile découvert à la côte normande pendant les dernières vacances, et que l'étudiant conservait soigneusement, non sans fierté, sur la tablette de la cheminée. Pierre s'imaginait volontiers son fils, dans l'intimité de sa chambre, se plaisant à caresser de la main ces minéraux et cette relique.

Maintenant, quand il jetait les yeux sur le lit inoccupé, avec ses couvertures pliées, et sur la table où les livres étaient demeurés rangés, tels qu'ils y étaient au départ de Jacques, son cœur se serrait ; il ne pouvait regarder longtemps ces témoins d'une absence dont il ne sentait que trop le vide. L'air de cette chambre ressemblait à une haleine retenue ; lui-même ne pouvait respirer. Il lui fallait immédiatement sortir, retrouver un autre air, sans quoi il serait tombé.

Pourtant aucune nouvelle n'arrivait de son fils. Ce silence, auquel tout semblait conspirer, dura un mois encore. La maison était devenue comme un sépulcre ; personne n'osait parler. Les premiers froids d'octobre ajoutèrent encore à cette sensation insupportable. Chaque jour faisait tomber un peu d'espoir. Les arbres aussi commençaient à se dépouiller. La fatalité entrait par toutes les ouvertures ; Pierre la voyait briller dans le regard anxieux de sa femme ; il l'entendait s'infiltrer goutte à goutte comme une eau insidieuse dont il n'est pas possible de situer le siège, une humidité dont on cherche vainement à dépister la provenance, et il attendait impatiemment l'obscurité de la nuit pour s'y enfouir, perdre pied, rouler comme une pierre à l'abîme, disparaître à son tour jusqu'au matin. Encore ne parvenait-il pas toujours à dormir, malgré les soporifiques dont il était obligé d'augmenter la dose.

Un seul espoir lui restait. Non pas un espoir, une folie qu'il cachait à tout le monde, bien qu'elle fût, il n'en doutait pas, partagée par chacun des habitants de la maison : la sonnette de la rue n'allait-elle pas tout à coup le tirer de l'angoisse ? Il retenait son souffle quand elle retentissait dans le corridor. N'était-ce pas le doigt de Jacques qui appuyait sur le timbre ? La voix de Jacques, soudain réveillée, n'allait-elle pas dissiper l'interminable cauchemar ?

III

Au début de novembre, Pierre était arrivé au dernier terme de la fatigue. Oubliant ses propres angoisses, sa femme commençait à s'inquiéter de lui.

Une nuit, il entendit distinctement du bruit dans la chambre voisine. Il s'était réveillé, après un court sommeil rempli de cette idée qui lui était venue en se couchant, le cœur épuisé, que la mort est une récompense. Cette pensée ne lui avait pas paru ridicule. Le bruit qu'il venait de percevoir, bien que la porte fût fermée comme d'habitude, était celui du dormeur qui se retourne dans son lit. Jacques avait le sommeil nerveux ; il se couchait tard, après avoir revu ses cours. Que de fois, depuis des semaines, Pierre l'avait guetté, cet heureux grincement des ressorts ! Aucun doute, le bruit venait de se faire entendre. « La mort est une récompense » résonnait encore à ses oreilles. Mais n'était-ce pas la vie qui se réveillait avec ce bruit ?

Comme une réplique, un autre bruit retentissait en lui, fait d'une suite de détonations assourdies, comme celles de bombes qui éclatent dans le lointain. Ce n'était pas la première fois qu'il l'entendait. Il s'était réveillé deux ou trois fois, la nuit, pour constater que ce n'étaient que les battements de son cœur.

Il se dressa sur son lit, écouta. Le silence était complet. Mais ce silence même lui disait qu'il ne s'était pas trompé. Faire de la lumière ? À quoi bon ? Ne connaissait-il pas l'obscurité pour l'avoir si souvent éprouvée en lui-même ? Du reste, il ne faisait pas tout à fait noir ; il devait y avoir clair de lune. La lueur des fenêtres éclairait assez les contours des objets pour qu'il fût possible de ne pas les confondre avec des formes moins réelles. D'un seul coup d'œil Pierre en avait fait le tour et il avait conclu qu'il pouvait être une heure environ du matin.

Il sauta du lit, d'un bond, comme s'il eût attendu trop longtemps, se dirigea vers la porte et l'ouvrit. Sa marche s'était montrée d'une facilité inouïe; il ne sentait plus son corps et les choses qui l'entouraient ne devaient pas avoir plus de pesanteur, car en tirant sur la poignée et ouvrant la porte toute large, avec cet absolu des êtres craintifs qui se décident brusquement à faire face au danger, il eut l'impression très nette d'une ouverture qui dépassait de loin celle d'une porte ordinaire; en même temps le sentiment agréable que tout finissait derrière lui. Il ne fut pas surpris de voir l'obscurité complète régner dans l'autre chambre. Il avait fait placer un store noir à la fenêtre, à la demande de Jacques, que la lumière du matin réveillait trop tôt. À peine eut-il fait un pas à l'intérieur qu'il se rendit compte que quelque chose existait dans cette obscurité. C'était comme une respiration contenue, ou pour mieux dire une présence impalpable, cette présence qu'impose la vie à tout ce qui l'entoure, jusqu'aux atomes de l'air. Il voulut d'abord appeler, doucement, comme on fait dans la nuit, mais ne trouvant pas le mot qui devait l'éclairer, il s'avança vers le commutateur dont la place lui était connue et tendit la main. La lumière se fit, et Pierre vit en même temps deux choses. Sa mère était assise sur une chaise, à quelques pas du lit. Pourquoi pas dans le grand fauteuil recouvert de velours gris à ramages, devant la table où était posé le microscope ? Il se souvint : jamais sa mère n'avait voulu s'asseoir dans un fauteuil, elle n'avait pas le temps, il y avait trop de choses à accomplir ; les fauteuils retiennent, ils n'étaient pas son fait. Jacques, au contraire, s'y mettait volontiers pour étudier. En ce moment, Pierre l'apercevait sur le lit, vêtu de sa tunique de soldat, dormant, recroquevillé sur lui-même, dans la pose que Pierre prenait aussi pour dormir, et tout petit, réduit à la taille d'un enfant. Pierre se dit que c'était la distance qui lui prêtait ces dimensions insolites, une distance réelle mais difficile à évaluer dans cette chambre dont il connaissait tous les coins. Sa mère se tenait le buste droit, la tête un peu penchée, comme il l'avait aperçue à l'époque où elle tricotait cette courte-pointe dont le lit était recouvert et qui l'avait occupée tout un an. Maintenant encore elle était en train de tricoter un ouvrage. À l'entrée de Pierre, elle n'avait pas eu l'air de l'apercevoir. Il observa un instant le petit mouvement de l'index, si familier, qui rejette le fil tandis que le reste de la main conduit les aiguilles. De temps en temps elle levait les yeux, sans bouger la tête, vers le lit, comme pour s'assurer que Jacques était toujours endormi.

Pierre regarda son fils. Il tenait vraiment peu de place sur ce lit, serré dans un creux, à même la courte-pointe, plongé dans un sommeil si profond qu'il semblait ne plus devoir en sortir. Ce n'était peut-être pas la distance qui le faisait paraître si petit, mais la fatigue, l'horrible fatigue du chemin accompli depuis tout ce temps pour atteindre le but assigné et revenir à son point de départ. Toutes ses forces s'y étaient épuisées et la chair avec elles. « Le sommeil aussi réduit les hommes à des proportions infinitésimales », se dit-il ; et à ce moment le visage du dormeur le frappa. On l'apercevait de profil ; il paraissait plus vivant ainsi, marquant jusque dans l'extrême lassitude et l'immobilité une décision, un air de volonté, que Pierre ne lui avait jamais vus autrefois. Cet air contrastait avec la position du corps et cette sorte d'éloignement, qui prenaient l'aspect d'une énigme. Un sommeil de ce genre, sans mesure, sans respiration, était difficile à concevoir.

Il n'avait pas encore avancé d'un pas depuis qu'il avait fait de la lumière. Il voulut s'approcher du lit, se pencher sur son fils pour entendre battre son cœur ; mais il lui fut impossible de faire un mouvement. Ce furent les battements de son propre cœur qu'il entendit soudain, si violents, si durs, qu'il en demeura suffoqué. N'était-ce pas cette douleur qui le retenait sur place ? Pourtant il fallait savoir, attendre plus longtemps devenait une tâche intolérable. « Mère ! », prononça-t-il, en mettant toute sa force dans cet appel. D'elle seule pouvait venir l'explication. Mais il se rendit compte qu'aucun son n'était sorti de sa bouche ; ses lèvres avaient seulement remué. Elle poursuivait tranquillement son travail. Tout l'amour, si largement dépensé sur terre, était inscrit sur son front éclairé par la lampe, ce beau front dont la courbe avait pris tant de sens dans sa vieillesse. Un sourire animait ses lèvres ; certes, il s'adressait à tous, on le sentait au regard paisible de ses yeux qui ne quittaient pas l'ouvrage. Il se pouvait que Pierre se fût trompé en croyant que sa mère était là pour veiller le dormeur. Assise à ce chevet, n'était-ce pas sur tous ceux qu'elle avait aimés qu'elle veillait, elle qui ne pouvait plus dormir ?

Pierre se sentit soudain redevenu enfant, pas plus grand que celui qui était couché sur le lit, à cet âge où il s'était réveillé souvent pour voir sa mère assise à son côté, travaillant à la lumière, dans la même position qu'il lui voyait à présent. Une seule différence : le mouvement que le doigt communiquait au fil n'était pas le même alors que maintenant. Celui-ci semblait ne plus devoir s'arrêter.

Tandis qu'il l'observait avec un mélange de curiosité et de souffrance, il sentit que sa mère le regardait. Elle n'avait pas tourné la tête. Peut-être étaient-ce les battements de cœur de son fils, dont le bruit remplissait la chambre, qui commençaient à l'inquiéter ? Sans interrompre son ouvrage, elle leva lentement les yeux. Comme elle se tenait, elle aussi, de profil, Pierre ne sut d'abord si ce regard s'adressait à lui ou à celui qui dormait. Les lèvres remuèrent à leur tour et Pierre entendit ces mots, prononcés d'une voix calme : « Va, mon pauvre Pierre, recouche-toi, toi aussi tu as besoin de repos. » Il lui sembla qu'elle ajoutait, comme autrefois : « N'oublie pas d'éteindre la lumière. »

Il obéit, tourna le bouton de l'électricité. À partir de ce moment, les battements de son cœur cessèrent de se faire entendre.

Le lendemain, on trouva Pierre couché sur le lit de son fils. On crut d'abord qu'il dormait. Mais il avait cessé de vivre.

Le même jour arriva l'annonce officielle la mort de Jacques.

Le brouillard

A. G. Vanwelkenhuyzen

L'épisode le plus extraordinaire de ma vie ? La question n'est pas vaine. Pour tout homme capable de s'observer, de se sentir, l'existence la plus positive offre, à quelque moment, de ces circonstances vraiment extraordinaires où les sens sont comme retournés, où la conscience prend un cours insolite et s'égare dans d'inextricables fantasmes. J'ai connu quelques semaines de pareille étrangeté.

Tout compte fait, j'ai les nerfs assez solides et je ne me sens aucune tendance à l'exaltation. Mon caractère est trempé à l'air pur, je suis un homme du dehors et mon métier même de peintre de paysages m'affermit chaque jour un peu plus dans les plus saines réalités.

Ce furent, sans doute, les brumes persistantes du pays où je vécus, à l'époque où se passa cette histoire, qui m'introduisirent dans l'état spécial auquel j'ai fait allusion. Je ne peux l'expliquer autrement.

Je m'étais rendu à Munich pour visiter la Pinacothèque et y travailler à un ouvrage sur les peintres de la nature, qui m'était commandé.

À mon arrivée, je découvris une grande chambre très commode et bien située, que je retins tout de suite, parce qu'elle était orientée vers le midi. Elle donnait sur une route spacieuse qui conduisait à Nymphenburg.

J'avais décidé de laisser pour quelque temps la peinture et de me consacrer exclusivement au travail qui m'occupait.

Dès le premier jour, me sentant plein de vigueur et dans les meilleures dispositions, j'allai à la Pinacothèque pour jeter un coup d'œil d'ensemble sur les galeries. À midi, je déjeunai d'excellent appétit au Löwenbrauhaus, un restaurant situé à proximité de mon domicile. Je songeai un moment à visiter une exposition d'art contemporain, mais j'y renonçai, me souvenant de ce que je connaissais de cet art artificiel et laid, et ne voulant pas abîmer l'impression favorable de cette première journée.

Rentré dans ma chambre je commençai à m'installer librement, comme j'en avais l'habitude chaque fois qu'il m'arrivait de me fixer pour quelque temps dans un nouvel endroit. Et, d'abord, je priai la propriétaire de me débarrasser d'une quantité de bibelots et de ces *Handarbeiten* qui remplissent les habitations bourgeoises du pays, ainsi que d'un certain nombre de tableaux offensants et de vases de mauvais goût. La stupéfaction de la vieille femme devant ce nettoyage imprévu m'amusa quelque temps. Je ne voulus garder qu'un seul objet, une fort belle pendule française de style Empire : un trophée de la guerre de 1870, comme on me l'apprit sur un ton de fierté satisfaite.

Cette besogne désagréable, mais nécessaire, accomplie, je sortis pour dîner et me couchai tout de suite après.

*

Le lendemain, je me réveillai dans une incertitude assez pénible.

Il ne faisait pas encore clair. La nuit s'était bien passée et j'avais l'impression qu'il ne devait plus être tôt. Je regardai ma montre, elle indiquait neuf heures. Nous étions en avril : à neuf heures du matin, le soleil devait déjà être haut.

Mes réflexions furent interrompues par quelques coups timides frappés à la porte. C'était la propriétaire qui venait me souhaiter le bonjour en apportant le déjeuner du matin sur un plateau : j'avais, en effet, prié cette femme de me servir à mon lever un petit déjeuner composé d'un œuf, de pain, de beurre et d'une tasse de lait. Je lui dis de placer le repas sur la table, et je crus qu'elle allait immédiatement se retirer ; mais elle demeura un moment comme distraite, puis elle se mit à entamer la conversation, en me regardant, fort à l'aise. Les premiers mots roulèrent naturellement sur le temps, sur l'affreux temps qui régnait à Munich depuis quelques jours, le brouillard, la pluie. La veille, j'avais à peine remarqué le ciel couvert ; mais aujourd'hui l'annonce du brouillard m'irrita un peu. Croyant la conversation terminée, j'attendis que cette femme me laissât seul ;

mais elle continuait à m'observer tranquillement, tandis que je mangeais mon œuf.

– C'est dommage, dit-elle, avec un soupir, que le maison des Wittelsbach commence à disparaître.

Je la regardai avec étonnement. La vieille femme comprit ma surprise et poursuivit en s'exaltant soudain :

– Je dis cela parce que toute ma jeunesse, tous mes souvenirs, sont attachés à cette maison des Wittelsbach. C'est moi qui étais leur masseuse officielle. Si longtemps que je vivrai, je ne pourrai regretter assez mon pauvre Louis II, assassiné par cet affreux Bismarck…

La tournure de cette conversation commençait à m'intéresser.

Je m'expliquais, à présent, la toilette et la physionomie de cette vieille femme. Elle portait un assemblage de vêtements fort sales, horriblement fripés, mais d'une mode surannée copiée sur celle du temps de Louis II ; sa tête s'amplifiait d'une haute perruque blanche, aussi poisseuse que sa robe, mais adaptée comme elle au genre de la cour de cette époque. Avec un torchon qu'elle tenait en main, l'étrange créature fit déguerpir un chat gris, fort sale aussi, et qui était sauté sur mon lit. Puis, de ses doigts noirs, qu'elle ne lavait jamais sans doute, elle écréma le lait de ma tasse, à ma grande épouvante, et jeta la peau à son chat. Ayant accompli ce devoir avec le plus désarmant naturel, elle continua :

– Oui, ce pauvre Louis, c'était un très brave homme, un grand roi. Et, de plus, un excellent peintre, vous savez ! C'est curieux, vous me le rappelez un peu, par la figure, par les cheveux surtout. Vos cheveux sont absolument pareils aux siens…

– Et vous étiez attachée à sa personne ? demandai-je.

– Oh non ! Moi, j'étais partout, je voyageais avec les princesses, tantôt à la cour de Russie, tantôt à celle de Berlin ou d'Angleterre. Où j'ai habité le plus longtemps, ce fut auprès de la reine Victoria, avec mes princesses, naturellement. C'était une cour magnifique ; la reine aussi était magnifique, et bonne pour chacun. J'eus l'honneur de masser une fois sa main royale, qui souffrait de rhumatismes.

Les souvenirs de cette femme m'intéressaient beaucoup ; mais je compris que leur relation menaçait d'être longue. De la façon la plus délicate, malgré tout fort injurieuse pour ses confidences, je parvins enfin à me débarrasser de la vieille. Je me hâtai de m'habiller et sortis pour me rendre à la Pinacothèque.

*

Le même soir, rentré chez moi, je me mis à classer mes notes à la lumière d'une lampe à pétrole.

Tandis que je travaillais, on frappa à la porte. Je connaissais déjà ces petits coups timides. Ma propriétaire entra, suivie du chat gris.

Cette interruption, on peut en juger, ne me causa aucun plaisir. Je ne fis pas attention à la visiteuse, espérant qu'elle se retirerait bientôt, après avoir accompli quelque besogne nécessaire. Elle comprit sans doute sa situation gênante et, pour se donner un prétexte, elle commença à battre légèrement les meubles avec son torchon, ayant l'air d'enlever les poussières. Après s'être livrée quelques instants à ce travail, la vieille femme entama de nouveau la conversation sur le même sujet que la veille, à propos de différentes cours, de monarques, et principalement de la reine Victoria et de l'adorable Louis II.

Lorsqu'elle en arriva à répéter sa remarque sur la similitude de mes cheveux avec ceux du souverain, je sentis très nettement que cette femme ne rêvait que de passer sa main dans ma chevelure. En même temps, l'imagination me peignit cette main sale, avec un tel réalisme que j'en fus effrayé. Cependant je n'avais pas cessé de lui prouver par mon air revêche que cette conversation m'était désagréable. Elle s'en aperçut, et, ne trouvant plus aucun prétexte pour demeurer, sortit sur la pointe des pieds en me saluant.

*

Je rentrai, le lendemain, très énervé.

La scène de la veille se répéta encore. Ma propriétaire me confia, cette fois, certains éléments de sa vie domestique, entre autres ce fait que son mari était obligé de se rendre chaque matin de bonne heure à son travail et qu'il ne revenait que le soir, dans la nuit. Elle passait ses journées toute seule à la maison, dans l'unique compagnie de son chat.

Je déduisis facilement de cette confidence que la pauvre vieille voulait profiter de ma présence pour me parler de ses plus chers souvenirs. Cependant la pitié sincère qu'elle m'inspirait ne résista pas à ma soif de travail. Je coupai court à la conversation et sortis.

Le ciel était couvert, un irritant brouillard remplissait les rues. Dans l'état de nervosité où je me trouvais, cette absence de soleil commençait à devenir insupportable.

Le soir, avant de faire de la lumière dans ma chambre, je remarquai dans la rue la clarté d'une grosse lampe à arc qui se trouvait sous mes fenêtres ; au lieu d'éclairer vivement toute ma chambre, le globe électrique, étouffé par le brouillard, ne projetait qu'une fade lueur glaciale. Ce spectacle me plongea dans un atroce écœurement.

*

Le lendemain, les mêmes brumes traînèrent leurs lambeaux par les rues et les jours suivants ne furent guère plus lumineux.

Chaque soir, en rentrant, le même tableau de cette lampe hideusement voilée de crêpe m'apparaissait au moment où je baissais les stores de mes fenêtres. L'unique changement qui se marquait dans tout cela, c'était la crue quotidienne de ma nervosité.

Du brouillard, du brouillard, toujours du brouillard...

Je me pris à penser que toute mon existence se passerait ainsi, dans une désespérante et brumeuse monotonie.

Après mon travail et mes repas, tout ce que je voyais de la vie, c'était ce brouillard, cet atroce brouillard qui s'étendait sur la ville, comme de l'oubli, où seul j'existais encore, d'une façon bien paradoxale, dans l'anéantissement universel.

De temps en temps, comme en rêve, passait près de moi l'ombre imposante du Propylée ou de la Glyptothèque, la silhouette d'un tramway, d'un homme ou d'un réverbère. Je saisissais parfaitement la différence qu'il y avait entre ces silhouettes : celle du réverbère ne bougeait pas, celle d'un homme pouvait se mouvoir ; quant à celle du tramway, elle se déplaçait aussi, mais, en plus, elle était sonore et elle s'annonçait par un œil vaguement lumineux.

Au déjeuner et au dîner, je rencontrais des gens qui parlaient d'autres langues que moi, qui étaient gras et désagréables, et avec qui je n'échangeais jamais une parole, me contentant du coup de chapeau obligatoire, qui s'adressait plutôt à la table qu'aux hommes. La réponse à ces saluts sortait peut-être aussi de la table ou des cruches de bière qui y trônaient. Je n'y faisais pas attention.

Il y avait encore d'autres régions de cette vie abominable ; par exemple, les odeurs. Je ne pouvais approcher ou sortir de mon restaurant sans renifler l'odeur du houblon ; plus loin, régnait celle des fumées industrielles, de la suie. Parfois une automobile, silhouette plus rapide et plus bruyante, laissait après elle une horrible odeur de benzine, qui s'incorporait au brouillard.

Ces odeurs se montraient d'une telle opiniâtreté, elles disparaissaient si lentement, que j'étais forcé de les compter aussi parmi les objets. Cependant, comme je ne pouvais me décider sur la question de savoir s'il fallait les joindre aux silhouettes mobiles ou aux autres, je décidai de les placer dans un groupe à part.

*

Un de ces soirs qui ne semblaient que le vieillissement de la journée, je ne sais plus lequel, je rentrai chez moi plus isolé que d'habitude.

Mes jambes grelottaient de fièvre. Je voulus faire du feu dans un poêle en fonte qui se trouvait dans un coin de ma chambre. Au lieu de feu, je n'obtins qu'une épaisse fumée rousse, qui se mit à spiraler sous mes narines et remplit bientôt la pièce jusqu'au plafond.

Désolé, j'ouvris un vasistas ; mais je reculai dans une grande frayeur : non seulement la fumée du poêle ne sortait pas de la chambre, mais par l'ouverture que j'avais faite le brouillard se glissait comme un interminable serpent blanc. Je refermai violemment le vasistas et m'accroupis devant le poêle, décidé à obtenir du feu à tout prix.

Après une heure de lutte acharnée, le feu fut allumé. J'engouffrai le combustible pelletée sur pelletée dans le poêle, si bien que tout le charbon que j'avais préparé pour plusieurs jours fut rapidement dévoré. J'entendis un craquement : le couvercle venait de se fendre, le cylindre de fonte était devenu rouge ; à côté, un sofa commençait à dégager une odeur de roussi. Je me hâtai de traîner les meubles hors de portée du feu. Alors seulement, je sentis qu'il régnait une chaleur infernale autour de moi. Je me précipitai de nouveau au vasistas et contemplai avec une joie diabolique les vains efforts que faisait le brouillard pour s'introduire dans la chambre.

*

Chaque soir, immanquablement, je reçus la visite de la vieille et de son éternel chat gris. Mais, de plus en plus, j'osai afficher mon indifférence devant son invariable bavardage.

L'impression la plus curieuse de cette époque est celle que j'éprouvais au restaurant, en observant mes voisins de table. Je les regardais comme des objets, avec des yeux calmes et insensibles, mais au lieu de ne voir que leur enveloppe extérieure, j'apercevais en eux des choses tout à fait imprévues.

Par exemple, il m'arrivait de penser machinalement :
– Voilà un bourgeois bien tranquille qui aura demain un gros chagrin.

Le jour suivant, je remarquais en effet que le bonhomme avait une figure toute changée et je l'entendais raconter son malheur.

Sur d'autres hommes encore je vis le signe des choses qui devaient s'accomplir. C'est ainsi que j'observai sur la physionomie de l'un d'eux des traces de mort subite. Le lendemain, je ne le vis pas paraître et j'entendis ses amis annoncer avec une grande émotion sa mort, survenue dans un terrible accident.

L'étrange désaccord ou l'accord trop tendu de mes nerfs finit par devenir insupportable.

Maintenant, la visite de ma vieille propriétaire, l'audition de ses confidences inévitables et la certitude qu'elle n'avait qu'un désir, celui de passer sa main sale sur mes cheveux, me bouleversaient presque jusqu'au délire.

Enfin, le moment décisif arriva.

J'étais rentré le soir, comme d'habitude, pour essayer de me mettre au travail. Tout de suite, je compris que je ne pourrais m'absorber comme il convenait. Jamais je ne m'étais trouvé dans un pareil énervement.

Afin de me distraire, je voulus jouer quelques études de Chopin, mon compositeur favori. J'ouvris le piano ; mais aussitôt je sentis presque physiquement qu'on m'empêchait de poser les doigts sur le clavier. J'abaissai le couvercle, me rendant compte, tout à coup, que mon état était extrêmement grave. À ce moment, quelqu'un frappa à la porte. Je ne remarquai pas immédiatement que ces coups n'étaient pas les mêmes que d'habitude.

– Voilà ma vieille et son chat qui viennent faire leur visite quotidienne, pensai-je.

Au lieu de la vieille femme, j'aperçus dans l'entrebâillement de la porte une figure inconnue de vieux Bavarois, qui me saluait d'un mouvement hébété de la tête, les yeux tout en larmes.

Je compris que cet homme devait être le mari de la propriétaire, qu'il venait m'annoncer que sa femme était morte, et que cette mort était la cause de la sensation bizarre d'empêchement et comme de recul que j'avais éprouvée tout à l'heure en me mettant au piano.

Les paroles du vieillard confirmèrent mes pressentiments. Lorsque je lui eus adressé quelques mots de condoléances, dont la banalité me fâcha, il me dit que, malgré le malheur qui le frappait, il était obligé de passer la nuit dehors, à cause de son service, pour rattraper le temps perdu, près de la malade pendant la journée.

*

Après le départ du vieillard, je me remis à la besogne. J'éprouvais une immense satisfaction de n'avoir pas joué du piano. Le travail n'alla pas trop mal et, peu à peu, je parvins à m'absorber tout entier dans mes notes.

Un bruit insignifiant qui venait de la porte me fit tout à coup sursauter. Je levai la tête : c'était une sorte de grattement régulier et insistant. J'allai ouvrir et vis entrer le chat gris de la vieille propriétaire. Il avait l'air souffrant, son poil était mouillé et défait. Je le vis tourner quelques moments autour de la chambre, flairer partout comme s'il cherchait quelque chose. Il me regarda finalement en miaulant.

Je compris le drame qui se passait en cette pauvre âme de bête et je l'invitai à prendre place sur le sofa, l'aidant moi-même à s'étendre le plus commodément possible. Ensuite, je me rassis à ma table pour travailler.

Quelques instants après, j'entendis derrière moi, du côté de la porte, le bruit léger, que je connaissais bien, d'un torchon battant les meubles. Mes cheveux se dressèrent d'horreur. Je n'eus pas la force de me retourner. Les coups de torchon se succédaient et je les entendais avancer dans la direction habituelle, du côté de l'armoire, puis du lit, en longeant la bibliothèque, enfin plus près de moi, plus près ; mon front se couvrit de sueur froide : quelqu'un posait la main sur ma tête, passait les doigts, lentement, dans mes cheveux…

Je me levai. Il n'y avait personne, si ce n'est le chat dressé sur le sofa, et qui regardait, avec des yeux fous et épouvantés, en faisant le gros dos, le coin opposé de la chambre. J'empoignai fébrilement mon paletot et mon chapeau, me précipitai vers la rue et courus longtemps dans le brouillard, entre les silhouettes grises, les lumières qui ne bougeaient pas et celles qui accouraient, entre les bruits étouffés, les ombres monumentales et les odeurs immobiles.

*

Après une nuit infernale, je retournai chez moi au petit matin pour chercher mes bagages et régler la note avec le vieux propriétaire. La dernière vision que j'emportai de la chambre fut celle du chat gris, que je trouvai mort sur le sofa.

Ce lourd silence de pierre

I

J'étais allé visiter un musée de sculpture, dans une localité de la banlieue parisienne, voisine de celle où je m'étais fixé. Ce musée offrait cette particularité d'être situé en plein air, au milieu d'un jardin où la verdure et la pierre, à force de se côtoyer, avaient pris des tons assez semblables. Il est vrai qu'il n'y avait là que du lierre, des lauriers, des buissons et des arbres dont le feuillage demeure en hiver. Je ne sais si l'architecte de ce jardin y avait mis une intention, mais la compagnie du végétal et du minéral, l'un perpétuellement vivant, l'autre animé d'une vie étrange, depuis que l'artiste lui avait insufflé son âme en lui donnant une forme, prenait un air si familier, qu'on en était frappé dès l'abord.

Les journaux avaient attiré l'attention sur ce curieux musée, composé de sculptures d'artistes contemporains, et institué, il y a une vingtaine d'années, par un amateur d'art qui avait légué sa collection à la municipalité. Depuis la mort de cet original, le jardin et ses hôtes de pierre étaient restés presque à l'abandon ; à peine, de temps à autre, y envoyait-on un jardinier pour empêcher les végétations de recouvrir entièrement le granit et le marbre. La presse avait signalé spécialement certain ouvrage représentant un homme en pardessus, le chapeau sur la tête, et qui avait, disait-elle, tout l'air et l'attitude d'un promeneur. « On était tenté de l'aborder pour lui demander le chemin. » Le chroniqueur ajoutait que c'était l'œuvre d'un sculpteur, Maurice Bernier, mort il y a trente-cinq ans environ, qui s'était représenté lui-même sous cet aspect de tous les jours. Le nom de cet artiste était loin de m'être inconnu. J'avais été très lié avec lui dans ma jeunesse, bien qu'il fût beaucoup plus âgé que moi. Il jouissait d'une renommée modeste mais solide, à laquelle il n'eût tenu qu'à lui d'ajouter l'éclat ; mais Bernier n'était pas homme à se faire valoir autrement que par ses œuvres. Du reste, je ne pus jouir longtemps de son amitié, appelé à l'étranger par ma profession. Il n'était pas étonnant que j'ignorasse une partie de sa production. Quant à l'ouvrage dont la presse s'occupait, je n'en avais jamais entendu parler.

Mis en éveil par ces comptes rendus, je décidai d'aller voir le musée mais je reculai mon projet, crainte de rencontrer trop de visiteurs. J'ai horreur du monde spécial qui fréquente les expositions et les musées, des snobs pour la plupart. Leur tenue, leur façon d'aller à contresens, et les paroles mêmes qu'on leur entend prononcer, tout cela m'irrite et m'empêche de jouir du spectacle. J'attendis donc que le remous suscité par la presse fut apaisé et j'eus la chance de pénétrer, un après-midi, dans un jardin complètement désert ; je veux dire sans autre visiteur que moi, car la présence des sculptures, presque toutes des sujets en pied, donnait à cet endroit une singulière animation.

Le jardin était entouré de murs. On n'apercevait rien au-delà, ni arbres ni bâtiments. Rien que le ciel. Le ciel était de ce ton gris bleuté que prend la pierre lavée par les pluies et patinée à l'air. Cette couleur commune créait une bizarre harmonie. À vrai dire, l'animation dont je parle n'apparaissait pas tout de suite. Je subis même une impression assez pénible quand je me fus avancé au milieu des chemins sillonnant à travers les pelouses mal entretenues. Comme si je devenais tout d'un coup prisonnier de ces êtres immobiles, immobile comme eux, incapable de mouvement. Ce qui me décontenançait surtout, c'était le silence, un silence lourd, dur, impénétrable comme la pierre. Peut-être était-ce la faute de ce ciel grisâtre, si pareil à tout ce qui m'entourait, qu'il semblait lui-même de pierre, et tout d'une pièce.

Cependant j'étais parvenu à faire le tour du jardin. J'avais tout de suite cherché cette statue « en pardessus » et coiffée d'un chapeau de feutre. Ne l'apercevant pas, je songeai à aller en demander la place exacte au gardien du musée, que j'avais remarqué en entrant ; un paisible vieillard fumant la pipe, assis sur un banc de marbre. Mais je me souvins qu'il avait lui-même la mine et l'attitude d'une statue, malgré cette pipe allumée et ses vieilles mains tremblantes. Du reste, je venais de découvrir ce que je cherchais. Je ne fus pas surpris de l'avoir passé au premier tour ; la sculpture n'offrait rien de particulièrement étonnant, sauf cette toilette de ville, assez inattendue dans une statue de pierre. Je n'avais sans doute regardé que le visage et rien dans cette partie ne m'avait frappé. Je me persuadai que l'attention des journalistes n'avait été attirée que par l'aspect vestimentaire du personnage. Ce qu'on en avait imprimé était vrai : il était placé en bordure d'un chemin, de telle façon qu'il avait plutôt l'air d'un visiteur qu'un des habitants de ce monde pétrifié.

« Peu ressemblant, pensai-je en considérant ses traits. Si Maurice a prétendu tailler sa propre figure dans ce granit, il n'y a guère réussi. Il est vrai que cette figure n'a pas l'âge que je lui ai connu ; c'est celle d'un homme de trente ans tout au plus, et j'ai quitté mon ami quand il en avait au moins cinquante. » Je ne reconnaissais pas non plus la manière de l'artiste. Tandis que la plupart de ses sculptures, je m'en souvenais fort bien, offraient des traits accusés qui parlaient immédiatement au regard, les formes de celle-ci étaient peu indiquées ; on eût dit que l'artiste avait craint de se révéler trop vite, voulant garder un certain incognito ou dérouter le souvenir de ceux qui l'avaient le mieux connu. Comme je continuais de l'examiner attentivement, cherchant à découvrir une ancienne ressemblance, les traits de pierre commencèrent à se découvrir, avec cet air prudent, mais irrésistible, de certains objets qui prennent dans la demi-obscurité du soir leur véritable physionomie, et je ne m'étonnai pas d'avoir pu prononcer presque tout haut le nom de mon ancien ami : ce Maurice dont j'avais depuis si longtemps perdu la trace et dont je ne savais qu'une seule chose, hélas trop précise, c'est qu'il avait quitté ce monde depuis plus de trente ans.

Le visage semblait s'éclairer et se détendre, mais le reste du corps demeurait enfermé dans sa rigidité lapidaire. « Drôle d'idée, murmurai-je, d'avoir affublé son modèle d'un pardessus et d'un chapeau ; le granit est une matière dure à tailler, les formes du corps les mieux modelées gardent encore une certaine raideur. Que penser de ce manteau épais qui l'entoure comme d'un carcan de glace et empêcherait d'avancer l'œuvre d'art la plus réussie ? On dirait que l'artiste a cherché la difficulté. Ou bien a-t-il voulu se moquer de lui-même ? » Le visage, tout dégagé qu'il parût maintenant, avait l'air de souffrir de cet empêchement extérieur ; bien vivant, il semblait faire les mêmes efforts, pour s'exprimer, que les bras et les jambes pour se mouvoir. J'en souffrais pour lui, car il avait vraiment l'air de vouloir dire quelque chose ; il avait quelque chose à me confier, c'est certain ; je le sentais non seulement à l'aspect extérieur des traits qui avaient reconquis leur légèreté de chair, mais à ma propre incapacité de parler, de m'exprimer le premier pour le délivrer d'un fardeau si lourd à porter et dont il me semblait subir le contrepoids. Était-ce le déclin du jour, le ciel d'une couleur de plus en plus plombée, le silence de ce jardin surtout, ce lourd silence de pierre, de temps, cette accumulation de matière impondérable, sans nom, dont est faite l'atmosphère d'un musée, même si l'air y circule librement, parmi la verdure ?

Tandis que j'essayais de me défaire de cette impression désagréable en remuant les bras et secouant la tête, la bouche de mon compagnon parut remuer et je compris nettement ce qu'elle disait dans son langage encore muet. Les lèvres avaient prononcé mon nom ; peut-être n'étaient-ce que les yeux qui avaient parlé, bien qu'ils me parussent tout blancs et vides, de cette blancheur à la fois opaque et transparente des yeux des morts, qui ont l'air de ne rien voir et qui regardent en vérité tout un monde inconnu des vivants.

– Bonjour, Frédéric.

J'avais très bien entendu ces mots ; si bien que je répondis tout naturellement :

– Et toi, Maurice, comment te sens-tu à présent ?

Je n'avais pas réfléchi au sens de ma question, mais je me rendis compte qu'elle répondait exactement à une autre question dont j'étais tourmenté depuis quelque temps, et qui avait rapport à la double pesanteur de l'atmosphère et de nos âmes.

– Fort bien, me dit-il. J'avoue que j'étouffais un peu dans cette solitude et cette immobilité forcées. Et cette position, toujours la même, en costume de promenade, n'est pas faite pour vous dégourdir. On a l'impression éternellement d'être chez le photographe. Faisons quelques pas, nous causerons plus à l'aise.

Je pris les devants, ne demandant pas mieux que d'avancer le premier, et fus heureux de constater que j'étais suivi. Le ciel était devenu soudain sombre. « C'est le soleil qui se couche », pensai-je. Mais je souris de mon erreur : nous étions en juin, il ne devait être que sept heures, tout au plus. Un nuage sans doute.

Nous marchions à présent, côte à côte ; je le sentais tout près de moi, son bras frôlait le mien. Je ne le regardais pas, les yeux noyés dans une atmosphère qui n'était pas la nuit, mais qui n'appartenait pas au jour habituel ; ma vue ne distinguait rien, aucune forme précise, sauf celle d'un immense soulagement, suggérée par la couleur du ciel qui passait peu à peu du bleu de plomb au bleu le plus pur. Notre façon d'avancer n'était pas non plus ordinaire, la mienne en tous cas. Mes pieds ne remuaient pas ; on eût dit qu'ils étaient mus par une force indépendante de ma volonté, et comme céleste, certainement pleine de douceur et de commisération. La résistance qu'ils éprouvaient en se posant n'était pas celle de la terre couverte de gravier, elle ressemblait plutôt à celle du gazon frais semé et déjà assez dru pour donner l'impression d'un tapis de laine naturelle. Ma respiration était facile et agréable comme si je l'eusse quelque temps retenue. « Ainsi, pensai-je, doivent se sentir ceux qui sont restés longtemps couchés dans la tombe et que la liberté du soir vient de réveiller. »

Tout en avançant et songeant à ces choses, j'avais encore prononcé quelques mots, répondu à quelques questions. Je m'étonnai tout à coup d'avoir pu accomplir tout cela en si peu de temps. Et comme si j'eusse témoigné à mon voisin une distraction coupable :

– Ainsi, continuai-je, plus rien ne te manque à présent, nous allons pouvoir causer à loisir. Nous avons tant de choses à nous dire. Tu n'as pas froid, au moins ?

Le ridicule de la question ne m'apparut pas tout de suite. Mon compagnon avait souri. Ah ! oui, c'est vrai, ce pardessus, et les mains dans les poches… Nous étions en été, il me semblait voir des lucioles filer autour de nous leur toile lumineuse ; des noctuelles naissaient déjà des buissons. L'air était tiède et onctueux. Où étions-nous ? Je cherchai un moment à situer le lieu de notre promenade, et j'allais m'excuser :

— Merci, répondit-il, tout va bien ainsi. S'il n'y avait pas ces rhumatismes…

Ah ! ces rhumatismes ! Depuis l'hiver, où j'avais contracté un mauvais rhume, je souffrais moi-même d'une pareille incommodité et justement dans les journées les plus chaudes, ce qui me paraissait absurde.

— Consolons-nous, dis-je, ce n'est là qu'un bobo, on dit que les rhumatismes conservent. J'avoue que ta vue, tout à l'heure, quand je t'ai aperçu dans ce jardin, m'a douloureusement ému. J'ai cru un instant que tu allais m'entraîner dans ta pesanteur. Du reste, ce n'est pas d'aujourd'hui que je ressens avec toi cette impression. Tu m'as toujours inquiété, laisse-moi te le dire, je me demandais ce qui se cachait derrière ton silence obstiné et cet air de granit que tu prenais avec tes amis, avec tes admirateurs les plus sincères, comme si tu éprouvais le besoin de te défendre, ou de disparaître. Oh ! je te connais bien, va ! Tu ne m'as jamais trompé, j'ai toujours vu clair en toi, malgré ton air opaque, comme s'il se fût agi de ma propre personne. Tu as fini par te prendre à ton piège. Cette pierre que tu es devenue…

— Laissons cela, fit-il. J'ai beaucoup à vous dire, des choses très curieuses et qui vous intéresseront, j'en suis sûr. J'ai eu, tu le penses bien, tout le temps d'y réfléchir, depuis que je fréquente ce jardin. J'ai mis le temps à profit pour méditer quelques idées de la plus haute importance et je crois être parvenu à un peu de clarté. Je voudrais te faire part de mes découvertes. L'une d'elles surtout. Tout à l'heure encore, avant ton arrivée, je me disais : c'est ennuyeux de ne pouvoir en parler à quelqu'un. Te voilà à présent. Tu n'es ni philosophe, ni naturaliste, que je sache, tu n'as jamais mordu aux sciences positives, pas plus qu'aux autres branches du savoir humain. Tu n'es qu'un poète…

À ce moment, mon attention fut attirée par le bruit d'une sonnerie ; cela pouvait être aussi une musique lointaine, comme en charrie l'air chaud et un peu mou de l'été. Je cessai de marcher et tournai la tête ; on eût dit que ces sons m'appelaient.

– Vous partez déjà ? demanda-t-il.

Cette voix aussi venait de loin ; et pourtant il me semblait l'entendre à mon oreille.

– C'est dommage. Mais nous nous reverrons. Ce soir, peut-être ; il faut absolument que je vous parle. Oui, ce soir ; je vous attends. N'oubliez pas.

– Oui, répondis-je, sans me souvenir à qui je m'adressais.

Le bruit sonore que j'avais entendu s'était arrêté. Il se répéta bientôt, plus proche et plus distinct, et je me rendis compte que ce devait être le signal de la fermeture du musée. Je tournai les yeux du côté de mon compagnon de route. Il avait repris son aspect de pierre et ne bougeait pas plus qu'au moment où je l'avais aperçu tout à l'heure. Le jardin aussi paraissait retombé dans sa paix sépulcrale. Je me hâtai de partir.

Le vieux gardien était en faction devant la porte; il avait l'air de m'attendre. Je lus clairement la réflexion qui lui passait dans la tête tandis qu'il manœuvrait le tourniquet-compteur pour me livrer passage :

— Drôle de passe-temps que de se promener dans ce jardin parmi les pierres !

— Tu as raison, répondis-je tout haut, aussi ne suis-je venu que pour rencontrer un ami.

— Un ami ?

— Oui, un vieux camarade. Je ne l'avais plus revu depuis un siècle.

— Mais il n'est entré personne que vous, pas d'autre visiteur !

Le brave homme n'avait vraiment pas l'air de comprendre.

II

J'étais rentré chez moi, d'humeur légère, prêt à toutes les surprises, dans cette disposition heureuse des enfants et des bêtes, après le jeu ou en face d'un bon repas. Tout m'allait à souhait. D'où me venait ce bonheur que je n'avais plus ressenti depuis longtemps, cette absence de souci et cette curiosité qui me faisait désirer quelque chose, je ne sais quoi, me plaçait dans une position d'attente où l'appétit, sans doute, jouait son rôle, mais plus encore le sentiment de l'inachevé, peut-être aussi l'idée vague d'un rendez-vous dont le son ressemblait à cette cloche qui était venue rompre un entretien à peine ébauché?

Au vrai, le souvenir de ma visite au musée commençait à s'éloigner. Quand j'eus pénétré dans ma maison et me fus assis devant la table où le repas du soir était servi, une seule figure me restait dans la mémoire : celle du vieux gardien qui fumait sa pipe à l'entrée du jardin. De quel air il m'avait regardé quand je lui avais parlé à la sortie. Au fait, que lui avais-je dit? La pensée de cet homme continua de m'occuper quelque temps, tandis que je mangeais, puis elle disparut à son tour. Le repas était bon. Je l'arrosai d'une ration de vin plus abondante que d'habitude, fixant les yeux sur la fenêtre ouverte, par où les insectes de nuit n'allaient pas tarder à faire leur entrée. De ce côté de la maison s'étendaient de vastes jardins plantés de grands arbres dont l'obscurité cachait les silhouettes. La lumière de la lampe, au-dessus de la table, n'éclairait au-dehors qu'un pan de mur, l'annexe de l'habitation voisine; le bord de la toiture traçait un angle noir. On pouvait se croire en pleine ville, et j'étais à deux lieues de Paris. Cette illusion provoquée par l'aspect externe de l'objet communiquait à l'âme une volupté très spéciale, celle qu'on éprouve en se trompant soi-même sur la nature d'une chose à laquelle on tient particulièrement. Je savais qu'il suffirait de me lever et de faire quelques pas à gauche pour jouir du vrai spectacle de cette nuit vraiment royale; mais il convenait de prolonger une si agréable erreur, afin d'accueillir la réalité comme une chose toute nouvelle, une sorte de cadeau du hasard.

C'est ce qui arriva lorsque j'eus terminé mon repas. J'avais allumé un cigare et m'étais dirigé comme d'habitude vers un fauteuil de cuir placé de l'autre côté de la table. Au lieu de m'y laisser tomber tout de suite, je demeurai debout, en face de la fenêtre, juste assez pour m'apercevoir que l'abus du vin capiteux m'avait mis dans un état de demi-ivresse, à vrai dire délicieux. Je ne suis pas épicurien, je connais peu d'habitudes et ne calcule jamais mes plaisirs. Je prends ceux-ci à la diable, et comme j'ai le caractère assez inégal, ils se présentent presque toujours d'une façon imprévue. Après avoir joui quelque temps de l'équilibre instable où je me trouvais, à côté d'un bon siège dont le creux m'était familier, je me laissai tomber dans le fauteuil, dépourvu de pensées, la tête pareille à un terreau humide où la semence qui tombe germe bientôt, annonçant les végétations les plus folles.

Comme je l'avais prévu tout à l'heure, la vraie physionomie de la nuit m'apparut bientôt, lorsque j'eus fixé les yeux dans l'ouverture de la fenêtre. On n'apercevait qu'une longue branche, celle d'un acacia, assez proche de la lumière de la lampe pour se montrer avec les nervures et les broderies régulières de son feuillage. Autour, tout était d'un noir épais, velouté ; mais la fraîcheur qui se dégageait de cette obscurité donnait l'impression de la transparence. Du reste, il eût suffi de cette branche émergeant de l'ombre, flottant dans l'espace, n'appartenant qu'à elle-même, dans son étrange équilibre à peine effleuré par le passage de la brise, pour m'assurer que le ciel et la nuit bénéficiaient de la paix et de la plénitude dont je me sentais envahi.

Je laissai aller quelque temps mon regard dans le champ de la fenêtre. Un gros papillon de nuit, d'une couleur imprécise, entra dans la chambre et fit deux ou trois fois le tour de la lampe ; puis je le vis voleter en hésitant vers la fenêtre, comme s'il regrettait cette lumière artificielle qui doit faire sur les insectes nocturnes le même effet que l'alcool sur chacun de nous. Ainsi pensais-je en le voyant battre des ailes un peu lourdement, comme s'il titubait dans son vol. Il finit par repasser la fenêtre. Un instant je le vis prendre une teinte à peu près semblable à celle des feuilles de la branche, dont la verdure délavée par la lumière électrique refusait de se livrer avec franchise, mais ne pouvait se cacher. Ce ne fut qu'un reflet ; il se confondit aussitôt dans le noir et je me sentis entraîné à sa suite. J'avais, je ne sais pourquoi, fermé les yeux.

Cependant la forme tremblante du papillon continua de s'agiter dans ma mémoire. Elle semblait me conduire à travers un espace incalculable vers une chose oubliée, mais qui avait dû m'occuper autrefois autant qu'elle venait de me distraire dans le court instant de son passage à travers la chambre. Aux yeux du souvenir, tout finit par prendre un aspect à peu près identique : ce qui fut long et ce qui ne dura qu'un moment, le pénible et le facile, l'agréable et le douloureux, tout ne semble-t-il pas se réduire aux contours d'un objet unique, le premier venu, surgi de la minute, pour nous ramener au temps lointain où l'âme et le corps se débattaient entre leurs contraires, cherchant à deviner l'énigme, et qui nous paraît si simple maintenant que nous y retournons débarrassés du poids de la lutte, avec la légèreté de l'esprit ? Je savais bien de quoi il s'agissait. En réalité, je n'avais rien oublié. Je croyais que l'apaisement de la nuit, le bien-être de la vie présente, et le bon vin qui jette un voile sur tous les désagréments de l'existence, suffiraient pour remplir une soirée d'été. L'homme ne marche jamais seul. Je n'avais pas cessé de penser à Maurice, depuis le temps où j'avais repassé la porte du musée. Que dis-je ? Depuis trente-cinq ans que j'avais quitté cet inquiétant ami. Je l'apercevais maintenant, non pas comme tout à l'heure dans le jardin, avec son masque de pierre, mais tel qu'il m'était apparu autrefois, à l'époque où nous nous fréquentions.

C'était presque toujours moi qui prenais les devants, je veux dire qu'il ne venait presque jamais chez moi, tandis que j'allais le voir dans son atelier, chaque fois que je jouissais d'un peu de liberté. J'étais sûr de l'y trouver. Il travaillait beaucoup, mais sans en avoir l'air, car on le voyait rarement à l'œuvre. On eût dit que celle-ci se développait en dehors de sa volonté, sans l'aide de ses mains ou malgré elles, par un simple fantasme de son imagination, comme si les doigts n'y étaient pour rien. Je me souviens que cela me frappa dès nos premières entrevues et continua de me préoccuper lorsque j'eus pris l'habitude d'entrer chez mon ami à l'improviste ; pas une seule fois je ne le surpris les mains à la pâte. Quand j'entrais, il avait toujours l'air de tomber de la lune. Je ne sais si le hasard y fut pour quelque chose ; je le trouvais ou bien couché sur un mauvais divan, qui ne semblait nullement placé là pour le repos, ou errant dans le vaste atelier. J'avais l'air d'interrompre un rêve ou une promenade. Qu'il travaillât, aucun doute possible, il n'y avait qu'à regarder ses mains pour s'en assurer. Tout en causant ou pendant les longs intervalles de silence, je le voyais gratter de ses doigts, avec l'ongle, d'un mouvement machinal, la glaise qui adhérait aux phalanges et durcissait l'épiderme en séchant. Ses yeux regardaient le plafond, fixant dans l'espace un point imaginaire, ou que je me figurais tel.

Comme je l'ai dit, Maurice devait avoir cinquante ans au moins à l'époque où je lui fus présenté, mais dès cette minute le sentiment se marqua en moi qu'il ne faisait encore que sortir de l'enfance. C'est cette curieuse impression qui m'attacha à lui et me laissa un souvenir si vivant quand je fus obligé de m'éloigner. De taille moyenne, ni gros ni maigre, il pouvait paraître grand à cause de cette espèce de recul que lui donnaient son air éternellement absent et aussi l'aspect de son visage. Tout l'intérêt de sa physionomie était concentré là. C'est le cas ordinaire des êtres humains, me dira-t-on. Sans doute ; mais chez lui le visage existait seul, se portait tout seul, n'avait pas besoin d'autre appui, faisait complètement oublier qu'il perchait au sommet de l'être, posé sur un cou et des épaules, pour ne parler que des parties les plus élevées. C'était dans tout le sens du terme un visage aérien. Je vois encore ses yeux bleus, si pâles qu'ils en paraissaient blancs, son visage d'ange, d'un ange égaré sur terre et dont l'œil, habitué à l'espace et qui en a pris la teinte imprécise, a toujours l'air de chercher les hauteurs, même quand il est tourné vers le sol. Cette absence du regard, ou pour mieux dire ce regard absent, lui donnait l'air égaré de l'aveugle. J'ai eu plus d'une fois envie de le prendre par le bras pour le guider dans sa propre demeure ou l'aider à éviter un obstacle. Et pourtant, j'en suis sûr, Maurice y voyait mieux que moi. Je le pense, maintenant que j'y songe ; il devait apercevoir des choses que les yeux ordinaires, arrêtés par les objets tout proches, ne soupçonnent même pas. De là son air distrait, et même traqué ; non pas à la façon d'un animal chassé de son milieu naturel, mais comme une créature d'un autre monde, tombée sur terre et qui cherche une issue. Je comprends maintenant cette parole qu'il me dit un jour :

– Tu ne rêves jamais que tu es lancé dans l'espace, comme un astre ? C'est cependant ainsi que nous allons. Cet espace, c'est le temps.

Quand il se tournait vers moi, son visage transparent, allongé et étroit (je pensais souvent que ce visage avait été façonné par des siècles de mouvement dans l'éther), tous ses traits semblaient s'éclairer ; l'ombre pâle de ses yeux se fixait un moment. Je me figurais alors ce qu'un tel homme aurait pu être s'il n'avait pas dormi ainsi, car je le croyais vraiment mal réveillé ; son art même, malgré la vigueur de certains traits, donnait l'impression du sommeil. Du moins il me semblait, et je m'en étonnais quand je pensais à l'âge du sculpteur. J'étais dans l'erreur, Maurice n'avait pas d'âge, son art non plus. Je le sais aujourd'hui, je comprends : l'air estompé de son visage, c'est celui de l'éternité. Les figures de pierre des Incas offrent la même imprécision apparente, on les dirait effacées par la durée, mais c'est elles qui l'effacent. Comment ai-je pu me tromper à ce point sur le compte de mon ami, confondre son silence avec l'atonie, sa légèreté avec la pesanteur ? Ne comprenais-je pas que l'éternité était son domaine et qu'il y rentrerait bientôt comme ce bloc de granit où sa main avait gravé ses propres traits, avec son long et lourd silence de pierre, aussi transparent et impondérable que la poussière d'une comète ?

Tandis que je rêvais ainsi, il me sembla voir dans le cadre de la fenêtre une forme blanche, arrondie, à peine teintée de rose, comme celle d'un visage blafard dont le sang ne ferait qu'affleurer à la peau. Cerné et comme repoussé par l'obscurité, il me parut tout proche, j'aurais pu le toucher. Je secouai les paupières et m'aperçus que je n'avais pas cessé de fixer les yeux sur la branche d'acacia éclairée par la lampe électrique et balancée par la brise.

Cette constatation me tira de l'espèce de torpeur où j'étais demeuré plongé depuis une heure. Ce fut pour me rappeler une chose précise, dont l'urgence s'imposa aussitôt. J'avais perdu mon temps à rêvasser dans ce fauteuil. Quelqu'un ne m'attendait-il pas, ce soir ? N'avais-je pas promis d'être exact au rendez-vous ? Je me levai et allai décrocher mon chapeau.

« Quel rendez-vous ? songeai-je en frottant le feutre du revers de la main. Maurice, oui, je sais. Mais où le retrouver ? Le musée est fermé, tu auras beau sonner, on ne t'ouvrira pas. Il s'agit bien de musée, mon Dieu ! Où donc es-tu ? Ne reviendras-tu jamais sur terre, n'auras-tu jamais fini de battre la campagne ? Va de l'avant, ne réfléchis pas, suis la route, tu arriveras toujours quelque part. » En parlant ainsi, j'avais pris l'escalier ; j'ouvris la porte et sortis.

La nuit était splendide. Ce que j'en avais vu par la fenêtre n'était pas assez pour donner une simple idée de cette magnificence paisible où je m'engageais maintenant tout entier, conscient de mon rôle de personnage obscur, mais fort. Mon intention n'allait qu'à fuir la solitude du logis, mais je me sentais décidé à une longue marche et prêt à tous événements. Je m'étais engagé sur la grand'route. À cet endroit, tout l'espace devant moi, et seul pour en jouir, pour commander, la nuit prit à mes yeux l'aspect d'un domaine à la fois céleste et terrestre dont j'étais le maître et qu'il me fallait parcourir à tout prix de bout en bout, les yeux bien ouverts, si je ne voulais pas qu'il me fût enlevé. Je n'avais pas regardé l'heure en partant, mais cela n'avait aucune importance.

Peu d'astres au ciel. Ce n'était pas une de ces nuits plénières et nettes, où le ciel brille en toute franchise, avec ses millions de feux. Tout était noir, en haut et en bas, sauf ces quelques points lumineux, discrets, comme choisis pour me servir de guides. La splendeur de la nuit ne venait pas de ce qu'on admire d'ordinaire, mais de cette entière obscurité, plus diaphane et plus claire à mes yeux que si la lune elle-même eût inondé l'espace.

Je suivis quelque temps la grand'route découverte. Aucun arbre sur les bords. Je la connaissais bien et savais où ce chemin pouvait me conduire, mais le but m'importait peu, tant la marche m'était nécessaire. J'allais, balançant les bras, dans cette curieuse disposition d'âme et d'esprit d'un homme qui n'accorde aucune foi à ses fantasmes, mais qui en a besoin pour avancer, ne pouvant souffrir de s'éterniser sur place. Une fois lancé sur ce chemin, il lui est impossible de s'arrêter, et si le temps est beau, l'atmosphère agréable, il peut avec cette complicité aller loin. Rien de plus hasardeux que le scepticisme des imaginatifs; il se prend à son propre piège, quand il n'aboutit pas au miracle.

Je me disais tout cela, et dans les termes les plus clairs, quand je m'aperçus que j'avais quitté la grand'route. À peine m'y étais-je engagé et déjà égaré! Je ne reconnaissais plus le chemin. Celui que j'avais pris en partant conduisait à une localité où je me rendais assez souvent pour faire ma provision de tabac. J'avais dû obliquer à droite, ou à gauche, prendre un chemin de traverse. Mais pour cela, il m'avait fallu faire un écart dont je rougissais intérieurement, car tout le temps de la route je m'étais senti le cerveau très lucide.

Il n'y avait pas longtemps que je m'étais fixé dans ce pays; je n'en connaissais que deux ou trois directions. Le chemin où je marchais maintenant devait traverser un bois, peut-être une forêt; la fraîcheur soudaine de l'air me le faisait supposer. L'endroit, du reste, m'importait moins que le froid qui me fit frissonner et l'obscurité accrue. Je levai les yeux : aucune étoile, pas même celles qui m'avaient conduit jusqu'ici. Je devais être entouré de feuillage, enveloppé de verdure. Convaincu que je m'étais égaré, je n'en continuai pas moins ma route. Je marcherais ainsi jusqu'à demain. L'aube me trouverait aussi dispos qu'au départ, et Dieu sait ce qu'elle m'apporterait dans son panier de plumes ?

Cependant je continuais de frissonner. Je ne sais pourquoi cette sensation physique, nullement désagréable, mais qui mettait comme un voile au cerveau, me rappela le jardin du musée où je m'étais promené cet après-midi. Ce fut moins une idée qu'un sentiment étrange, comme si l'obscurité qui m'entourait n'était pas composée de feuillage, mais de pierre, ou de cette verdure perpétuelle dont le jardin du musée était plein et qui avait fini par se durcir au contact de la pierre. « Drôle d'idée ! » pensai-je presque tout haut. À partir de ce moment, il me sembla que je ne marchais plus seul sur la route.

Non seulement il me semblait ; j'en étais sûr. Aucun doute possible, quelqu'un avançait à mon côté. Ce pouvait être un chien, comme il m'était arrivé une nuit ; l'animal m'avait suivi jusqu'à chez moi. Mais je n'entendais aucun bruit. Cette sensation de présence pouvait aussi bien venir de moi-même ; je ne marchais plus aussi légèrement, mes jambes avaient l'air de traîner quelque chose après elles. À d'autres moments, je me sentais comme dédoublé. J'étendis le bras ; aucun contact, aucune résistance, si ce n'est ma propre lourdeur. La peur commençait à me prendre. Je regrettai d'avoir oublié ma canne à la maison. Retourner sur mes pas ? La chose était impossible. Il me prenait envie de parler. Le silence était aussi lourd que moi-même. Dieu sait quelle voix m'eût répondu ! Heureusement, une lumière s'annonçait dans le lointain. Ce n'était que la faible lueur d'une lanterne, mais ce signe me parut amical et je me mis à avancer avec moins de peine. La clarté du réverbère ne me révéla rien de suspect; j'étais seul, à peine vis-je mon ombre se profiler une seconde sur la route. Elle me parut rassurante. J'aperçus en même temps les objets qui entouraient ma marche : c'étaient bien les arbres d'une forêt, comme je l'avais pressenti. On ne voyait que le bout des branches, pareils à de légers tentacules émergeant du corps opaque de la nuit. Rien d'effrayant dans tout cela, au contraire. «Tentacules». La comparaison m'était venue tout naturellement. Le mot me fit sourire. Je me rappelai en même temps la branche d'acacia aperçue par la fenêtre de mon bureau. Ce souvenir me donna, je ne sais pourquoi, l'impression d'une richesse inestimable.

Cependant je n'avais pas cessé de poursuivre mon chemin. Lorsque je me fus renfoncé dans l'obscurité, la sensation de lourdeur me reprit et, de nouveau, cette présence à mon côté, qui me poussait et me retenait en même temps, comme si j'eusse à lutter avec moi-même. Cela se renouvela et disparut plusieurs fois encore, avec l'éloignement et le rapprochement des lumières, jusqu'à ce que le paysage, ou ce que je sentais autour de moi, eut pris une autre consistance. La route devait avoir quitté la forêt. Je respirai et me sentis définitivement allégé de cette vague panique qui m'avait poursuivi et dont je compris soudain le motif : il m'avait semblé, aux endroits les plus obscurs, que mes jambes refuseraient tout d'un coup d'avancer, que j'allais m'arrêter, pétrifié, et demeurer à cette place dans une immobilité éternelle.

« Absurde, vraiment absurde ! » pensai-je en apercevant devant moi les lumières du monde vivant. À vrai dire, ces lumières étaient encore éloignées mais leur réalité ne faisait aucun doute. Le ciel, à l'horizon, en était tout éclairé. Les rares étoiles qui étaient parties avec moi avaient disparu, mais cette clarté terrestre, en même temps qu'elle me rendait confiance, me restitua les forces qui commençaient à me manquer. Je ne devais pas être éloigné d'une ville et cette ville, à n'en pas douter, c'était Paris. Déjà se dessinaient les contours des constructions, cette broderie obscure, ce dessin au cerne de plus en plus marqué. Au-dessus, c'était comme une curieuse aurore, le poudroiement lumineux d'un soleil qui refusait de paraître, ou d'une lune décuplée, retenue dans quelque abîme, incapable de remonter à la surface.

III

J'étais descendu dans la première station de métro qui s'était présentée sur ma route et j'avais pris la direction de la rive droite. J'eusse préféré ne pas m'enfoncer en terre et monter dans un autobus. Mais j'avais hâte d'arriver.

À tout prendre, le hasard m'avait bien servi. Je n'avais pas fait cette longue route pour rien. Depuis longtemps je ne m'étais plus rendu en ville, préférant la solitude des campagnes. Mais nulle part la solitude n'est plus complète que dans la foule. Je m'en aperçus lorsque je fus arrivé sur le boulevard. L'oppression subie tout à l'heure avait complètement disparu. « Absurde ! » répétai-je à part moi. Je regardai l'heure : la nuit n'était pas encore trop avancée, je n'avais pas dû faire plus de deux lieues pour arriver jusqu'ici. Tout me parut en règle ; j'avais obéi à une de ces impulsions qui m'étaient habituelles, après quelques semaines d'humeur sédentaire, et j'étais décidé à profiter de cette détente en me livrant sans retenue au hasard.

En attendant, je m'assis à la terrasse du premier café venu. Aucune fatigue dans les jambes ; le corps aussi léger que si je n'eusse pas porté le poids d'une journée entière, et dans la tête un immense soulagement.

Selon mon habitude, je m'étais mis à observer les passants, leurs figures, leurs gestes, leur façon d'avancer ou de s'arrêter, de s'aborder ou de se détacher. On apprend plus à ce simple jeu qu'en interrogeant directement les hommes ; et quand on peut s'y livrer, comme je le faisais enfant, à l'affût derrière la vitre d'une fenêtre, tout ce qu'on voit devient clair et s'explique dans cette espèce de silence lunaire. Par moments, le développement de la foule ressemblait à celui des vagues dans un port, battant entre les quais et agitant toutes sortes d'objets, comme autant de visages ou de signes. Tout en m'amusant ainsi, je songeais à l'extravagance de ces délires éveillés où je m'étais complu trop souvent ; il n'en résultait que fatigue et déception, on oubliait de vivre. À quoi servaient donc les sens s'ils demeuraient constamment rentrés en eux-mêmes, enfermés dans cette prison d'éternité que je pouvais fort bien prendre pour de l'espace véritable, mais qui n'en était pas moins limitée aux frontières d'une imagination sujette à toutes les faiblesses de notre misérable nature humaine ? De ce point de vue nouveau, éclairé par le dehors, à la lumière de bonnes lampes électriques, ma promenade au musée me parut un bien mince épisode ; je m'étonnai d'y avoir attaché tant d'importance. Je m'étais laissé prendre aux apparences plutôt qu'à la réalité. Au lieu de regarder le contour et la matière, je n'avais voulu voir que l'essence ou ce que je croyais ainsi. Drôle de façon d'exercer son jugement. Je ne ferais jamais un critique raisonnable. Évidemment, cette sculpture que j'étais allé visiter dans le musée ne manquait pas de qualités ; elles m'apparaissaient en ce moment, et ce n'étaient pas celles que j'y avais décelées cet après-midi. Je n'avais prêté aucune attention au métier de l'artiste ; la technique, dans un art aussi spécial que la sculpture sur pierre, vaut bien qu'on s'y attache un moment. Au lieu de cela, je m'étais perdu dans je ne sais quelle contemplation ; cela m'avait mené loin, autant dire nulle part.

– Tu te trompes, répondit une voix, tout cela t'a conduit ici.

D'où venait cette voix ? Je fermai les yeux et les rouvris aussitôt, craignant d'avoir perdu la trace d'un étrange promeneur mêlé aux passants et sur lequel mon regard s'était fixé depuis quelques minutes. Il était maintenant tout juste devant moi, arrêté à peu de distance de la place où j'étais assis. La tête baissée et les bras ballants, il avait l'air d'un homme à qui l'idée est venue tout d'un coup qu'il a oublié quelque chose chez lui ou dans sa route. Je ne pouvais distinguer les traits de son visage, mais dans le profil perdu il me sembla reconnaître la ligne de cette voix qui venait de parvenir jusqu'à moi. Peut-être n'aurais-je fait aucun cas de celle-ci si mes yeux n'eussent été accrochés en même temps par l'allure bizarre de ce personnage. La foule le bousculait, comme il arrive d'une épave arrêtée par un obstacle au milieu d'une rivière et que la force du courant pousse de tous côtés. Il releva la tête, regarda autour de lui et se remit à avancer de l'air distrait qui m'avait frappé dès que je l'avais aperçu. « Mais c'est Maurice, m'écriai-je presque tout haut, comment ne l'ai-je pas reconnu tout de suite ? »

Je fis signe au garçon, réglai ma consommation et me hâtai à la poursuite du promeneur. Je croyais l'avoir perdu de vue ; mais de tels êtres, égarés en ce monde, incapables de direction, ne peuvent échapper à des yeux exercés ; ils sont « indiqués », pour ne pas dire éternellement captifs. Pourtant je n'osai l'aborder sans précaution, craignant de déranger son rêve. Après l'avoir suivi quelque temps, je me faufilai à son côté, tournai les yeux vers lui et prononçai son nom d'une voix très faible, pour ne pas l'effrayer. Il continuait de marcher dans sa distraction, n'ayant pas l'air d'avoir entendu. Sur sa tête, un petit chapeau mou ; mais pas de pardessus. Son visage émacié me parut plus jeune qu'à l'ordinaire, un léger duvet blond au menton. Ce duvet pouvait aussi bien être blanc, la lumière des rues est trompeuse.

– Maurice, articulai-je, cette fois avec plus de force.

Il sursauta, tourna la tête de mon côté. Son regard semblait m'interroger. Je sentis battre mes paupières, mal assuré tout à coup.

– Ne me reconnais-tu pas ? dis-je. Je suis venu comme tu me l'as demandé. Le bon vent ou le hasard nous a servis, car tu avais négligé de m'indiquer le lieu du rendez-vous.

– Excusez-moi, répondit-il d'un air gauche et timide, vous avez prononcé mon nom ?

« Il n'est pas encore tout à fait revenu sur terre », pensai-je, et je me nommai à mon tour, avec un clignement d'œil, une espèce de sourire que j'emploie souvent avec certains de mes amis, pour les apprivoiser, les retenir à ma portée. Je dus répéter deux fois mon nom.

– Ah ! fit-il, en me regardant cette fois d'un air plus positif, pardon, enchanté, je vous reconnais en effet, j'ai vu quelque part votre portrait dans un journal… Je vous connaissais depuis longtemps… Cela tombe à merveille, justement je cherchais quelqu'un à qui parler ; une chose importante, une communication, comment vous dire ?

Son visage s'était éclairé. Il paraissait vraiment enchanté. Quant à moi, comment me serais-je étonné de l'attitude de cet homme à mon égard ? Ne l'avais-je pas toujours connu ainsi ? Une seule chose me surprenait dans sa tenue : l'absence de pardessus. Cependant je ne prêtai aucune attention à ce détail pour écouter l'étrange propos qu'il s'était mis tout de suite à me conter. Cet après-midi, disait-il, à la tombée du soir, il lui était arrivé une chose vraiment inattendue, la plus curieuse de sa vie. Comme il suivait le trottoir d'une rue déserte pour se rendre à son domicile, les yeux fixés sur les pierres, selon son habitude, un objet s'était soudain abattu juste devant lui, à ses pieds, avec un bruit mou et dur en même temps. C'était un pigeon gris-bleu, au cou mordoré et strié de raies sur les ailes, de l'espèce appelée «voyageur». Un oiseau magnifique, rond et dru. Il s'était penché et avait constaté que l'animal ne portait aucune blessure apparente. Du sang s'échappait par le bec, formant sur la pierre bleue une petite mare d'un rouge vif, de ce rouge presque aveuglant que prennent certaines fleurs dans la transparence du crépuscule. Il était resté quelque temps cloué sur place par cette espèce de présage ou de message céleste. Personne dans la rue. Que faire de ce pigeon mort? Le laisser là? L'emporter chez lui? Il avait fini par le ramasser, avec bien de la pitié, et l'avait posé sur le rebord d'une fenêtre.

– Un animal splendide, ajouta-t-il. Son plumage brillait. Plutôt l'air d'une palombe que d'un pigeon domestique, des formes pleines, comme sculptées dans la pierre. Il répéta : Oui, comme sculptés dans la pierre... Je regrette de ne l'avoir pas emporté dans mon atelier. Mais qu'en aurais-je fait? Je ne sais comment expliquer cet accident. Il avait peut-être du plomb dans l'aile? J'ai pensé aussi qu'il pouvait avoir touché un fil télégraphique. À quoi bon, après tout, se demander la cause? Il est tombé. Que ce fût tout juste devant moi, à mes pieds, voilà l'extraordinaire. Il ne suffit pas de regarder ses pieds pour se préserver d'une chute, pensai-je en poursuivant mon chemin. Il me semblait que c'était moi qui étais tombé. Le signal vient parfois d'en haut... Veuillez m'excuser, ajouta-t-il en tournant les yeux vers moi.

— Ce que vous me dites là est vraiment curieux, fis-je, très impressionné par l'image évoquée par mon compagnon de route.

— Je vous avoue que j'avais déjà oublié ce petit incident. C'est votre rencontre qui m'en a fait souvenir. Au reste, ce n'est pas cela que je voulais vous confier. J'ai quelque chose à vous montrer. Je comptais en donner la primeur à un physicien de mes amis, qu'importe puisque vous êtes là! Je dois vous dire tout d'abord...

Nous avions pris un pas assez rapide; c'était le mien, j'ai l'habitude de marcher vite. Mon voisin, distrait par ses idées, m'eût suivi sur n'importe quel rythme.

— Je dois vous avouer, poursuivit-il, que ce que j'ai à vous faire voir ne m'est pas venu sans peine; je veux dire qu'il y a longtemps que je tournais et retournais cette idée dans ma tête. J'en étais arrivé à lui donner la forme et la consistance d'un projet assez clairement défini pour qu'il me fût possible de me livrer à des études plus concrètes. Toute idée, même celle du discours, pour s'exprimer et agir, doit passer par la matière. Mais le travail, les chiffres, les épures, les plans les plus équilibrés, ne mènent qu'à la sécheresse du désert, si l'esprit n'y prend sa part pour insuffler à l'objet la vie. Non pas l'esprit qui se manifeste par le mécanisme de l'intelligence et du raisonnement; il ne va jamais loin, il ne quitte pas la terre. Or, ce qu'il faut, c'est quitter la terre, quitter la terre en s'oubliant.

Il parlait, yeux baissés, la tête inclinée vers le sol, tel que je l'avais aperçu tout à l'heure avant de l'aborder; et tout en parlant il tournait lentement la tête à droite et à gauche, ayant l'air, comme alors, de chercher quelque chose.

— En réalité, il s'agissait d'une chose tout à fait ordinaire, ou qui devait le devenir. Il suffisait de trouver sa forme pratique, de l'incarner (pourquoi pas de l'incarner ?) dans un petit organisme de métal pas plus épais qu'une montre d'ancien modèle, d'où l'esprit, ou l'électricité, comme l'on voudra, s'en irait décrire sa courbe dans l'éther pour nous conduire à une révélation. C'est là le miracle, celui de tous les jours, de tous les instants. N'en va-t-il pas de même de l'œuvre d'art ? D'une pierre, d'une feuille de papier, d'une simple forme ou de quelques signes jaillit l'éternité qui ouvre des abîmes, dissipe des ténèbres et découvre Dieu, c'est-à-dire ce qui dure, ce qui ne peut finir. J'aurais usé toute ma vie à ce travail dont je vous parle, si un rêve... Mais à quoi bon vous parler ainsi, fit-il en tournant de nouveau les yeux vers moi, n'êtes-vous pas poète, vous me comprenez...

Je fus inondé par ce regard. Ou plutôt, entraîné depuis quelque temps dans une région éloignée de l'endroit où nous marchions, la lumière subite de ces yeux et la musique à la fois claire et assourdie de la voix qui venait de prononcer ces mots, m'envahirent soudain ; je me sentis illuminé et en même temps confondu, au point que la personnalité de mon voisin et la mienne n'en firent plus qu'une seule.

— Oui, répondis-je, je comprends.

Il n'avait vraiment pas besoin d'en dire davantage. Ne savais-je pas que tout se révèle et que tout s'accomplit en rêvant ? C'est le rêve qui donne la solution des problèmes. L'homme qui rêve revient à la réceptivité de l'être primitif. « L'animal ne pense pas, il rêve », dit Alfred de Vigny. C'est en lui que l'esprit veille dans sa pureté. L'homme n'est grand, supérieur à lui-même, qu'à l'instant où il parvient à s'oublier.

Nous nous étions regardés un moment. Quelle jeunesse dans ces yeux, dans ce visage ! « L'art est une éternelle jeunesse, pensai-je, rien de ce qu'il anime ne peut vieillir. »

Autour de nous régnaient l'obscurité et le silence. Je ne sais en quel endroit nous nous étions égarés. Je levai les yeux au ciel : là aussi l'obscurité complète. Pourtant il me sembla découvrir, ou plutôt deviner au-dessus de nous la veilleuse d'une étoile ; peut-être même me trompais-je en imaginant cet unique point lumineux dans le ciel. Pourtant cette présence me rassura ; je m'étais soudain cru tout seul dans la nuit.

– Venez, prononça une voix.

C'était celle de mon compagnon, mais transformée, aérienne. J'avançai. Aussi bien eussé-je vainement cherché une direction au milieu des ténèbres. À peine eus-je fait quelques pas, qu'une lumière apparut, éclairant une surface toute blanche, d'une largeur que je ne pus immédiatement évaluer. Cette clarté subite devait être le reflet d'un jet lumineux projeté par quelque fenêtre sur un pan de mur fraîchement crépi à la chaux. Je cherchai l'endroit d'où elle pouvait venir, mais je n'aperçus rien. Nous devions nous trouver dans une espèce de carrefour, entre des murailles dont les angles se croisaient. À quelques pas de moi, éclairé par le reflet du mur, mon compagnon se tenait immobile, le visage tourné de mon côté. Il paraissait m'attendre.

– Maurice, demandai-je, où sommes-nous ?

– Ne vous préoccupez pas de cela, répondit-il de sa voix lointaine, tournez les yeux par là.

Son doigt indiquait le mur. Je fixai les yeux sur l'écran lumineux et attendis. Je ne sais combien de temps je demeurai ainsi. Le dormeur sait-il le temps qu'il passe à dormir ? Pourtant je me sentais parfaitement éveillé, tous sens dehors, et même je n'avais jamais éprouvé pareille lucidité d'esprit. Je me souviens qu'au moment où mon regard se fixa sur le mur, avec une absence de curiosité complète, mais une espèce de confiance animale et stupide qui en tenait lieu, un bruit, un bruit minuscule me frappa : ce pouvait être le gargouillement de l'eau dans une gouttière, un clapotis quelconque dans un tuyau, ou seulement un borborygme comme on en entend quand on est couché. Ce bruit insignifiant ne m'occupa qu'une seconde, car je venais de voir apparaître une forme sur le mur. Il me sembla d'abord que ce n'était qu'une ombre, l'ombre de quelque passant peut-être. Mais le trottoir était désert. Du reste cette ombre avait pris consistance, c'était celle d'une silhouette humaine, pas tout à fait pareille à celle de mon compagnon de promenade, fort ressemblante cependant ; cette ressemblance ne fit que croître à mesure que l'image se précisait sous mes yeux. Celle-ci fut bientôt au point, nette et saisissante, comme dans l'objectif, et elle commença à se mettre lentement en marche. Je regardai celui qui se tenait près de moi. Il ne bougeait pas plus qu'une statue de pierre. Sur l'écran, le personnage continuait d'avancer d'un pas mesuré, un peu lourd ; la lumière semblait le suivre. « Mais c'est lui ! » fis-je à haute voix. Je ne pensais plus à celui qui était près de moi, et pourtant c'était lui, tel que je l'avais aperçu cet après-midi dans le jardin du musée, coiffé de son petit chapeau à bords mous, les mains dans les poches du pardessus. Qu'il fût en pierre, taillé dans le granit, cela ne faisait aucun doute, tout l'indiquait, la teinte unique, opaque et plombée, du visage et du reste du corps, la démarche pesante et difficile et l'absence complète de mouvement des bras collés aux flancs. Aucun doute, il se mouvait de lui-même, et pourtant il semblait se traîner péniblement ; par moments, on eût dit qu'il s'égarait complètement dans cette marche. C'est à cette dernière apparence que j'attachai mon attention et je ne sais pourquoi mon cœur se mit à battre plus fort, l'émotion me monta à la tête, une immense pitié m'envahit, si violente que le besoin me prit de m'élancer vers la figure qui avançait de cette marche étrange. Ou était-ce vers celui qui se tenait près de moi ? Il me semblait tout à coup qu'il allait culbuter dans l'abîme.

Une sorte de râle s'étrangla dans ma gorge : « Puisse ton âme s'échapper de son affreuse prison de pierre », m'écriai-je d'une voix intérieure où entrait toute la chaleur de mon souhait.

– À votre tour, maintenant, fit une voix plus proche.

Elle m'arrivait aussi douce que cette nuit sans brise et sans lumières.

Mon compagnon s'était approché de moi et me tendait un objet. Je le pris dans ma main. En métal, pas plus gros qu'une montre ordinaire et aplati.

– Serrez cela dans votre main, jetez les yeux sur le mur, ne pensez à rien, à rien...

Je ne pensais à rien, j'étais vide. Pendant quelques secondes, j'eus l'impression que de la main qui serrait l'objet de métal un fluide remontait vers mon cerveau. Je me sentis doué d'une étrange assurance, comme si tous mes sens s'unissaient, ne faisaient plus qu'un seul, pour atteindre un but où ma volonté n'avait aucune part. Mon regard s'en alla de lui-même au mur éclairé par l'étrange lumière à la source invisible, et je vis presque aussitôt une figure qui se formait tout au bas de l'écran. Elle eut vite fait de prendre le volume et le contour d'une colombe, de cette même teinte de pierre qui m'avait frappé dans la forme humaine aperçue tout à l'heure ; elle ne bougeait pas, renversée sur le côté. Et soudain je la vis se dresser, ouvrir les ailes et prendre son vol, traversant en diagonale toute la surface du mur, d'une ligne droite, et aussi légère que si elle eût été revêtue de plumes. On croyait entendre le bruissement soyeux que faisaient les ailes en se déployant. Elle disparut bientôt dans la hauteur. La lumière du mur s'éteignit. Les battements de mon cœur s'étaient apaisés. Je levai la tête au ciel : là-haut, presque au zénith, une étoile brillait dans tout son éclat.

Pendant ce temps, mon compagnon était demeuré à mon côté. Je lui rendis l'objet que je serrais dans mes doigts. Une main s'insinua à mon bras :

— Allons, me dit-il, retournons là-bas. Je vous ai assez longtemps retenu.

Ce fut lui, cette fois, qui m'entraîna à sa suite. J'entendais clairement ce qu'il pensait, ce qu'il avait pensé tout à l'heure au moment où la première image s'était formée sur le mur : « Je me sens parfois si seul, si lourd… » Je dis à mon tour : « Puisse ton âme s'échapper de son affreuse prison de pierre, s'envoler comme une colombe vers cette étoile qui brille là-haut ! » J'avais prononcé ces mots à voix haute. Il ne répondit rien. N'avait-il pas entendu ? Les rues avaient repris leur aspect ordinaire. Il lâcha mon bras. Je poussai un soupir de soulagement. Quand nous eûmes rejoint le boulevard où la foule s'était quelque peu clairsemée :

— Je suis content de vous avoir rencontré, d'avoir pu me confier à quelqu'un, me dit-il d'une voix tout à fait dégagée.

Et nous nous mîmes à marcher sur le trottoir comme des hommes délivrés d'un cuisant souci. Les terrasses des cafés s'étaient dégarnies. Je proposai à mon compagnon de nous asseoir quelques instants, mais il préféra avancer. Il se sentait un besoin de marcher, me dit-il, après cette longue immobilité ; il ne se donnait pas assez de mouvement, sa santé s'en ressentait. Un flot humain s'échappait d'un théâtre ou d'un cinéma. Nous quittâmes le trottoir pour l'éviter et traversâmes le boulevard.

— Je n'ignorais pas, dis-je, que vous vous intéressiez à la physique. Ça a toujours été votre dada, excusez-moi : votre violon d'Ingres… Les grands artistes ont besoin de ces fantaisies, pardon, de cette voie d'échappement...

Je ne sais quoi m'empêchait de le tutoyer comme à l'ordinaire.

– Hé, hé, me répondit-il, avec un petit rire que je ne lui connaissais pas, c'est mon métier, que voulez-vous ? Il se peut que j'y ajoute, comme vous dites, un brin de fantaisie. Il faut bien, de temps à autre, respirer. C'est vrai, je me sens quelquefois une âme d'artiste, ou de poète, comme vous voudrez. Cela me vient sans doute de mon grand-père, Maurice Bernier, qui était sculpteur et en même temps une espèce de devin. Tout artiste n'est-il pas une sorte de devin ? Je m'appelle Maurice comme lui. Je ne l'ai guère connu, mais mon père, qui fut un savant de grand mérite, m'assurait qu'il tenait de lui quelques idées fort curieuses et originales ; elles lui furent d'une réelle utilité dans ses recherches.

Nous étions arrivés au Rond-point de l'Opéra, tout juste à l'entrée du métro. À cette heure tardive, il descendait plus de monde qu'il n'en montait sur le large escalier. Mon compagnon s'arrêta brusquement.

– Adieu, me dit-il d'une voix brève et polie, qui me parut soudain toute changée. Excusez-moi, il est tard, il faut absolument que je rentre. Je suis vraiment content d'avoir fait votre connaissance.

Son front avait repris son pli soucieux. Je serrai fortement la main qu'il me tendait et le regardai descendre l'escalier puis s'engloutir dans le gouffre.

IV

Les dernières paroles de mon compagnon d'un soir ne m'avaient nullement surpris. Elles n'avaient fait que mettre de l'ordre dans mes idées, ramener à la réalité une imagination dont les écarts échappaient trop souvent au contrôle de ma raison. Avant de nous séparer, nous avions échangé nos adresses. Je comptais bien revoir cet homme, mais je ne sais ce qui me retint d'aller le trouver chez lui et même de lui écrire.

Quelques semaines s'étaient écoulées dans une inaction que je jugeais injurieuse, assez insolite même, car je ne suis ni paresseux ni indolent, quand je lus, un matin, dans le journal, une étrange nouvelle. Je ne sais pourquoi je dis de cette nouvelle qu'elle me parut étrange ; je me rappelle que, dans le moment, je la trouvai tout à fait naturelle et normale : le physicien bien connu, Maurice-Lucien Bernier, était tombé par la fenêtre de son appartement situé au troisième étage d'un immeuble de la rue Campagne-Première. Le chroniqueur ne précisait pas s'il s'agissait d'un suicide ou d'un simple accident, mais on pouvait déduire du texte, assez ambigu, que le malheureux, comme il disait, s'était donné volontairement la mort. J'avoue que je ne prêtai pas la moindre attention à ce détail. Un mot de mon ami m'était tout à coup revenu à la mémoire. Comme se parlant à lui-même après le récit de la mort du pigeon voyageur dans une rue déserte à la tombée du soir. « Il ne suffit pas de regarder ses pieds pour se préserver d'une chute ! » m'avait-il dit.

Cette phrase se mit à trotter dans ma tête. Il me semblait l'entendre, comme si elle eût été prononcée tout récemment ou que je l'eusse vue imprimée au bas de cette notice nécrologique, comme une conclusion, ou une morale à la fin d'une fable.

« Une conclusion. Oui, pensai-je en rejetant le journal, c'est bien cela : une conclusion. Mais peut-on vraiment affirmer que la mort est une conclusion ? » Je méditai quelques moments sur ce sujet, nullement nouveau pour moi, et me préparai au travail.

Herbes méchantes et autres contes insolites
(1964)

L'habit du mort

L'homme qu'on enterrait était le vieux notaire Eusèbe Dusoucy, que les habitants de la petite ville avaient surnommé Goliath, à cause de ses deux mètres de haut et de son bon mètre et quart de tour de ventre. On juge, par ces dimensions, qu'un phénomène de ce calibre ne dut jamais s'en faire de ce souci dont son nom patronymique semblait témoin.

Ce géant, nullement philistin, avait un fils nommé Eugène, et qui, dès sa naissance, s'était annoncé plutôt comme un David mais, à partir de seize ans, il s'était mis en train de croissance, et ses quarante ans le virent s'élargir comme citrouille au soleil jusqu'à ressembler, au corporel, à ce père qui lui avait donné l'exemple.

Autre ironie de la nature génératrice : tandis qu'Eusèbe avait pris l'existence par ses fibres les meilleures, Eugène, bien nommé mais mal armé, ne cessait de s'en faire de ce souci dont le nom paternel était chargé comme son fusil de chasse, à poudre et à plomb, qu'il avait toujours à portée de la main quand il sentait monter, dans les veines du cerveau, de ces brumes ou souffles de ces vents du nord, dont les causes lui étaient inconnues. Alors Eugène saisissait l'arme cruelle. Il lui fallait une proie à abattre, un oiseau ou quelque autre animal, pour se soulager : le coup de feu était son soleil. De peu de durée, il est vrai.

D'où pouvait venir, à ce grand corps, le mal qui le rongeait ? Cela paraissait inexplicable et même insensé, car la santé robuste d'Eugène ne s'était en aucun temps démentie. L'étrange, dans son cas, était que le fils, à l'encontre du père, manquait d'appétit et ne mangeait guère. Eusèbe était un goinfre fieffé ; chez lui, l'abondance du service semblait condition d'une bonne humeur qui contribuait à la réussite des affaires. Le notaire ne manquait pas de concurrents qui ne possédaient pas cette arme naturelle, l'embonpoint, l'ardeur de vivre, et qui la lui enviaient.

Bizarre contradiction : plus Eugène s'abstenait et plus il gagnait en poids ; comme si la chair et le sang, dans cette extravagante nature, se vengeaient en se moquant d'une retenue qui ne rimait qu'à maigrir. On le jugeait radin. Eusèbe partageait cette opinion et ne manquait pas de plaisanter son fils sur ce travers. Peut-être un penchant vers une économie exagérée avait-il conduit Eugène à ce climat brumeux dont sa nature semblait complice ? Un être gros et gras, fût-il fils de notaire et destiné à régner un jour dans une étude de grand style, s'il ne répond pas au *la* paternel, ne fera jamais progresser l'orchestre ; la fausseté, l'inharmonie n'ont en aucun temps encouragé la musique. Il arrive qu'un organisme surchargé de graisse finisse d'anémie cérébrale, comme ces arbres de Floride, les séquoias, trapus, qu'on voit dans nos contrées, et qui se dessèchent par le sommet.

Eusèbe Dusoucy était mort d'apoplexie, à quatre-vingts ans, foudroyé, mais dans toute sa force, le crâne chevelu comme un doryphore de l'ancienne Médie. Le vent de novembre, qui arrache les feuilles, ne l'avait pas dépouillé. Eugène, qui menait le deuil, était depuis de longues saisons presque chauve. De plus, chose aux yeux de tous extraordinaire, il était demeuré garçon. Il avait vécu et travaillé dans la maison paternelle, comme un simple clerc, ignorant toute autre raison de vivre.

Les funérailles furent ce qu'elles devaient être : grandioses, pleines à craquer.

On avait érigé une chapelle ardente dans le vaste salon du rez-de-chaussée. C'était l'œuvre du plus ancien employé de l'étude. Eugène, hébété, n'y avait pas mis la main ; le serviteur intelligent et dévoué s'était chargé de tout. Les cierges, nombreux comme un ciel étoilé descendu sur terre, vacillèrent et crépitèrent fidèlement tout le temps du plus majestueux défilé d'êtres vêtus de noir, gantés, recueillis, navrés et pénétrés du rôle à remplir dans l'ordre d'un enterrement de province. Dernier acte d'un cérémonial domestique qui avait débuté par la toilette du défunt. Trois jours plus tôt, quand le premier visiteur de la chambre mortuaire s'était présenté, il avait pu voir sur le lit, dans toute son étendue majestueuse, un cadavre revêtu de l'habit de cérémonie, chemise et cravate blanches, manchettes immaculées. Tout cet ensemble clair dans le noir et le carrare du visage parurent, à ceux qui suivirent, le plus imposant des spectacles. Le présent de la mort est hiver éternel.

L'heure de la mise en bière arrivée, Eugène avait fait procéder au déshabillage du mort, plus difficile que la toilette de l'avant-veille, à cause de la raideur accrue. On demanda au fils ce qu'il fallait faire de ce vêtement d'apparat un peu chiffonné par les manipulations et qui avait été la suprême tenue d'un homme pleuré par tout le monde ; une sorte de Dieu le Père, avait dit le plus âgé des clercs.

La question parut à Eugène déplacée. C'est le mot qui lui vint à l'esprit, mais il s'arrêta sur ses lèvres. Chez lui, toute pensée se heurtait à cette frontière du silence.

Déplacé, un problème dont la solution avait pourtant été depuis trois jours décidée, et toute naturelle, semblait-il, d'une simplicité enfantine. Cela coulait de source : l'habit du mort devait passer au survivant, à l'héritier. Ce vêtement n'était-il pas fait à sa mesure ? Ne lui était-il pas destiné ? S'il y avait déplacement, ce ne pouvait être qu'au profit du fils. La question, véritablement déplacée, fit un moment sourire Eugène. Mais il se ravisa : une pensée venait de forcer le seuil de sa mémoire, comme s'il existait un lien entre cet habit de cérémonie qui se trouvait là, tout fait, tout préparé, et le souvenir envahisseur. Eugène s'arrêta de replier l'habit paternel. Serait-elle là ? Elle. Car il existait, à l'horizon, sinon dans le domaine du fils du notaire, une femme. On eût dit que c'était le père lui-même, par le conduit de l'habit légué, qui le lui rappelait.

Elle ne manquerait pas d'assister aux funérailles. Eugène eût préféré que cette Marguerite d'un beau pré s'abstînt, bien qu'en qualité de cousine, et germaine, sa place fût indiquée, ne fût-ce qu'au repas qui devait réunir, après les funérailles, un assez grand nombre de familiers et d'amis de la maison.

Marguerite viendrait. On avait dit à Eugène qu'elle s'était présentée le premier jour, avait salué le défunt et s'était même agenouillée au pied du lit mortuaire, les mains jointes, pour prier. Eugène la voyait déjà s'approcher de lui après le service funèbre à l'église : le silence commandé du lieu saint ne changeait rien à son attitude habituelle. Sans nul doute, le silence était l'arme concertée de cette femme à divers visages et dont les yeux seuls parlaient ; mais avec quelle éloquence ! Des yeux qu'Eugène jugeait terribles, menaçants. Pourquoi menaçants ? C'est une question qu'il ne cessait de se poser, car nul doute n'était possible, bien qu'elle n'eût jamais fait allusion à rien en sa présence : cette Marguerite cherchait à l'envoûter. En vue du mariage, bien entendu. Or, Eugène avait décidé qu'il ne se marierait pas. Sa mère était morte très jeune ; à peine se souvenait-il d'elle. Même la photo agrandie du salon ne suffisait pas pour raviver sa mémoire. Du passé du ménage paternel, il ne savait rien et ne voulait rien savoir.

Une seule énigme se posait aujourd'hui à son esprit : « Que sera ma vie, à présent que je vais être seul ? » Eugène avait pensé un moment à se faire moine, à léguer toute sa fortune à un couvent. L'austérité monacale, loin de se montrer effrayante, ne cadrait-elle pas avec sa nature ? Peut-être la solitude du cloître, les exercices rituels, les macérations, tout le quotidien macabre du monastère le ferait-il maigrir ? Une chose l'avait arrêté et il ne fallait plus revenir là-dessus : le port de la robe monacale. Eugène se voyait ridicule dans ce costume. Et puis sa paresse physique serait mise à une rude épreuve : se lever matin, s'astreindre à des travaux manuels, Dieu sait quoi ! Marcher le long d'interminables couloirs, très froids l'hiver, suer, grelotter, tout ensemble ! Ne transpirait-il pas assez depuis quarante-cinq ans avec cette peur constante de se refroidir ?

Problème insoluble. S'il était destiné à doubler, comme son père, le cap de quatre-vingts ans, qu'allait-il faire tout ce temps, devenir ? Comment, avec quoi combler cet énorme gouffre d'années ? Eugène ne parvenait pas à remplir celui de son paresseux estomac…

Le problème s'était posé plus urgent que jamais à l'évocation du regard fixe, insistant, pour ne pas dire démoniaque, de cette femme, sa cousine germaine, qui serait là tout à l'heure et, une fois de plus, sans nul égard à la situation d'un fils qui enterrait son père, chercherait à l'ensorceler en vue d'un projet irréalisable, exclu.

Le côté aggravant de l'affaire était que cette Marguerite épanouie se montrait belle. Belle d'une beauté fascinante. Élancée, d'une tige ferme et molle à la fois, d'un visage rayonnant où les yeux gardaient le secret de la nuit.

Mais quelle nuit !

*

Eugène avait eu soin de placer Marguerite à table de façon qu'elle ne se présentât point à portée de son regard. Silencieuse comme lui, il n'entendrait même pas sa voix.

L'heure des funérailles avait sonné. On alluma les cierges de la chapelle ardente et l'on ouvrit à deux battants la porte cochère. Le nombre des cierges, leur crépitement, l'unanimité de cet éclairage et de ce feu mêlés comme au cœur du buisson biblique, éblouit les visiteurs. Avec un peu d'imagination, on aurait pu se figurer la flambée fantastique de ce brasier consumant d'un seul tour de flamme le cercueil aux charnières de cuivre, son contenu, sans compter l'encombrement fleuri des couronnes. Mais la plupart des spectateurs, sinon tous, ne durent avoir qu'une seule pensée : ce luxe avait coûté cher.

C'est à quoi songeait Eugène, l'homme simple ; mais une folie n'est pas coutume, se dit-il en se plaçant en tête du demi-cercle de famille qui recevait les condoléances des visiteurs. Il était vraiment beau dans son habit impeccable, si bien adapté à ses formes physiques qu'on eût dit ce vêtement fait pour lui. Eugène n'avait pas jugé nécessaire de passer chez le tailleur pour se commander un habit neuf, quand celui-ci, qui avait appartenu à son père, se mettait non seulement à sa disposition mais à sa taille. Il s'y sentait vraiment, aisément, comme chez soi. Pas la moindre retouche nécessaire, ni à cet habit ni à lui-même. Sauf le vide désormais à remplir. La justesse et la plénitude d'un habit ne donnent pas la solution du problème. Le défunt avait beau combler la mesure dans l'espace de ce vêtement, restait la vie. On remplit un costume comme on remplit l'estomac. Mais la vie, quarante années d'existence à venir ?

Eugène restait là, debout, aussi droit qu'il pouvait, et cette idée en tête, tandis que le défilé se formait. Il serrait des mains, ou inclinait la tête, suivant le cérémonial, indifférent, ne cherchant même pas à reconnaître les passants, résigné aux gestes. Seul le langage des cierges lui procurait une espèce de satisfaction. Cela parlait pour lui, pour tous, pour tout ; il songeait qu'une conversation, un discours de cette sorte, s'il se prolongeait le restant de sa vie, remplirait en partie le vide. Il se voyait, sorte de moine mortuaire, au milieu de cierges et de pétillements musicaux, dont la forme et l'atmosphère le berceraient et l'aideraient à se soutenir au moment de la flambée finale.

Marguerite allait-elle se montrer parmi ces femmes en robe de deuil qui faisaient partie du cercle familial ? Eugène ne voulut pas s'en assurer. Il était entré le premier, les yeux fermés, aveugle au déroulement des funérailles comme à leurs préparatifs ; sourd aux murmures des lèvres ; plein de ce défilé de fourmis, de cette caisse de luxe pleine elle-même à craquer, car malgré les mesures prises la masse de chair et d'os paternelle n'avait pas tenu sans peine dans le cercueil. Plein de lui-même pour une courte durée, avant le vide qui allait être sa mesure à lui : cette vie sans dimensions qui l'attendait.

Malgré l'étrange réplétion de sa pensée et de toute sa personne charnelle, Eugène n'avait pu échapper à l'obsession du regard qui le poursuivait dans son désert de célibataire : et l'idée lui était un moment venue que cette femme si redoutable par la force de l'obstination n'était pas cette espèce de Minotaure femelle qu'il s'était toujours figuré. Son silence ne démentait-il pas ce qu'il imaginait de la menace de ses yeux ? Marguerite ne lui demandait rien de positif et même on pouvait lire de la douceur dans le reste de ses traits et de sa personne. De la résignation ? Pourquoi pas ? Peut-être serait-ce la dernière entrevue qu'ils auraient ensemble ? Elle n'insisterait plus. Eugène était décidé à fermer toutes les portes. Il pourrait bien vivre seul avec l'image d'une union irréalisée, mystique : Marguerite dans le champ de sa mémoire, telle qu'il se la représenterait. Union de deux êtres sans les incommodités et les fatigues de la présence, du tête-à-tête, du dialogue à haute voix : « Elle m'aime peut-être, et pourquoi ne l'aimerais-je pas, dans cette paisible étreinte de l'éloignement ? Façon de mettre un poids dans le plateau, qui ferait osciller harmonieusement la balance, à condition de placer dans le plateau adverse un autre poids. Lequel ? Et tout cela gratuitement... »

Ces rêveries soutinrent Eugène et lui permirent de garder jusqu'à la fin du défilé funèbre cette pose de statue qui convient à la condition de fils et d'héritier. Il convenait de faire preuve d'une façon d'équilibre professionnel, ne fût-ce qu'en l'honneur du défunt et pour le temps d'une cérémonie si bien réglée, et si nécessaire, Eugène en avait l'intuition.

Chose curieuse, assez nouvelle chez lui : il se sentait une espèce de fierté dans cet habit paternel qui lui seyait comme un gant. Une fierté réelle, presque de l'orgueil. Un moment il leva les yeux, se fit bien présent pour observer la tenue des hommes qui s'inclinaient devant la bière ; il y en avait qui prenaient le rameau de buis et faisaient signe d'asperger le cercueil d'eau bénite. L'habit de cérémonie leur seyait-il aussi bien qu'à lui-même ? Plutôt grotesque chez la plupart, trop long, trop large, démodé, usé d'avoir servi depuis des années sans retouche ni passage chez le détacheur. Eugène se fit aussi droit et raide qu'il put, rabaissa les paupières, souriant intérieurement ; et même, sans qu'il y mît la moindre condescendance, le plus menu à-propos, l'idée lui vint que si Marguerite le voyait à cet instant, elle devait se dire : « Ce diable d'Eugène, comme il s'habille ! Malgré la taille et l'embonpoint, quelle naturelle élégance ! »

Sans aucun doute elle penserait cela. Eugène oubliait qu'il y avait là un mort.

Un mort ! Il se fit sérieux, soumis à l'instant, à la fatalité. Aussi bien, le défilé s'achevait. Les croque-morts arrivaient avec leurs accessoires. Le premier acte était joué.

*

Le reste de la cérémonie funèbre, le passage à l'église, les ablutions autour d'un catafalque de première classe et, pour finir, l'épilogue du cimetière avec ses pelletées de terre bien rythmées, se déroula selon les rites habituels, sans la moindre fêlure ; le chant de l'orgue ébranla un moment Eugène, bien qu'il eût horreur de toute musique, c'était encore une de ces plénitudes artificielles, passagères, qui trompent l'homme, lourdes à porter, et lui font voir plus cruellement, après, le vide.

Enfin le repas de funérailles dans la vaste salle à manger de la maison paternelle. Comme d'habitude, Eugène se sentait pauvre d'appétit en face d'un menu somptueux arrosé des meilleurs crus. On avait mis la cave notariale à contribution. Autant les dossiers de l'étude étaient secs, autant les gosiers furent arrosés. Qu'ils la vident donc en une fois cette cave à laquelle Eugène n'avait jamais goûté que du bout des lèvres, étonné de voir son père si accessible à ce que le notaire appelait la boisson des dieux.

Obligé de présider le repas, Eugène ouvrit tout grands les yeux. Il le fallait, c'était son rôle. Il y avait là les principaux tabellions de la contrée, de plus un brasseur et divers négociants avec leurs épouses. Tous en noir, habit à queue et robe de cérémonie. En face de l'héritier, le maire en personne, bien replet, le visage rond et rose, mielleux de verbe, et le geste de circonstance.

Le début se passa dans un silence digne. Les convives baissaient les yeux sur leur assiette. Sur la nappe d'une blancheur neigeuse, les manchettes empesées ne bougeaient qu'avec précaution ; les mains un peu nerveuses tourmentaient la mie du pain.

Peu à peu l'atmosphère s'anima. Il est certain que tout ce monde avait complètement perdu de vue le motif essentiel de sa présence à cette table : ce mort, cet absent, cet hôte enterré. On ne pensait désormais qu'à jouir du menu qui s'offrait gratuitement à la gourmandise. Les conversations s'amorcèrent, on entendit le doux susurrement des voix féminines qui se firent bientôt nettes, alternant avec le ton mâle ou se confondant avec les basses. Les modulations de flûtes devinrent cliquetis, les pédales se mirent à ronfler, il y eut des roulements de tambour, voire des coups de timbale et de grosse caisse. Nourrie de victuailles et de vins forts, la fanfare humaine se gonfla ponctuée de fausses notes, et l'ensemble finit par se transformer en charivari.

Que se dit-il dans un repas de funérailles du grand monde ? Pas autre chose qu'à une frairie quelconque. On parle, d'abord, un peu, du disparu, puis du temps, ensuite des affaires de ce monde, de chacun ; enfin de tout ce qui passe, par les têtes échauffées.

Eugène écoutait, retenu comme toujours. Si on avait respecté plus que de coutume son silence, en évitant de lui adresser la parole, à vrai dire nul ne se souciait de lui. À sa droite, l'épouse du maire, une femme au physique si réduit qu'elle semblait par moments invisible : c'est quand elle se taisait. À sa gauche, la femme du brasseur, gonflée comme un ballon d'enfant, rose et tendre, oscillant sur sa base. Elle ne s'occupait que de manger, les yeux perdus dans le vague, comme si elle rêvait ; quant au reste, imitant en toute chose son maître honoré qui n'était, du haut en bas, que boursouflure. Le visage du brasseur avait la couleur du houblon mûr. Trapu, les mains énormes presque carrées, cet homme semblait capable d'étrangler un taureau. Ensuite, répartis selon l'importance, les notaires amis du défunt, variété d'individus gradués de la minceur à l'épaisseur, dans la mesure de la gamme, dièses et bémols. Pour finir, tranchant sur tout le reste, le plus important fermier des environs, engraissé comme ses terres, et client numéro un d'Eusèbe.

Le repas, on le voit, fut énorme dans tous les sens du terme, non comme Eugène l'eût souhaité mais comme il le fallait pour ne pas faillir aux coutumes. C'était ce que tous attendaient. Ainsi devait s'oublier la sombre matinée, comme le coup de lance du soleil perce et dissipe les nuages. La bière et le vin achevèrent le nettoyage de l'horizon, et bientôt la gaieté, amorcée par le maire qui donnait le ton dans toute la contrée, se propagea autour d'une table qui avait paru un moment bien défendue par le souvenir du mort. La détente devint générale lorsque les plats eurent circulé et les vins excitants accompli le tour des artères, ouvrant les écluses.

Eusèbe avait disparu, qui ne pourrait plus manger ni boire ; quant à Eugène, sobre par tempérament, sa présence ne se manifestait que par un mouvement de tête, à droite, à gauche ; ou bien il fixait les yeux sur le maire, comme un timbalier dont aucun rôle ne serait pas inscrit dans la partition regarderait le chef d'orchestre gesticulant.

Tous parlaient à la fois, de sorte qu'il ne comprenait rien. Le bruit tonitruant des voix mêlées, les éclats de rire, tout cela valait pour lui le silence. Soudain, par on ne sait quelle embouchure, une parole frappa l'oreille d'Eugène. Une voix l'interpellait. Elle s'était faufilée dans le chœur. Une voix comme le trait de petite flûte dans l'orage de la *Sixième Symphonie*, une voix de femme, semblait-il, ou mâle mais dans ce cas filtrée, transparente. Cette voix du destin sans doute, qui a perdu tout indice de sexe :

— Eugène, tu sens le mort !

Eugène avait pâli. Puis il rougit, repâlit, pour rougir plus violemment après, avec cette réponse partie on ne sait de quel coin de sa personne cachée :

— C'est sans doute mon habit.
— Ton habit ?
— Oui, cet habit, l'habit de mon père.
— De ton père ?
— Qu'il portait avant la mise en bière.
— La mise en bière...

L'écho s'acharnait. Une autre voix s'échappa du silence :

— Il n'est pas dégoûté !

Silence très court, on dirait commandé, fatal, suivi d'un éclat de rire si général, si plein, qu'il semble couvrir, en pareille circonstance, jusqu'à l'horizon des possibilités humaines. Et dans le point d'orgue qui se prolonge à l'infini, le son d'une voix féminine, cette fois :

— Eugène !

La voix de Marguerite, terrible, stridente. L'écho s'en répercuta dans les profondeurs les plus caverneuses d'Eugène, renvoyé par toutes les montagnes du reproche :

— Eugène, Eugène !

Touché au plus secret et au plus sensible de sa personne, Eugène, pour la première fois depuis le début du repas, saisit son verre. Le notaire venait de lever le sien, vingt fois rempli et vidé, et s'apprêtait à prononcer quelque allocution en fixant les yeux de l'amphitryon. Une parole sortit de ses lèvres humides :

— À la santé…

Le gros fermier acheva :

— Du défunt !

Sans réfléchir, par un réflexe obligé, Eugène vida son verre. Un domestique le remplit. Eugène le vida. On le remplit de nouveau, il le vida. Un convive entama une chanson qui prit, au départ, un ton de vague lamentation, répété par le chœur dans le rythme et la couleur d'une priapée.

Comme un signal. Toutes les eaux, lâchées, mêlèrent leurs tourbillons. Ce fut alors, avec des yeux dessillés par le vin, qu'Eugène remarqua que Marguerite avait changé de place. Marguerite était là, au bout de la table, dans la rangée d'en face, parfaitement visible. Elle semblait avoir pris des proportions énormes, et ses yeux fixés sur le fils du défunt, béants, accusateurs, pleins de menace, avaient l'air de dire dans un silence de planète brillant au milieu du jour : « Tu n'as jamais fait attention à moi, ni à rien dans la vie, tu n'es qu'un égoïste, pas même : une cruche vide ! Eh bien ! tu vas maintenant me subir. Tu ne pourras pas ne pas me voir et je vais te remplir, entends-tu, à te faire éclater, et de moi, rien que de moi ! »

Eugène perçut nettement ces mots martelés comme par des doigts sur un clavier, le sien, qui n'avait jamais fait résonner ses cordes ; et quand un œil avait fini de parler, l'autre répétait l'imprécation muette.

Le premier choc subi, Eugène avait continué de boire, et le plus surprenant : le vin absorbé lui parut non seulement délectable mais nécessaire. Quelle nécessité le poussait, ce midi, sur la pente fatale ?

L'épouse du maire, entraînée sur la même route, d'une voix menue comme sa personne, mais stridente, réclama du champagne. Eugène n'avait pas prévu ce breuvage peu ordinaire dans un repas de funérailles. Mais pourquoi pas, du moment que l'épouse du maire l'exigeait ? Le champagne fut ordonné et servi, et Eugène leva son verre. Aucune parole ne lui vint aux lèvres. Aucune idée dans la tête ne sachant ni à qui ni à quoi allait cette santé qu'il portait d'une main titubante. Une partie du liquide déborda, dont il avait laissé fondre la mousse. Il s'était levé, avait fait des yeux le tour de la table, cherchant... Plus de Marguerite. S'était-il trompé tout à l'heure ? Mais de quand, de quelle époque reculée ce tout à l'heure marquait-il la date ?

Comme il n'avait dit mot et s'était rassis, le verre en main, chacun vida le sien et l'animation repartit au bruit des bouchons sautants. Les tempes d'Eugène bourdonnaient. Tout à l'heure, autrefois ? Y avait-il jamais eu une Marguerite, une femme quelconque dans sa vie ? Comme dans un grand brasier de fanes les flammes craquent et pétillent, les conversations s'élevaient, retombaient et reprenaient, cendre et feu. Les deux voisines d'Eugène se relayaient pour lui tirer le coude et lui glisser des mots à l'oreille. Eugène n'entendait rien. Dans sa tête où l'ivresse soufflait ses vents croisés, du pôle à l'équateur, un travail fermentait pour rattraper une simple idée :

« Où a-t-elle bien pu passer ? Pourtant elle était là, bien présente, avec ses yeux de malheur ! »

Le plus étrange, c'était qu'aucune place n'était inoccupée. « J'ai dû me tromper », pensa Eugène. Mais alors, se tromper avait dû être son ordinaire, de sa vie il n'avait cessé de se tromper, n'étant sûr de rien ; il s'était donc fourvoyé sur toute la ligne depuis le début de l'existence. « J'en aurai le cœur net ! » Il prononça, accentuant péniblement les syllabes et se penchant galamment vers la femme du maire :

— Ne pensez-vous pas qu'il serait agréable de prendre le café dehors ?

La femme du maire se leva en soupirant. Ce fut le signal d'une sorte de bouillonnement humain auquel le jardin servit de déversoir.

D'Eugène nul ne se souciait, mais l'idée poursuivait le pauvre homme, le poussait dans le dos, lui martelait le haut du crâne, cette idée d'un vide inconnu, pourtant de longue date, le vide sorcier de cette Marguerite absente et présente, réelle et irréelle, qui lui faisait des yeux d'étoiles en plein jour. Eugène l'avait d'abord cherchée sans succès dans la cohue qui franchissait la porte. À présent il fallait l'inventer s'il se pouvait, tendre la main pour apaiser la Gorgone, au besoin se jeter aux pieds d'une statue, supplier le marbre, s'abaisser au niveau de la matière, afin de raccrocher le temps perdu. Eugène lui dirait ce que tous ces gens venus festoyer aux frais du défunt murmuraient sans doute en ce moment dans les chemins, derrière les buissons, ces paroles de tous les temps et de toutes les circonstances : « Je vous aime, je n'ai jamais aimé que vous... » Mais la revoir, d'abord, retrouver sa trace, s'assurer de sa vérité. Marbre ou chair véritable, n'était-ce pas elle qui avait lancé tout à l'heure de sa voix de trompette de Jéricho :

– Eugène !

Tout à l'heure, autrefois...

Eugène, plus solitaire que jamais, titubait. Comme chacun le savait insignifiant, tout le monde l'ignorait. Le notaire défunt n'était pas plus éloigné de toute préoccupation humaine que ce fils de notaire sans accent, dont la corpulence même accusait la nullité. Çà et là un couple errant comme lui pensait : « Il est inconsolable. La mort du notaire l'a pris de court. Laissons-le à son chagrin. »

Ah ! qu'il était lourd à porter, ce corps, triste à supporter, ce vide, et comme cet habit serrant lui donnait chaud, le mettait en sueur ! Ou bien était-ce tout ce vin absorbé, dont il n'avait pas l'habitude, qui le déjetait de droite à gauche et de gauche à droite, tanguant comme un navire, et le forçant pour garder l'équilibre, à se servir de ses bras comme de nageoires. Ah ! si des ailes pouvaient lui pousser ! Il se sentait aller à la dérive ; de plus, le regard de ses yeux, autant que la vue de sa raison, se brouillait. Et personne pour lui conseiller de s'asseoir ! L'aurait-il pu ? Peut-être Marguerite était-elle ici, tout près de lui, elle était sans aucun doute dans le jardin parmi cette foule, mais comment l'y reconnaître quand le sang des yeux mêmes se met à bourdonner ?

Eugène avait parcouru tous les chemins, secoué des branches, saccagé des massifs, mendiant un regard au passage. Mais de Marguerite pas de trace. Elle devait avoir quitté la table sans qu'il s'en aperçût. Il ne la retrouverait plus nulle part. Ce nom qu'elle avait jeté tout à l'heure, entre deux plats, deux vins, le sien, à propos de qui, de quoi ? Il vida, retourna les poches de sa mémoire. Rien ! Pourtant c'était bien elle qui avait parlé, et ce serait sa dernière parole en ce qui le concernait.

Eugène s'était arrêté, essoufflé, haletant. Ses oreilles chahutaient. Et soudain, des pieds jusqu'au cerveau, une voix monta, grandissante et s'amplifiant, comme un cryptogame monstrueux, avant de percer la surface du terreau :

— Eugène, qu'as-tu fait ?

Bien que la question ne lui rappelât aucune faute récente, peut-être eût-il été capable de répondre quelque chose pour apaiser ce rappel funèbre, si d'autres n'étaient venus s'y joindre, comme si la voix paternelle eût réveillé subitement toutes les voix des ancêtres ; voix d'hommes, voix de femmes, toutes, elles avaient leur poids dans le concert le plus trivial ; mais au fond de l'abîme le plus juste, précisément parce qu'il se prononçait dans la profondeur la plus muette et la plus obscure d'une âme qui n'avait jamais pris la peine ou entrevu la nécessité de se chercher : « Qu'as-tu fait ? Vide ! Avarice, paresse d'esprit, égoïsme... » Combien de voix d'outre-tombe, combien de mots sans suite et à la suite, et cette question qui les résuma tous dans son actualité terrifiante :

— Tu m'as pris mon habit, rends-le-moi !

— Pardonne-moi, mais comment m'acquitter ?

— Vois toi-même.

Ah ! si Marguerite était là ! Pourquoi avait-elle disparu ? Sa place n'était-elle pas à côté de lui ?

– Je te le promets, si je te retrouve, je t'épouserai. J'en fais le serment.

À ces mots prononcés à haute voix, un éclat de rire général fait trembler les sombres abîmes. Cela résonne comme dans une tombe : le gouffre de son âme. Eugène, encore une fois, se sent poussé dans le dos, puis arrêté par-devant lui, pour reculer sous l'effet d'un ressac. L'habit, de plus en plus, l'enferme dans son carcan, craque aux entournures, l'immobilise aux jambes, l'enveloppe et le serre à l'étouffer. On dirait que le nouveau concert fait de risées et qui ne cesse de lever ses flammes dans un brasier désespéré, ce brasier, cette torche qui flambe jusqu'à son cerveau, ne le lâchera plus de la vie…

Soudain un trait, un souvenir, cette parole ouïe au cours du repas, venue on ne sait de quelle direction :

– Eugène, tu sens le mort !

La tête, au dernier degré de l'effervescence, pencha un moment, le cou trapu se tordit, rejetant de côté le nœud blanc de la cravate, et le corps tout d'une masse s'abattit.

*

Il ne fut pas nécessaire de changer le cadavre de toilette. L'habit paternel, qui lui allait comme un gant, se chargea de tout.

On coucha Eugène tout costumé de noir sur le lit mortuaire. Marguerite, prévenue la première, vint se pencher sur le défunt, puis elle saisit d'une main tremblante le rameau de buis et fit choir une goutte d'eau bénite, une larme, sur ces yeux insensibles, ces oreilles qui n'avaient rien voulu entendre, ce visage volontaire, d'une volonté qui s'impose à tout ce qui a fini de vivre.

Ce furent de belles funérailles.

Le portrait récalcitrant

L'histoire d'Abraham Widor est courte. En fait, cet homme de cinquante ans n'a jamais eu d'histoire. Ce qui est arrivé, à vrai dire de très extraordinaire, à une heure cruciale de son existence, n'est dû ni à son caractère, puisqu'il n'en possédait aucun, ni à la volonté ou à l'influence de quelqu'un de son entourage.

Quand j'écris : une heure cruciale de sa vie, j'emploie le terme exact qui me vient sous la plume. On le verra dans la suite.

Il est bon, en commençant ce récit, de noter que la nature animale ou végétale n'est pas seule douée de sensibilité. La matière, la simple matière inerte, et la plus dure, possède aussi ses moments de trouble, ses sautes d'humeur, et manifeste même des caprices tragiques. Je ne sais si on a remarqué le caractère ombrageux de certains objets de manipulation humaine. Ces objets ne bougent, pense-t-on, que déplacés par une force extérieure, que ce soit le vent, une secousse terrestre, la patte ou la main de l'individu qui s'en sert. Cela est vrai sans doute dans les cas ordinaires. Encore savons-nous qu'un objet de formation naturelle ou de façon humaine peut fort bien, sans changer de place, exercer une influence positive sur la créature vivante. Le pouvoir occulte de certaines pierres, ou de choses employées par les sorciers et les devins, maints d'entre nous ont pu le constater en ce qui concerne leur propre histoire. Je raconterai un jour comment cette tasse de porcelaine allemande, couverte de figures d'animaux et de plantes, se mettait à frétiller dans la soucoupe, chaque fois que je m'asseyais à table, et cela sans que j'y eusse posé la main. Pour l'obliger à se taire, à m'épargner les signes d'une nervosité qui m'obsédait il fallait que je lui prisse l'oreille, chose qui dut l'humilier à l'excès, si j'en crois la petite vengeance qu'elle tira, un matin, de ce qu'elle devait juger mon irrespect.

Ce que je veux montrer, par l'exemple d'Abraham Widor, c'est qu'un objet matériel est capable de se déplacer par ses propres moyens en tout ou en partie; plus que cela : de manifester ses sympathies ou ses antipathies par des signes inimaginables et cela sans qu'interviennent ni les hommes, ni Dieu, ni le diable même.

Le fait est assez exceptionnel, j'en conviens. Et sans doute faut-il que l'objet en question soit doué d'une énergie intérieure voisine de la vie. D'où lui vient un pouvoir si peu commun ? Je l'ignore et ne cherche pas à le savoir, mon propos n'allant qu'à relater la chose sans commentaires ni suppositions d'aucune sorte.

*

Abraham Widor était un homme comme tant d'autres, qui ne se préoccupent que du bien-être bourgeois, de l'aise de chaque jour, de chaque moment de la journée. Il possédait un commerce de je ne sais quelles denrées comestibles ; du reste ce détail importe peu. Le certain, c'est que ses affaires prospéraient. Abraham n'était pour rien dans ce succès, car il se déchargeait sur son épouse du soin du magasin et de la vente. Lui se laissait vivre, comme on dit, observant de loin, fumant sa pipe et se croisant les bras.

Dans le quartier, il passait pour un fort bel homme. On sait quel sens prend l'expression chez le peuple : c'est la beauté de l'animal, une corpulence un peu excessive, la coloration de la chair, principalement du visage, ce visage n'étant relevé par aucun trait remarquable. Mais il y faut du sang, des muscles, et même une certaine dose de graisse qui confère au physique un aspect de nonchalance que le vulgaire tient pour une capacité de réflexion pondérée quand cet élément atteint la face, où une boursouflure des paupières serait digne de lourdes pensées.

On voit par ce qui précède que l'espèce de beauté d'Abraham se montrait tout de même compliquée d'un grain d'humeur éveillée ; mais ce peu était à peine visible, il fallait y regarder de près et à deux fois.

Pourtant ce peu devait y être, à en juger par ce qu'il advint à l'occasion des cinquante ans du personnage.

Il est nécessaire de dire que la santé que nous venons de célébrer dans la personne d'Abraham avait connu, quelques années avant l'anniversaire auquel nous faisons allusion, deux ou trois accrocs dont elle semblait s'être il est vrai assez bien tirée ; du côté de l'endroit le moins sensible, eût-on dit, de sa personne charnelle : le cœur.

Bon commerçant par personne interposée, Abraham n'en avait jamais eu beaucoup, si l'on pense à la charge dont il se défaisait sur sa femme ; trop pourtant, puisqu'à plusieurs reprises ce cœur avait menacé de mettre un terme à ses battements gratuits. La position assise, la bonne chère, la pipe et tout le reste du confort et de la jouissance prédisposent le sang à un épaississement dangereux. Mais Abraham, obéissant au médecin, avait su prendre sur soi-même ; cela veut dire qu'il s'était décidé à faire fonctionner le moteur sur un rythme moins paresseux, au moyen des jambes ; surveillant, d'autre part, le boire et le manger, sans pour cela supprimer le meilleur.

L'anniversaire fut fêté comme il convenait, entre amis et parents, connaissances et clients fidèles. À l'un de ceux-ci était venue une idée de choix, assez inattendue et insolite dans le monde du petit commerce, pour susciter chez le quinquagénaire une satisfaction d'amour-propre, qui allait, il est vrai, lui coûter cher.

Ce client fréquentait au café un sculpteur très habile dans l'art du portrait. Il l'amena un jour dans la maison du commerçant ; et sans en avoir l'air, l'artiste avait observé de si près la figure d'Abraham, avec de vrais yeux de pirate, qu'il en avait modelé un portrait d'une ressemblance frappante. Tous les invités le reconnurent au premier regard, d'un applaudissement unanime, le jour où le buste fut offert en modèle pour sa fête.

C'était un buste en terre cuite, grandeur naturelle. La tête était adroitement modelée, avec les dimensions et les reliefs exacts, le visage d'une consistance et d'un beau rouge, parfaite copie de traits, des volumes et de la coloration du sujet. Toute l'assistance convint que c'était le jubilaire même qui se reproduisait tout entier dans cette image moulée. Mais ce que personne, et sans doute Abraham lui-même ne vit, c'est que le portrait allait, si l'on peut dire, au-delà de la simple ressemblance.

Expliquons-nous. Cette ressemblance toute matérielle, disons plus : photographique, offrait une ombre de tragique et d'inhumain, en ce sens qu'elle paraissait ne s'être emparée des traits du modèle que pour les incorporer à ceux de la terre cuite, cette pâte durcie, inerte. Sans que nul ne s'en doutât, la représentation avait pris sur le sujet, de sorte qu'il pouvait sembler que celui-ci n'existait plus qu'en image.

Le phénomène suggérait déjà quelque chose de sorcier. La matière modelée par les doigts de l'artiste s'animait d'une vie dont le modèle était désormais frustré sans qu'il en eût le moindre soupçon ; au contraire, assis dans son fauteuil de sybarite, Abraham se plaisait à considérer paisiblement son image posée sur la cheminée de l'arrière-boutique où il passait ses jours, plein d'ennui et de désœuvrement, à sommeiller ou à surveiller, derrière une cloison vitrée, sans être vu, le va-et-vient des clients et de son épouse dans le magasin. Ce moyen d'évasion imprévu dans son existence sédentaire, car il s'était depuis longtemps fatigué de la marche, prenait l'aspect d'une sorte d'occupation. Abraham n'allait pas jusqu'à s'admirer dans ce double ; ce qui le comblait d'une aise jamais ressentie, c'était cette ressemblance de chacun des éléments du visage, que chacun assurait et célébrait. Il finit par en prendre une sorte d'orgueil. Cela donnait un poids, une importance nouvelle à ses propres yeux. Que représente le reflet dans une glace, que chacun peut se payer ? Un sosie fugitif, une simple duplication mécanique, réelle si l'on veut, mais qui disparaît quand on lui tourne le dos. Cette ressemblance de terre cuite, c'est bien autre chose. Quand on quitte la chambre, on sait qu'elle est toujours derrière soi, à sa place véritable, bien assise, en authentique matière, corporelle disons-le. Abraham était bien certain désormais qu'il existait, chose dont il lui était arrivé de douter parfois, quand il ressentait la solitude. L'extraordinaire consistait en cela, qu'outre la réussite matérielle du portrait, le sujet n'était plus seul avec sa solitude. S'il y avait encore solitude, n'était-elle pas partagée, peuplée d'une suite d'Abraham reflétée et comme balancée jusque dans le sommeil. Balancée ! L'expression lui vint aux lèvres ; et ce fut dans toute la force du terme prononcé par lui, depuis sa naissance, qui prit une signification inédite.

Il ne songea qu'une seule fois à l'artiste qui avait accompli cet exploit ; et ce fut pour s'étonner un moment que cet homme eût obtenu une ressemblance aussi méritoire sans que le modèle s'en fût douté, puisque celui-ci n'avait pas un instant posé devant l'ébauchoir. Le sculpteur, ce magicien, l'avait retenu et fixé avec ses traits précis, de mémoire. « Oui, songeait l'honorable commerçant, un vrai sorcier, cet artiste, car en contemplant cette sculpture je crois réellement me voir vivant, quoique immobile. »

Abraham ne savait pas jusqu'où irait la sorcellerie, ni le pouvoir que prennent certains objets quand une fois l'esprit s'est fait complice dé la main de l'artisan.

Il l'ignorait si bien, oubliant complètement ce sujet pour se replier dans sa solitude, désormais partagée, amicale, qu'il mit lui-même la main à la chose occulte, sans la moindre conscience que son acte allait provoquer, dans ce que nous nommons la matière inerte, une réaction inattendue ; voire un prodige dont il serait en même temps l'animateur et la victime. Il faut du temps parfois pour que ces fantasmes se produisent. Les objets comme les bêtes sont doués d'une étonnante patience.

*

Une idée bizarre était venue à Abraham, un jour qu'il avait tenu les yeux fixés sur la sculpture. Au vrai, pas une idée : une ridicule inspiration. Depuis quelque temps, il avait cru s'apercevoir qu'il manquait quelque chose au portrait ; moins au portrait qu'à sa matière. La fantaisie ou l'inspiration prit un sens positif et il réfléchit avec sa lenteur habituelle et le sens qu'il possédait d'une certaine réalité directe : « Pourquoi l'artiste a-t-il laissé son œuvre à l'état brut ? N'est-il pas coutume de blanchir ces sortes d'ouvrages modelés dans la terre et cuits au four ? C'est ainsi qu'ils se présentent sous leur meilleur aspect aux vitrines des magasins et sans doute dans les maisons où on les conserve. »

Songeant à cela, les yeux parcourant la sculpture, Abraham avait ressenti soudain, et pour la première fois, une double impression : il avait cru voir positivement le visage imagé dire non, à la façon bien sûr d'un objet matériel, qui n'est pas la façon ordinaire ; et presque en même temps il lui avait semblé que sa personne physique perdait tout poids et toute consistance. Bien plus : comme si le sang se retirait de son visage pour saturer l'autre, en face de lui, qui n'en manquait pas pourtant. Un vrai choc au cœur.

Mais tout de suite Abraham s'était moqué de ce qu'il nommait une excentricité indigne de son habituel bon sens, et il avait réprouvé cet écart si peu conforme à sa nature. Sans consulter sa femme ni personne, muni d'un pot de chaux vive et d'une brosse, il avait badigeonné la terre cuite de cette couleur élémentaire qu'est le blanc et s'était senti soulagé par l'opération, comme retrouvé, remis dans son équilibre et son poids de chaque jour. Il alla se regarder dans la glace : le sang rosissait toute la surface du visage, le beau sang rouge dont il était fier.

*

Quelque temps passa.

Abraham avait déplacé le buste et l'avait monté dans une pièce de l'étage où il pouvait s'assoupir en sa compagnie, sans crainte d'être interrompu par les bruits de la boutique et les irruptions intempestives de son épouse. Celle-ci, qui pénétrait rarement dans la retraite de son mari, un jour qu'elle y était montée avait blâmé ce qu'elle qualifiait d'acte blasphématoire (elle eût dit mieux « de provocation », mais cette idée ne pénétra pas dans son cerveau). Les amis les plus clairvoyants disaient qu'Abraham avait jeté un voile sur sa belle ressemblance physique. Quant au sculpteur, il renia solennellement son œuvre, parlant de la détruire. Abraham, reprenant quelque esprit et liberté, se rit de ces appréciations et de cette menace. Il y trouva même un sujet de distraction et d'amusement.

Bien enfoncé dans son siège, la pipe aux dents, son regard se fixait à présent d'une toute autre façon sur le portrait. Il est bien vrai qu'il ne s'y retrouvait plus comme avant le plâtrage, mais le vide laissé par cette satisfaction disparue se comblait d'un plaisir plus aigu : non seulement il avait repris ce qui lui appartenait, mais il avait la conviction d'avoir spolié cette belle sculpture, ce double fascinant, d'un de ces attributs vitaux dont l'artiste a le secret. Il en résulta dans son existence une animation intérieure insolite, extraordinaire. Il avait provoqué (le mot cette fois y était) cet artiste, cet homme inquiétant qu'il avait qualifié de sorcier. À présent, n'était-ce pas lui, le sorcier, un être doué d'un pouvoir surhumain ? Pour peu, Abraham se serait cru artiste lui-même.

Un jour que le sculpteur, en visite, s'était repris à vitupérer, Abraham fixa sur lui un œil bizarre, si nouveau que l'homme en demeura plus qu'indécis, pétrifié. Il était monté dans l'intention d'enlever au grattoir le masque du portrait ; l'instrument était dans sa poche. Comme le commerçant ne détachait pas l'œil fixe de son visage, il lui sembla soudain que l'événement qui s'était produit, le badigeonnage profanatoire de son œuvre, n'était pas le fait du modèle ; sans doute était-ce la main de ce dernier qui avait blanchi la terre cuite, mais n'était-ce pas la terre cuite qui avait dicté l'opération ? Alors, pourquoi dans les yeux d'Abraham ce regard plus que narquois, que nul n'avait observé jusqu'à ce jour chez cet homme positif, indifférent à tout ce qui ne concernait pas son égoïste bien-être ?

L'artiste sortit à la fois penaud et offensé, rougissant et pâlissant, sans savoir de quel côté venait l'insulte ou l'humiliation.

*

C'est ici que le dénouement se précipite. Lecteur, tu crois avoir deviné ? Pas tout à fait.

Abraham s'était couché, ce soir-là, au côté de son épouse, plus satisfait que jamais et pourtant agité d'un léger tourment. Depuis quelques jours, il n'avait plus jeté un coup d'œil sur le portrait. L'avait-il oublié, se désintéressait-il de cette sculpture, las d'observer un objet sans vie, dont il pensait s'être emparé dans un moment de puérilité à ses yeux inexcusable ? L'habitude aussi, qui fait disparaître au regard humain les choses et les êtres les plus proches et qu'il s'est fatigué à dévisager.

Comment expliquer l'ombre d'émoi qu'il éprouvait, ce soir, en s'étendant dans son lit. Lui venait-il un remords ? Chose certaine, cette nuit-là les rêves d'Abraham furent obsédés par la propre image du dormeur, remuant à tel point son sommeil que sa femme pensa lui pincer l'oreille pour le réveiller, se doutant qu'un vilain cauchemar le tourmentait. En vérité, rien n'était plus réel que ce qui se passait dans l'univers nocturne d'Abraham. Il se sentait saisi, ceinturé par deux bras invisibles, tandis que le visage blafard de la sculpture, ou son propre visage (il les confondait) se collait tout froid à lui. Tantôt les deux figures ne faisaient plus qu'une seule, tantôt l'œuvre de l'artiste se cognait à la tête du modèle et provoquait dans celle-ci une sonorité de cloche ; le résultat était une musique infernale, à faire éclater les parois du temple ou des temps, on ne savait plus, ces murs naturels qui en devenaient comme sacrés. Ces sons macabres, ce glas, remplirent bientôt la personne entière du dormeur, puis parurent se résorber et s'arrêter à ce carrefour de l'organisme où le sang de vaisseaux converge et se mélange, comme l'eau d'une écluse, pour se répartir dans toutes les directions des canaux.

Sans doute l'écluse refusa-t-elle de s'ouvrir ? À son réveil, celle qui avait dormi depuis des ans au côté de son époux s'aperçut avec horreur que celui-ci avait cessé de vivre.

Le visage d'Abraham fut la première chose qui la frappa lorsqu'elle rouvrit les yeux. Le matin avait pris de l'avance : ce visage était blanc, d'un blanc de craie, plus blanc que le blanc ordinaire, blanc comme lait de chaux, froid comme neige du glacier.

L'enterrement eut lieu trois jours plus tard, avec les cérémonies d'usage. Ce ne fut qu'au retour du cimetière que l'épouse du défunt, rentrant dans la pièce où Abraham avait passé le plus clair ou le plus obscur de son existence, et où elle n'avait plus pénétré depuis le jour tragique, s'aperçut que la terre cuite, blanchie à la chaux par la main blasphématrice (cette fois, le terme surgissait vengeur), avait repris sa couleur vivante. La fenêtre, qu'on avait laissée ouverte, accueillait largement le soleil. Un écho lumineux, renvoyé par la tapisserie du mur, éclairait en plein le visage du buste. Elle pensa qu'Abraham, à la dernière minute, et pour conjurer le sort, y avait mis du sien. Mais, en y regardant de plus près, elle dut se convaincre qu'on n'y était allé ni du grattoir ni d'aucune couleur artificielle : le visage rayonnait.

Le dernier jour du monde
(1967)

Blaise et Monique

I

Qui dira, quel voyant expliquera ce qui se passa, il y a assez longtemps, entre ces deux êtres indissolublement unis, promis eût-on dit à une longue vie commune ?

Ne les nommons pas autrement que par leurs noms de baptême : Blaise et Monique ; c'en est assez, trop peut-être pour leur identité physique et morale.

Ce que nous appelons couramment illusion des sens, hallucination de l'esprit, est à coup sûr quelque chose de plus que ce que nous pensons. Il est facile de qualifier une chose, un phénomène, un événement de nature exceptionnelle : un mot du dictionnaire y suffit ; la vérité est sauve. Mais qu'est-ce encore, ce qu'on appelle la vérité ? Les sciences physiques expliqueront-elles jamais en termes nets et précis ce que l'intuition elle-même, cette science infuse, est impuissante à définir ?

Laissons donc parler les choses ; elles possèdent leur langage muet.

L'histoire que je veux rapporter, sans y ajouter aucun ornement, lui laissant son pur aspect de vérité, ajoutons

« fantastique » puisqu'elle ne laisse que points d'interrogation, se déroula sous le plus beau climat du monde, la Côte d'Azur, et dans l'une des villes d'eau les plus isolées et les plus tranquilles du littoral. Celui-ci n'avait pas encore été dévasté par les nouvelles autostrades. Entre Nice et Villefranche-sur-Mer, par les sentiers du Mont-Boron, la promenade qui prenait source aux quais du port pouvait se poursuivre, sans interruption, jusque sur la place Masséna. Blaise et Monique l'avaient faite bien des fois, de jour et de nuit, à cette époque de leur connaissance, encore relativement normale, pour employer un autre de ces mots qui prétendent signifier tout et qui ne veulent, au vrai, rien dire.

Leur première rencontre, toute fortuite, les avait rapprochés assez pour faire du couple une paire de camarades. C'est du moins ce que pensaient ceux de leurs amis dont la vue n'allait pas jusqu'à la découverte des natures réservées, de ces âmes qui ne se livrent pas aisément l'une à l'autre, même dans l'intimité et sans témoins.

La dernière de ce qu'ils appelaient les traversées de Villefranche à Nice, par un beau crépuscule transparent, une de ces soirées où l'obscurité tombante semble une autre lumière, pleine de magie naturelle, préluda aux événements qui allaient se dérouler bientôt ; et le contraste apparaîtra tout de suite entre cette demi-obscurité bienheureuse et les ténèbres qui allaient suivre ; ténèbres toutes mentales au premier abord, en réalité matérialisées d'une étonnante façon, il faudrait dire : humanisées, si ce mot n'avait été rendu trop vulgaire.

Ce soir-là, les grillons se répondaient d'un bout à l'autre du monde ; leur musique cristalline rivalisait avec celle des premières étoiles, silencieuses mais bientôt étincelantes. De temps à autre on entendait s'intercaler dans ce brillant concert le coassement des grenouilles vertes des citernes qui s'ouvrent au milieu des vignobles. L'amour s'exprimait par toutes les voix de la terre et du ciel et avec la même vigueur, le même enthousiasme, dans le plus profond des mystères.

Une même cause peut produire des effets différents et imprévus, selon l'état d'âme de celui qui en subit l'influence.

Le fait est que ces voix, et le silence des végétations, peut-être aussi le rythme de la marche, sans compter le contact ou le voisinage de deux âmes qu'on pouvait croire accordées ne fût-ce que par les liens d'une sympathie mutuelle, opérèrent sur le couple une étrange impression. Si on avait interrogé là-dessus la jeune femme, sans doute aurait-elle pu répondre. Elle était préparée, consciente, depuis le premier jour de sa rencontre avec Blaise, de ce qui devait de toute nécessité se produire. Blaise, lui, ne se doutait de rien. C'était un solitaire. Du moins, telle s'était montrée la vie qu'il avait menée depuis un événement malheureux, sa rupture avec une femme qu'il croyait avoir devinée et aimée. Cela datait déjà de plus de deux ans ; il n'était pas encore parvenu à se reprendre, jusqu'au jour où le hasard le poussa sur le chemin de Monique. Celle-ci, divorcée et sans enfants, avait complètement oublié la première étape de sa vie aventureuse. Mais autre chose, une chose qu'elle jugeait terrible, une énigme indéchiffrable, la tourmentait depuis assez longtemps.

Elle n'avait pas encore osé s'en expliquer avec Blaise. Il faut dire qu'une pareille énigme était de nature à ébranler l'âme la plus franche et la plus droite.

Au cours de la promenade dont nous parlons, dans cette approche de l'obscurité nocturne, Blaise, ému par les sonorités ambiantes, cette chanson, ce chœur de l'amour universel, avait osé prononcer, avec peine mais une émotion non dissimulée, les premiers mots d'une passion qu'il s'était jusque-là ignorée aussi imminente et fatale.

Il avait pris la main de Monique : cette main, il le comprit tout de suite, ne lui avait pas rendu ce qu'il espérait d'elle. Comme retenue, non pas froide, non pas résistante, mais comme secouée de frissons presque imperceptibles. Blaise pressentit à ce contact que tout était loin d'être dit entre cette femme et lui ; qu'un obstacle s'interposait. Il avait cru la partie facile. Tout semblait l'avoir indiqué ; aucun nuage n'avait jusqu'à cet instant obscurci le front de Monique. Il lui avait paru que, d'avance, elle se fût donnée, qu'il ne restait qu'un pas à faire.

En réalité, cette traversée du Mont-Boron marqua le début d'une ténébreuse tragédie.

II

Voici ce que Monique lui dit avec une franchise directe qui suscita immédiatement dans l'esprit de l'amoureux une sorte de tremblement physique et spirituel, qui ne devait plus le quitter, le temps qui lui restait à vivre. Le tragique n'a besoin que d'un moment pour s'annoncer ; moins encore pour agir, comme si une force préexistante, cette force que nous appelons le destin, travaillait depuis des temps immémoriaux à notre perte.

Monique lui avoua donc, de sa voix un peu voilée, profonde, et sur le ton légèrement mystérieux que Blaise connaissait déjà, et qui avait fait sur lui, semblait-il, une heureuse impression (car Blaise était une nature aussi naïve qu'émotive) qu'elle ne parvenait pas à se libérer d'une étrange sujétion ; elle préférait dire une influence, qu'elle qualifia d'occulte, véritablement inexplicable. Celle d'un homme qui l'avait poursuivie d'un amour enveloppant, non pas sournois, au contraire très sincère, mais pour tout dire envoûtant. Elle n'avait jamais pu se rendre compte si elle l'aimait de son côté ; il lui semblait, à certains moments, que loin de l'aimer comme il l'aimait, elle le détestait. C'était peut-être cette prise de possession qu'elle redoutait. Elle se voulait libre ; elle n'y parvenait pas. Certains jours, le besoin la prenait de lui écrire pour le prier de venir (ce que cet homme désirait et lui demandait dans toutes ses lettres).

C'était un Russe émigré. Il s'appelait Assanov, habitait à Paris, artiste peintre de son métier, plein de talent, disait-elle, d'un talent non moins diabolique que sa personne.

Blaise avait lâché la main de Monique. Il lui sembla brusquement que tout était désormais impossible entre cette femme et lui. Sentant le désespoir de son compagnon, au silence qui suivit cette révélation pour le moins inattendue, Monique se récria :

— Je te jure qu'il n'y eut jamais rien entre nous. Non, je crois vraiment que je ne l'aime pas. Je ne l'ai jamais aimé.

— Pourtant ce que tu viens de m'en dire ?

— Comprends-moi bien : c'est une chose infernale, oui, diabolique, tu ne peux t'en faire une idée. Mais j'ai juré d'en finir. Je te demande (comment dirais-je) un effort. Il te faudra du courage, je m'en rends compte, pour subir l'épreuve. Moins qu'à moi-même, sois-en sûr. Je vais lui écrire. Je lui permettrai de venir ici même ; l'explication, la dernière, décidera de l'avenir. Ou bien ce sera, non pas la rupture, mais le silence définitif entre lui et moi, ou bien… Il faut que cette rencontre ait lieu, et tout de suite. Sauras-tu supporter cette dure expérience et ce qui pourrait s'ensuivre ?

Ils étaient parvenus au sommet du Mont-Boron ; le chemin en pente serpentait sous leurs yeux.

— Je te le demande, répéta Monique, qui avait pris à son tour la main de Blaise, pour le retenir, le sentant capable de s'élancer sur la descente ; car il se taisait. En vérité accablé par le poids de cet aveu.

Enfin, il avait répondu. Il subirait le destin tel qu'il se présenterait. Décidé (cela, il ne le dit pas) à en finir avec sa propre destinée, disons avec lui-même, si la fatalité se prononçait contre lui.

III

L'affaire tourna au bénéfice de Blaise. Ce fut une terrible expérience. Le rendez-vous avait été fixé à Nice. Blaise demeura toute une journée, et jusque tard dans la nuit, dans les ténèbres d'une solitude dont il n'avait eu, jusqu'à ce jour, qu'une faible idée, à peine un pressentiment. Il n'avait pas quitté sa chambre, rideaux fermés, n'avait pas songé à prendre de nourriture, persuadé que c'était son dernier jour de vie, sa dernière respiration en ce monde de misères et de contradictions. Monique lui avait promis d'être rentrée à minuit, au plus tard ; s'il ne l'entendait pas frapper à sa porte à cette heure ultime… Elle ne soupçonnait pas à quel point Blaise avait été frappé en un endroit de son être le plus intime, le plus secret, à lui-même inconnu. Quant à lui, il ne doutait pas d'une conclusion qui marquerait son dernier jour.

Quelques moments avant les petits coups frappés à sa porte (il était environ minuit) il avait cru revoir une inscription lue sur un cadran solaire, dans un village de la montagne. Les lettres s'étaient inscrites en caractères de soufre sur la muraille de sa chambre, comme jadis celles de la condamnation du roi biblique. La phrase n'était pas pareille, mais le sens concordait :

ULTIMA DECIDIT

« La dernière heure décide ». Trois coups et non douze. Il crut que c'était l'annonce du destin. C'était bien cela. Mais ce destin n'était pas celui auquel il s'attendait. Si bénéfique qu'il se montrât, puisque Monique était revenue, et avant l'heure dite, Blaise fut frappé de l'air sombre de celle qu'il pouvait considérer désormais comme sa fiancée, déjà mieux, toute à lui. Elle ne s'était pas élancée vers lui, le front clair, les bras ouverts, comme il eût été naturel. Plutôt comme une sorte de spectre. Était-ce bien elle, Monique, qui revenait lui annoncer la bonne nouvelle ?

Sans doute dut-elle s'apercevoir elle-même de l'effet de son entrée. Son visage changea soudain de caractère. Elle s'efforça de sourire, et, vraiment, elle parvint si bien à contrefaire le bonheur, la confiance, la certitude, que Blaise n'eut aucune peine à interpréter ce qu'elle lui dit :

– Cela n'a pas été facile, fit-elle en se laissant tomber sur une chaise. Je veux dire : de son côté, comprends-moi bien. Après tout ce débat, cet enchevêtrement... Mais j'ai senti tout d'un coup, dans un éclair (était-ce une parole de sa part, révélatrice, suffisante pour faire enfin la lumière définitive ?), j'ai senti, j'ai compris, oui, que je ne l'avais jamais aimé. Ce qui s'était passé de lui à moi, de moi à lui, on ne l'expliquera jamais. Ce sont de ces choses... Maintenant, ajouta-t-elle en se levant et tendant à Blaise les deux bras ouverts... Viens, viens donc ! C'est bien fini ! Le dernier mot a été dit.

Après une nuit sans sommeil, bouleversante, heureuse, de volupté plénière, de don absolu, d'harmonie entière selon les lois de la nature, Blaise crut voir réapparaître avec le jour les traces d'une obscure, ineffaçable angoisse. Le soleil s'était levé selon le rythme le plus habituel, les rideaux avaient été tirés d'une main ferme, décidée :

– Quelle journée splendide! avait dit Monique demi-nue, belle comme la lumière nouvelle elle-même. Viens voir: les hirondelles nous invitent à les suivre. Vite! Habillons-nous!

Cette femme se montrait vraiment extraordinaire. Transformée, renaissante, aussi claire, ce matin, qu'elle était apparue sombre, hier encore. Une fée, une Mélusine.

«Oui, pensa Blaise, une Mélusine! Si elle est capable d'une pareille métamorphose... Que faut-il encore attendre de ce pouvoir de transformation magique? Que cache cette aurore, quelle annonce dans cette aube? Qui dira ce que sera le prochain crépuscule?»

On voit que Blaise, autant que Monique, n'était pas une nature ordinaire. L'avenir le plus proche devait pourtant contredire ce reste d'inquiétude, ou du moins y mettre une sourdine. En effet, la journée, l'avenir même, s'annonçaient splendides; ils graviraient encore, de jour et de nuit, les côtes du Mont-Boron et dévaleraient les sentiers vers la ville, désormais francs, semblait-il, de tout soupçon intérieur.

IV

Il y eut une période de calme complet, d'harmonie absolue. Monique prenait des leçons de chant et sa voix de soprano s'annonçait de belle «colorature». Une musicale atmosphère baignait la maison; dans les actes et les paroles du couple passaient comme de vivants harmoniques qui en prolongeaient le sens et en éclairaient la matière même.

Comme il arrive dans presque toutes les relations entre des êtres de sexes différents, le hasard d'une parole ou d'une circonstance venait bien de temps à autre insérer une ombre dans la lumière intérieure du moment; vite dissipée.

Brusquement, sans motif apparent, Blaise crut distinguer, un soir, sous l'apparence dégagée de sa compagne, le passage d'une de ces ombres; mais, ce soir-là ne fut pas ordinaire. Il y avait eu de l'orage dans l'air, un de ces orages qui ne font que s'annoncer, se résorbent bientôt, mais laissent dans l'atmosphère et l'homme qui la respire une moiteur, une lourdeur, on dirait une malveillance. Le regard de Monique n'était plus celui où Blaise avait cru reconnaître enfin l'apaisement définitif, la délivrance dont il avait été question au cours du débat intérieur qui avait motivé, quelques mois plus tôt, l'obscure journée d'épreuve d'où Monique était sortie renouvelée.

Qu'y avait-il au juste de changé dans ces yeux, dans l'allure de ce regard, cette façon de se tourner vers Blaise avec ce que celui-ci jugeait plus qu'une lueur de crainte : une sorte de panique et même, à certains moments, de honte dissimulée? Blaise repoussa de toute son énergie cette interprétation. Il devait se tromper, pensa-t-il. Ou bien? Non, c'était fou, ridicule, inhumain, pour le dire en un mot. Rien de positif ne justifiait une pareille idée!

Pourtant, et le soir surtout, quand la paix la plus certaine s'établissait dans la nature, et que les grillons lançaient par-dessus plaines et collines leurs fontaines de grelots et de chansons sifflées, Blaise se rappelait. Ce qui aurait dû lui faire partager la confiance de la nature, le rendait à l'obscur soupçon du passé. Il lui semblait, non seulement que tout ce qu'il avait redouté le plus recommençait à se faire sentir, mais qu'une présence occulte, insidieuse, se rapprochait chaque jour un peu plus.

Alors il devenait méfiant, s'exprimait en paroles dures et cruelles, auxquelles Monique ne comprenait rien ; elle souriait, sa voix musicale répondait au rythme même de la nature cristalline. Il se fit quelque temps, dans l'âme troublée de Blaise, de ces alternatives de soleil et d'obscurité, dont sa compagne ne sonda sans doute pas la gravité.

Le fait est que Monique, dont le caractère et l'esprit souples comme l'osier, l'humeur changeante comme le météore, pouvaient réveiller, chez un homme d'une sensibilité extrême, une mémoire qui semblait rincée des anciennes salissures, donnait depuis quelque temps des signes de nervosité excessive, vite réprimée par un caractère d'une trempe assez forte, éprouvée. Mais que savons-nous de ce qui se passe dans l'âme, les nerfs, le sang, les tissus humains, alors que nous échappe le comment et le pourquoi du climat dont nous subissons tous les fantasmes, les contradictions, les virevoltes ?

Ce soir-là, un de ceux qui suivirent la sorte d'orage fictif ou réel dont nous venons de parler, Blaise et Monique avaient eu l'air de longuement rêver, on eût dit séparés l'un de l'autre par on ne sait quelles distances géométriques autant que spirituelles. Les fenêtres grandes ouvertes accueillaient dans la demi-obscurité de la pièce les rumeurs de la nuit et aussi son grand silence essentiel. Ni Blaise ni Monique, physiquement rapprochés, assis tout à côté l'un de l'autre, n'avaient prononcé une seule parole. Minuit sonna à une lointaine horloge.

Il faut dire que le couple avait pris logement dans une bastide éloignée du village, très isolée parmi les vignobles et les genêts ; ils l'avaient voulu ainsi, tous deux d'une certaine sauvagerie naturelle.

On ne sait lequel, de Blaise ou de Monique, se leva le premier. Tout mouvement paraissait absurde dans cette immobilité universelle. Ce fut pourtant le signal, ou le premier signe de fatalité de la tragédie qui allait se dérouler bientôt avec une férocité inouïe.

V

Qui niera que certaines idées conçues et écloses dans le cerveau humain, on dirait mieux : l'entité humaine, que certaines mémoires obsédantes puissent prendre forme et consistance matérielles, indépendantes de l'individu où elles se sont insinuées, où elles ont grandi à son insu ; et soudain agir dans un sens imprévisible ? Que ces formes matérialisées, ne fût-ce qu'à un moment du temps et à un point précis de l'espace, que cet hôte étrange provoqué par une terreur ou une conscience dédoublée, soit capable de produire le même effet que nous avons coutume d'attribuer à ce que nous nommons le hasard, faute d'un mot plus adéquat, capable de certains à-coups et contrecoups catastrophiques ?

Rien de précis ne faisait prévoir ce qui allait arriver. Ils s'étaient rendus dans leur chambre, comme chaque soir, et y avaient fait de la lumière. Le contraste de cette lumière crue, artificielle, après la longue veillée dans ce qu'on ne peut appeler l'obscurité, car la nuit était transparente, agit-il sur Blaise, au point qu'il appuya sur le bouton pour éteindre, exaspéré par cette fausseté, cette provocation (ce fut le mot qui lui vint à l'esprit), qui le dira ?

— Je ne puis pourtant faire ma toilette pour la nuit dans l'obscurité, objecta Monique, d'une voix qui parut à Blaise plus offensive qu'amusée.

Au vrai, Monique se demandait pourquoi cette sorte de plaisanterie inaccoutumée de la part de Blaise.

Celui-ci avait rallumé. Mais il restait là, le nez à la fenêtre ; on aurait dit quelqu'un qui cherche à s'expliquer un bruit insolite au-dehors, ou à reconnaître la cause d'un mouvement dans l'aire de l'éclairage intérieur. Monique était déjà couchée qu'il restait toujours là, tournant le dos, immobile.

— Que regardes-tu ? demanda-t-elle de sa voix la plus ordinaire. Viens te coucher, il est tard.

Blaise joignit brusquement les croisées.

— Oh, non, laisse la fenêtre ouverte, la nuit est belle, nous allons étouffer.

Le mot fit mal à Blaise. Il rouvrit, se déshabilla et se rua littéralement sur le lit, avec une fougue subite qui décontenança Monique, pourtant accoutumée à ces sortes de fureurs sensuelles. Il l'avait prise dans ses bras, la serrait à l'étouffer : une partie de la nuit s'écoula dans ces étreintes folles. En sueur, ils s'étaient défaits de tout vêtement. Le clair de lune s'était emparé d'une partie de la chambre ; par une sorte de magie toute naturelle leurs propres ombres remuées jouant dans la clarté blafarde, avaient l'air parfois de se hausser sur la muraille blanche ou d'éclabousser le plancher.

Que se passa-t-il brusquement au cours d'un de ces transports de furie amoureuse partagée ? Blaise s'était arrêté pile ; dans un coup d'œil du côté de la fenêtre, il lui avait semblé, il était sûr qu'une ombre humaine venait d'escalader l'appui. Il s'était penché, le torse hors du lit, pour saisir un revolver qui ne quittait pas le tiroir de la table de nuit ; au même moment, et avant d'avoir pris le temps de se redresser, il avait vu luire un torse nu, rien qu'un torse ; mais déjà l'intrus occupait le centre de cet univers animal que constitue l'exiguë surface d'un lit commun ; l'obstacle semblait s'immobiliser, on n'apercevait que ce torse, de dos, le reste plongé dans l'obscurité. La lumière au clair de lune possède le secret de toutes les sorcelleries. Déposant un instant l'arme sur le marbre de la table de nuit, il s'était mis à pousser des deux mains sur l'obstacle charnel qui le séparait de Monique ; de celle-ci on ne voyait qu'une ombre à peine, immobile, immatérielle. Une lueur passa quelque part, « comme le reflet d'un immense couteau » (c'est ainsi que Blaise s'exprima, plus tard). Il avait repris le revolver et sans plus attendre avait collé le canon dans le dos de ce gêneur (ici, dans la suite, un terme d'une force plus crue). Mais à l'instant où Blaise, pour se défendre ou attaquer, il n'aurait pu le dire, avait pressé la détente, un mouvement brusque, ou plutôt «comme une main invisible», avait fait dévier l'arme, et le coup était parti Dieu sait où.

Un silence énorme, absolu, avait suivi la détonation. Plus rien, comme si le bruit avait absorbé tout l'intérieur, et la clarté même de cette lune importune.

Blaise, couvert de sueur froide, avait laissé tomber l'arme sur le tapis, s'était précipité à la fenêtre : la nuit la plus sereine (c'est encore lui qui le dit !) régnait sur le vignoble, on eût dit que des étoiles s'étaient «incarnées», formant des grappes jusqu'au ras du sol. Ce langage étrange fut celui de Blaise interrogé sur l'événement. Pour l'instant, la tête vide et de pensée et de vocabulaire, tout froid, et conscient de s'être délivré définitivement d'un ennemi qui n'avait cessé (depuis quand) de le guetter et avait juré de le séparer de sa conquête, Blaise avait allumé, et qu'avait-il vu ? Étaient-ce bien ses yeux à lui qui s'étaient fixés sur l'horrible spectacle ?

Abrégeons, aussi bien le destin avait-il prononcé, avec un éclat imprévu, le dernier mot : là, sur la couche défaite, le drap chiffonné et rejeté en tous sens, Monique, le cadavre de Monique, un grand trou dans le dos, d'où s'échappait un sang plus que noir.

Tout cela fut dit et redit, du ton le plus froid et en termes les plus directs par Blaise au cours du premier interrogatoire devant le Procureur. On lui avait demandé s'il regrettait son acte ? Il regrettait, oui, il maudissait, l'abominable coup qui avait détourné le projectile de son véritable destinataire. Le coupable, ce n'était pas lui, mais cet homme, cette bête humaine (il dit le nom, qu'il avait retenu) qui s'était introduit de nuit par la fenêtre et glissé entre Blaise et Monique dans son abominable nudité de vampire. L'homme indiqué par le meurtrier fut appelé, entendu, confronté. Blaise ne le reconnut pas, ne l'ayant jamais vu, mais affirma que c'était lui le provocateur, pas un autre. Ou son double, ajouta-t-il.

À la suite d'un examen médical, où Blaise s'était révélé en tout point normal, sauf sur ses dires au sujet du meurtre et des circonstances qui l'avaient entouré, on conclut à l'irresponsabilité psychologique. Acquitté, le meurtrier fut placé en observation dans une maison de santé. Sur le point précis des événements que nous venons de relater, on ne put jamais tirer de lui rien de nouveau. Quant au reste, les faits de sa conduite, la justesse de ses raisonnements sur les choses ordinaires de la vie et dans les conversations plus relevées, Blaise se montra d'une allure si calme et naturelle, qu'il fallut bien lui rendre une liberté à laquelle il semblait aspirer.

VI

Pourtant, il ne cessait de ruminer une exemplaire vengeance. Tel n'était peut-être pas le terme dont se servait sa mémoire du fait accompli.

Ce fait, la mort et la disparition de Monique, se présentait désormais à son esprit dans une étrange ambiguïté de vue et d'interprétation. Pour Blaise remis en liberté, Monique n'était pas morte, ni même disparue. On avait eu beau lui indiquer la place de sa tombe, il continuait de la voir, de la considérer vivante, en ce monde même ; présente jour et nuit à son côté ; provisoirement invisible, et pour cause !

On peut se demander quelle était, dans l'esprit de Blaise, la raison, ou pour mieux dire la nécessité de l'invisibilité totale mais transitoire de celle qui représentait le centre même, la raison de toute l'existence future ; dont dépendait son propre sort à lui, Blaise ? Monique se cachait-elle dans l'impondérable atmosphère morale et physique parce qu'elle avait honte ? Honte de celui qui avait été cause directe du changement brusque de leur existence, honte aussi (cela Blaise le sentait, l'éprouvait amèrement dans sa chair de mâle comme dans sa pensée) de l'échec, de ce qu'elle appelait (toujours au sens de Blaise) la maladresse de celui-ci ; il s'agissait pour Blaise de lui faire comprendre qu'il n'y avait jamais eu maladresse stupide de sa part, mais ruse de l'autre, volonté du côté de l'intrus, non pas de se défendre mais d'attaquer. C'est dans ce but qu'il s'était introduit dans la chambre, qu'il avait abusé de la confiance de cette fenêtre ouverte, s'était glissé sous le drap, entre Blaise et Monique ; c'est à celle-ci qu'il destinait son coup, et il s'était servi de l'adversaire pour accomplir son projet. Car tout, dans sa conduite antérieure, comme dans le fait accompli, n'avait été de sa part qu'équivoque, abominable intrigue, criminelle duperie.

Il s'agissait donc pour Blaise d'éliminer à jamais la cause de cette honte pour que Monique sortît de son invisibilité volontaire, reparût dans son intégrité physique et lumineuse, tout ce qu'il appelait *le mal* non pas réparé, mais éliminé, volatilisé. Il y avait une mémoire à détruire et à dissiper. Tout paraissait simple, indiqué, aux yeux de Blaise ; tracé comme un plan dont le centre d'activité était marqué d'une croix rouge.

Blaise était revenu habiter dans la bastide où s'était perpétré ce qu'il nommait le drame. Il y avait retrouvé tout dans l'ordre le plus parfait, comme si Monique elle-même, en son absence, y avait mis la main. De fait, il le croyait ; il en était sûr. Monique avait tout préparé pour ce qu'il restait à accomplir. Blaise l'en remercia. Il ne voulut rien changer à la vie qui avait été celle des amants, avant la dernière nuit ; sauf que ses repas, il les prenait à présent au restaurant, tantôt à Villefranche, tantôt à Nice. Les escalades et les descentes du Mont-Boron restaient à son programme, il les renouvelait souvent, dialoguant avec une Monique invisible mais dont il prenait la main dans la radieuse obscurité nocturne de l'été. Il savait que l'action qu'elle réclamait de lui n'était pas toute proche ; il fallait compter avec la ruse de l'adversaire. Blaise attendrait le temps voulu pour en finir avec son projet de revanche. Un acte, selon lui, était joué ; restait le second qui constituerait à ses yeux l'épilogue. *Il fallait qu'il restât seul sur le terrain.*

C'est par ces mots que Blaise, quelques semaines après son retour, un soir de fin juillet, traduisit presque à voix haute les intentions de l'ennemi. « Voire », ajouta-t-il, répondant à cette assertion que la clarté et la sonorité de la nuit rendaient presque visible. Ce simple mot lui fit sentir que l'événement était proche. Il s'était rendu par chemin de fer à Nice pour le dîner et, sans se douter encore de l'imminence de l'action, avait remonté la pente du Mont-Boron ; pendant une demi-heure, du haut de ce point de vue quasi céleste, isolé de toute l'humanité, on eût dit de toute vie terrestre autre que celle des insectes et des oiseaux nocturnes, il avait contemplé ce spectacle unique : toute la Côte d'Azur illuminée, aussi loin qu'on pouvait voir ; du moins l'immense courbe, aussi large semblait-il que celle du globe même, de la baie. Au ciel, des étoiles assurément, mais invisibles, se cachant ; elles non plus, Blaise ne les reverrait dans leur brillant, qu'après avoir supprimé la néfaste mémoire. Un geste y suffirait.

Quand il descendit le sentier qui dévalait vers Villefranche, il fut pris d'une hâte inhabituelle de retrouver sa chambre, comme si quelqu'un ou quelque chose l'y attendait, l'y appelait. Les yeux perdus dans l'immensité du spectacle de la côte illuminée, la certitude lui était venue que cet homme, ce criminel, qui s'était une fois introduit dans son intimité la plus physique et la plus dépouillée, n'avait jamais quitté la ville voisine. Que c'était là qu'il allait reparaître. Peut-être avait-il suivi Blaise dans les montées et les descentes ? Toutes les ombres ne sont pas visibles au sol, même dans le plus total clair de lune ; et justement ces ombres-là qui s'insinuent partout et prennent corps là où il leur plaît d'agir selon leurs sinistres projets[1].

Comme chaque soir, depuis le début de l'été, la fenêtre était ouverte. Blaise n'éprouvait aucune peur.

---

1. Il s'avéra, en effet, qu'Assanov avait passé cette nuit-là à Nice, où il s'était rendu pour visiter la tombe de Monique. (Note de l'auteur.)

Convaincu pourtant que le moment était proche, il s'était procuré un couteau à lame pointue, une sorte de poignard court à deux tranchants. C'est de cette arme qu'il se servirait, l'autre, celle qui avait déjà servi, l'ennemi en était indigne. Il s'agissait de le déchirer, comme un vulgaire animal pris en chasse, et qui s'est retourné contre vous ; le crever de bas en haut, le saigner en un mot de toute son abominable méchanceté, le vider de ses artifices, l'exclure non seulement de l'existence, mais de toute réalité première et seconde.

Blaise tenait les yeux fixés dans l'ouverture de la fenêtre. Il venait de prononcer, d'une voix qui lui avait paru à la fois solennelle et ironique, ce « Voire » qui ne voulait rien dire apparemment, et disait tout. « Il ne se montrera pas comme un voleur, le fourbe ; car le voleur, quand même, fait preuve d'audace et de caractère, qui se voit obligé de briser un obstacle ou d'enjamber la rampe d'une fenêtre. » Cela Blaise le savait bien et de là venait le mépris qu'il témoignait à cet adversaire sournois, sans courage.

Il attendit ainsi jusqu'à l'heure de minuit. « *Le dernier coup tue* », disait cet autre cadran solaire dont l'inscription s'était gravée dans sa mémoire. Minuit sonna : Blaise regardait le grand cadran nocturne où tombaient, l'un après l'autre, comme dans l'éternité, les sons réguliers d'un clocher qui lui sembla à la fois tout proche et infiniment éloigné.

Le douzième coup prolongeait ses harmoniques, tournoyait dans la chambre, comme dans un bassin l'eau d'une fontaine constamment jaillissante. Il ne s'arrêterait de sonner et tourner que la chose accomplie, et Monique reparue.

Blaise commença à se déshabiller posément, lentement, pareil à un homme qui est sûr de son sommeil, rangeant ses vêtements avec soin, comme il faisait depuis que Monique lui avait enseigné l'alphabet d'un certain ordre ménager, indispensable à ses yeux de femme.

Il avait enlevé sa chemise, et enfilé le pantalon du pyjama, quand une ombre traversa la chambre. En diagonale. Puis plus rien. «Lui!» pensa Blaise en s'emparant du poignard. Il ne songea même pas à faire de la lumière ni à achever sa toilette de nuit. Le torse nu, il attendit, serrant dans la main droite la poignée de l'arme. «Monique, prononça-t-il, l'œil au guet, l'heure nous regarde!» Ce furent ses propres et dernières paroles, et il sentit combien elle était proche, imminente, celle qu'il allait revoir, non pas ressuscitée mais toujours vivante.

Soudain, poussé par les épaules, Blaise se sentit projeté en avant. Le lâche l'attaquait par-derrière. Blaise s'arrêta pile et fit volte-face; à présent, c'est de l'autre côté de la chambre que Blaise, poussé par la présence occulte de l'adversaire, s'en allait; il faillit faire un faux-pas et s'écrouler, mais il eut la force et la vaillance d'esprit de rétablir : devant lui, du côté de la fenêtre, une forme luisante, charnue, comme couverte de sueur, passait en éclair : Blaise s'était précipité, l'arme brandie, avec une telle sûreté et d'un mouvement si rapide, qu'on eût dit un autre éclair transcendant le premier. L'adversaire, acculé au chambranle, allait se renverser dans le vide,

quand le coup, dirigé par une main décidée, s'abattit :
« La dernière tue ! »

Ce fut d'une force et d'une rapidité inouïes. Blaise sentit la main qui tenait le couteau, comme retournée ; le dos heurtant un obstacle invisible, car il n'y avait devant que le vide de la nuit. Et l'arme, par la pointe, pénétra dans la chair. Il la sentit se planter d'un seul coup, direct, concerté, décidé d'avance, dans sa propre poitrine. Une fois encore, l'arme maniée par une autre main, non pas plus ferme, mais imprévisible, venait de se tourner et d'agir au bénéfice de l'adversaire.

De tout cela, il faut le croire, Blaise n'eut qu'une vision ou une idée aussi vague que rapide.

Dans le bassin de l'éternité, le douzième coup, tombant comme une pierre, poursuivait ses courbes et ses ellipses.

On trouva le corps de Blaise étendu sur le plancher, sous la fenêtre. Il tenait les bras en croix ; sa main droite n'avait pas lâché le couteau, ce qui pouvait faire croire qu'il l'avait retiré en toute conscience de la blessure qu'il portait dans la région du cœur, avec la certitude d'avoir atteint l'ennemi et de l'avoir, comme il l'avait voulu, supprimé de la mémoire.

En même temps, Blaise avait rejoint Monique dans l'obscurité d'où elle devait renaître à ses yeux à la lumière diffuse de cette étoile qui est celle, innommée, des vivants éternels, unis par l'indissoluble fraternité de la mort.

*Franz Hellens à l'âge de vingt-cinq ans.
(Doc. AML, archives Jacques Antoine)*

Franz Hellens à Nice en 1916.
(Doc. AML, archives Jacques Antoine)

Franz Hellens en 1925.
(Doc. AML, archives Jacques Antoine)

Franz Hellens en 1939.
(Doc. AML, archives Jacques Antoine)

*Franz Hellens songeur.
(Doc. AML, archives Jacques Antoine)*

Franz Hellens vu par Jac Boonen (1943).
(Doc. AML, archives Jacques Antoine)

Franz Hellens et Paul Claudel en 1946.
(Doc. AML, coll. Marc Dachy)

Franz Hellens en compagnie d'Odette, de Francis Ponge et de leur fille, Armande, à La Celle Saint-Cloud.
(Doc. AML, archives Jacques Antoine)

Franz Hellens et Francis Ponge à Paris sur les bords de Seine.
(Doc. AML, archives Jacques Antoine)

Franz Hellens à La Celle Saint-Cloud en 1955.
(Photo de Jacques Hella – Doc. AML, archives Jacques Antoine)

LECTURE

de Michel Gilles

La réalité fantastique de Franz Hellens

Dans *La Chronique* du 18 décembre 1910, Edmond Picard saluait chez un jeune écrivain gantois, Franz Hellens, le surgissement d'un avatar moderne du fantastique, plus lesté de réalité que ne l'étaient les formes traditionnelles du genre, et qu'il désignait sous le nom de «fantastique réel». «C'est le Réel, mais le réel vu, senti en ses accidents énigmatiques, avec intensité», écrivait-il. L'animateur de *L'Art moderne* n'avait pas inventé la formule[1], ni sans doute même la notion, s'il est vrai, comme l'a montré Lysøe[2], que récurrente dans l'histoire du fantastique, elle a pu être appliquée à Hoffmann comme à Poe, ainsi qu'à leurs épigones, chaque fois qu'une volonté de rupture avec le passé croyait trouver son progrès dans une pression plus intense sur la touche du réalisme. Quoi qu'il en soit, l'oxymore a frappé et flatté Hellens, qui le reprendra sous diverses formes dans ses titres (*Réalités fantastiques, Nouvelles Réalités fantastiques, Le Fan-*

---

1. Il pourrait l'avoir reprise à un certain Émile Deschamps auteur de *Réalités fantastiques* en 1854, ou plus vraisemblablement à Jules Claretie, qui recourt à l'expression dans sa préface aux *Histoires incroyables* de Jules Lermina (1885).

2. *Les Kermesses de l'étrange ou Le Conte fantastique en Belgique du romantisme au symbolisme*, Nizet, 1993, pp. 85-101.

tastique réel), jusqu'à déclarer : « Grouper l'ensemble de mes livres sous la dénomination *Réalités fantastiques* ne serait pas inexact, il me semble. Ce serait un bon titre général. »[1]

Sans doute a-t-on crié à l'exagération. Et non sans raison, si l'on entend par là que chaque œuvre signée du Gantois relèverait de cette esthétique. Il est aisé de montrer que tout un pan de la production hellensienne a bien peu à faire avec le fantastique. Et qu'un autre pan se rattache à un fantastique classique où le réalisme ne reçoit d'espace que ce que lui accorde traditionnellement le genre, sans générosité accrue.

Mais est-on sûr que cette lecture soit la bonne? La notion pourrait plutôt évoquer « les deux pôles autour desquels Franz Hellens fait graviter son univers romanesque avec des oscillations imperceptibles, tantôt allant vers la réalité, tantôt vers les surnaturels. »[2] L'auteur de *Mélusine* l'avait d'ailleurs précisé sans ambiguïté en 1954, dans l'interview à Le Clec'h évoquée plus haut :

> Des *Hors-le-Vent*, mon premier livre, aux *Mémoires d'Elseneur*, le dernier, mon œuvre n'est qu'une suite de bonds entre ces deux éléments, le réel quotidien et le fantastique, que j'aimerais appeler aussi quotidien.

En somme, dans une acception large, le syntagme, loin de vouloir définir chacun des récits d'Hellens, fixe les limites entre lesquelles s'inscrit l'ensemble de sa production narra-

---

[1]. Dans une interview accordée à Guy Le Clec'h, in Jean DE BOSCHÈRE, Michel MANOLL, Guy LE CLEC'H, *Franz Hellens*, Lyon, Les Ouvriers réunis, Armand Henneuse, 1956, p. 138.

[2]. LAFFONT-BOMPIANI, « Réalités fantastiques » in *Dictionnaire des œuvres contemporaines de tous les pays,* Paris, Société d'Édition de Dictionnaires et Encyclopédies, t. IV, 1968, p. 615.

tive. Côté cour (cour des miracles, le plus souvent) on trouve le récit naturaliste (*Les Hors-le-Vent*), le roman psychologique (*Grippe-Cœur, L'enfant au paradis,*...), la nouvelle autobiographique (*Le Naïf...*). Côté jardin (celui des vacances de la raison) fleurit un fantastique de type classique (*Nocturnal*), des contes merveilleux à prétention symboliste (*Clartés latentes*), des romans oniriques (*Mélusine*) ou joyeusement fantaisistes (*Œil-de-Dieu*), cependant que seuls quelques textes pourraient prétendre à s'enrôler sous l'acception étroite de la formule-étendard (*Réalités fantastiques, Les Yeux du rêve,*...).

Le fantastique en théorie

Revenons à cette acception restreinte de l'oxymore – celle de Picard, pour nous entendre. Comment Hellens l'a-t-il perçue ? « Retour du fantastique », dans *Style et Caractère*[1], est sans doute son texte critique le plus structuré sur le sujet, auquel un *Fantastique réel*[2], plus tardif, plus ambitieux mais aussi plus confus, n'apportera rien de substantiel. Examinons-le.

Refusant au fantastique le statut de genre[3], le conteur gantois le voit s'accomplir dans deux directions :

---

1. Franz Hellens, *Style et caractère*, Essais critiques, Bruxelles, Renaissance du Livre, 1956, pp. 64-71. Le texte a été réédité dans F.H., Un Balcon sur l'Europe, éd. Labor, 1992, pp. 101-105. Les indications de pages renvoient à la première version.
2. Bruxelles, Amiens, SODI, Coll. « Style et langage », s.d. (1967), 128 p ; rééd. aux éd. Labor, 1991.
3. À la question « La fantastique est-il un genre ? » (in *Le Fantastique réel*, p. 9), il répond par la négative : « C'est une façon de voir, de sentir, d'imaginer. (...) Partout où se trahit imagination spontanée, il y a fantastique ».

1° un fantastique extérieur, celui d'Hoffmann, de Poe, de Chamisso, de Grimm, de Selma Lagerlöf, où, à la suite d'Edmond Jaloux, il distingue :
    a. un type anglo-saxon, spirituel, d'ordre religieux, centré sur le thème du revenant (mais aussi sur ceux des communications télépathiques et des prémonitions) ;

    b. un type allemand, magique, « élémental », peuplé de nains, d'elfes et d'ondines

2° un fantastique « intérieur » – celui d'Emerson, d'Hölderlin, de Jean-Paul – qui est

> le produit d'une âme lyrique. Ici, le principal personnage, c'est l'auteur lui-même ; sa personnalité se dédouble, se multiplie, se transforme, se confond avec la matière ou l'élément. Le fantastique intérieur est essentiellement poétique et se différencie par ce fait, qu'il a sa source dans l'imagination émotive. Les personnages créés par les écrivains de cette catégorie sont de pures créations lyriques ; ils sont l'auteur lui-même dans ses multiples manifestations. (p. 65)

Et Hellens d'ajouter : « À ce genre d'ouvrages, j'ai proposé moi-même un titre, qui est celui d'un de mes recueils, et qui exprime le travail fait dans l'imagination de l'écrivain : *Réalités fantastiques*. Il s'agit d'une série d'inductions, en prenant la réalité comme point de départ. » (p. 66) Il écrit encore : « Tandis que le premier [le fantastique de Poe] procède de l'inconnu au connu, du fantastique au réel, le second, au contraire, prend son élan du naturel pour aboutir au surnaturel » (p. 67)[1]. Il affirmera en d'autres lieux que

---

1. Cf. *Documents secrets*, Albin Michel, 1958, p. 59 : « Le fantastique de Poe procède de l'inconnu au connu, de l'irréel au réel ;

le fantastique réel est une « réfraction insolite du réel quotidien »[1]; qu'il « dépayse la réalité[2] ». Mais n'attendons pas des définitions ce qu'elles ne peuvent donner. « On n'atteint pas aux sources ni aux embouchures du fantastique réel par le truchement des mots du vocabulaire[3] ». Le fantastique réel offre du concret une image poreuse au rêve et à la poésie, voilà tout. À la peur aussi, ce qui surprend un peu, les contes d'Hellens offrant peu de points communs avec l'« Horror story ». L'auteur, en tout cas, nous dit du fantastique qu'« il est né de la crainte de l'homme devant l'inconnu[4] », tout en soulignant cependant :

> Le fantastique réel n'est pas nécessairement générateur d'épouvante, mais il n'exclut ni le tremblement ni l'angoisse ; il n'est pas indispensable de faire appel à des monstres, si beaux soient-ils, infernaux ou terrestres, pour obtenir l'effet de trouble. Considéré dans sa mesure ou sa démesure les plus efficientes, il ne secoue que les nerfs de l'âme et les fibres musicaux (sic) d'une sensibilité toute spirituelle[5].

Il précisera d'ailleurs :

---

mon élan, au contraire, part de la réalité pour aboutir au fantastique. Le rôle de l'artiste me paraît consister à prolonger le réel dans l'imaginaire. » À vrai dire, Hellens affirme exactement le contraire dans *Le fantastique réel* : « Le rêve inspirateur (…) est point de départ, source première de ce fantastique réel qui fut souvent le mien. La réalité fantastique du rêve peut déboucher ou se dénouer sur les terres basses des réalités quotidiennes, ou se perdre en vains propos dans ses propres vapeurs. » éd. Labor, p. 73.
1. *Le Fantastique réel*, éd. Labor, p. 83.
2. *Documents secrets, op. cit.* p. 60.
3. *Le Fantastique réel, op. cit.* p. 53.
4. *Ibid.*, p. 9.
5. *Ibid.*, p. 61.

Je ne le vois pas sous cet aspect métaphysique quelconque. C'est dire que ni Dieu ni Diable n'interviennent dans ma considération. Mes dieux et démons sont sur terre, nés vivants du sol des choses, du cœur et du cerveau de l'homme[1].

La pratique fantastique

Telle est la théorie. Reflète-t-elle vraiment la pratique qui, chez Hellens, lui est bien antérieure ? Il est permis d'en douter, et de reconnaître que l'auteur des *Mémoires d'Elseneur* a sacrifié lui aussi à un fantastique classique, « extérieur » comme il l'appelle, et sans doute plus souvent qu'il n'eût aimé l'admettre. Le fait est que, lorsqu'il évoque la genèse de *Nocturnal*, près de quarante ans plus tard, il adopte le profil bas du coupable. Il en accorde plus qu'une demi-paternité au musicien Rogowski, à qui la plupart des contes doivent leur idée de base et le plan général. « L'amitié fit l'office de souffleur », écrit joliment Hellens. Mais il ajoute aussi que le compositeur polonais lui rendit un mauvais service. « *Nocturnal*, à part le journal des rêves qui forme la deuxième partie de l'ouvrage, ne m'appartient pas en propre[2] ». Là est sans doute le principal reproche que le Gantois adresse au recueil : ce n'est pas du Hellens, dans le sens que l'équilibre rêvé entre réel et fantastique se trouve rompu en faveur du second. Pour qui veut se poser en chef de file d'une esthétique nouvelle, *Nocturnal* penche un peu trop du mauvais côté.

---

1. *Ibid.*, p. 13.
2. *Documents secrets*, p. 104.

Devons-nous suivre notre conteur dans son reniement ? Devons-nous même le croire ? Il affirme, non sans coquetterie, qu'il est « presque seul à méconnaître les mérites de ce livre » et cite complaisamment le jugement de Maeterlinck : « J'aime infiniment ces contes fermes, directs, rapides, intelligents, bien construits, bien distribués, bien équilibrés, et dont chacun est l'écrin d'une pensée curieuse, inattendue, frappante. L'auteur a notamment su trouver dans l'occultisme oriental qui savait déjà, il y a douze ou quinze mille ans, ce que notre science commence à peine à découvrir, un filon nouveau dont il a tiré de très estimables minerais[1]. » Et que penser de la postérité éditoriale du recueil ? Certes, Hellens ne l'a jamais réédité, comme il l'a fait pour d'autres textes. Pourtant, la refonte des *Réalités fantastiques* en 1931 (avec pour sous-titre *Contes choisis 1909-1929*) accueille trois nouvelles tirées de *Nocturnal* : « Un crime incodifié », « La dame en noir », et « Le porteur d'eau ». Les deux premières nouvelles se retrouveront dans un recueil de 1964 : *Herbes méchantes et autres contes insolites*, en même temps que « Le dompteur de voix sauvages », « Le squelette d'or », « Le double », « Récit de Joseph-Arthur Ardisson-Jude » et « La courge ». *Contes choisis* (1938) reprend « Histoire d'une célébrité » et « Le squelette d'or ». En 1941, les *Nouvelles Réalités fantastiques* hébergent « Le Double ». *Le dernier jour du monde* (1967) récupère « Le conteur » et « La divinité hindoue ». En somme, onze récits sur quinze iront illustrer d'autres œuvres, et quatre d'entre eux réapparaîtront dans deux recueils. Étrange tendresse pour une postérité prétendument reniée !

---

1. *Ibid.*, pp. 104-105.

Il faut admettre que le fantastique hellensien accueille – abondamment – les formes traditionnelles du genre, à côté d'une esthétique plus novatrice. Une étude complète du conteur gantois se doit donc d'embrasser les deux variétés isotopiques, « extérieur » et « intérieur » (pour reprendre les termes de notre auteur), entre lesquelles se partage son inspiration fantastique.

1) Le fantastique « extérieur »

C'est de l'extérieur, entendons : de la tradition légendaire, qu'Hellens a reçu les thèmes du double, de la réincarnation, de l'objet maléfique, de la hantise ou de la possession. D'une tradition plus récente qu'il a tiré les motifs de la transmission de pensée et d'un dialogue avec des esprits plus ou moins morts par le biais de tables plus ou moins tournantes.

À ce fait établi, il faut cependant apporter les observations suivantes. En premier lieu, les récits de ce type sont essentiellement concentrés dans deux recueils : *Nocturnal* et *Herbes Méchantes*. Œuvre de jeunesse, le premier fut écrit à quatre mains, et dans ce jeu, selon son propre aveu, le meneur ne fut pas Hellens. Quant à *Herbes méchantes et autres contes insolites* (dont la moitié proviennent d'ailleurs de *Nocturnal*), il est à souligner que ce recueil fut commandé au Gantois pour une collection (Marabout Fantastique) centrée sur des narrateurs manifestement « noirs » comme Ray ou Owen. Il est patent que les thèmes « extérieurs » sont sensiblement plus discrets (sans cependant être totalement absents) dans *Réalités fantastiques, Nouvelles réalités fantastiques* ou *Les Yeux du rêve*.

En second lieu, Hellens semble avoir voulu prendre clairement ses distances à l'égard des poncifs du genre. Pas de châteaux en ruine (sauf dans « Le porteur d'eau », mais qui n'est qu'une parodie du genre), de cimetières, de landes désertes, de forêts angoissantes, par exemple. Et, contrairement au conte traditionnel, la fonction fantastique semble souvent chez lui se développer en dehors du personnage qui traditionnellement la fonde, ce qui nous donne du vampirisme sans vampire (« Un crime incodifié »), de la hantise sans fantôme (« La lapin de porcelaine »), de la possession sans diable (*La comédie des portraits*), etc.

C'est peut-être par souci de se démarquer d'un fantastique populaire, héritier direct de la légende occidentale, que le Franz Hellens des premiers contes dissimule le surnaturel sous le masque, plus acceptable pour la raison – a beau mentir qui vient de loin – de l'exotisme asiatique. Le Batman-Tchaï, héros de la deuxième nouvelle de *Nocturnal*, nous arrive du Kurdistan. Le héros de « La courge » se découvre réincarnation d'un ascète indou ; « La divinité indoue » affiche la même origine. L'histoire du « Double » se déroule à Batavia et prend son élan fantastique dans les révélations d'un personnage non moins indou. « Occultisme oriental », disait Maeterlinck.

Mais ce recours à l'exotisme n'avait sans doute pas pour seule raison une stratégie quelque peu simpliste de la vraisemblance. L'Orient passe pour avoir nourri une pensée très au fait des mystères de la personnalité, et cette thématique ne pouvait manquer de fasciner le narcissisme d'Hellens. Notre moi survit-il ou non à la mort, est-il un ou multiple, peut-il être le jouet de forces à lui extérieures et de nature spirituelle ? Telles sont les questions que posent ces contes et d'autres aux contours plus occidentaux mais de même orientation philosophique, sans nulle autre prétention que de suggérer des hypothèses différentes de celles que nous imposent nos habitudes de pensée. «La courge» et «Une restitution» ont pour clé la réincarnation, réponse possible au problème de la dissolution de la conscience. «La divinité indoue» et «Un crime incodifié» s'interrogent sur la dépendance de celle-ci à l'égard de «possessions» venues du dehors. «Blaise et Monique» et «Le double» imaginent un éclatement de l'unicité du Moi. Arrêtons-nous sur ce thème du double, particulièrement privilégié dans l'imaginaire hellensien.

«Je suis double et mon autre moi-même me fausse compagnie. Ou encore : je suis unique, et je rencontre un personnage en tous points semblable à moi. Telles sont, ramenées à leur plus simple expression, les deux formes principales prises par le thème du double»[1], écrivent Goimard et Stragliati, qui précisent : «Il y a des doubles par division et des doubles par multiplication»[2]. Véronique et Jean Ehrsam, lecteurs d'Otto Rank, y ajoutent les «doubles hallucinatoires», lesquels «ne sont visibles que pour les victimes vivant le drame du dédoublement de la personnalité»[3]. Il est remarquable qu'Hellens ait «épuisé» le motif en l'abordant sous ses trois aspects. C'est dire l'importance qu'il lui accordait.

Le plus connu de ses contes sur ce thème, «Le Double»[4], relève évidemment du «double par division». Le récit

---

1. Jacques GOIMARD ET Roland STRAGLIATI, *Histoires de Doubles*, «La grande anthologie du fantastique», Presses Pocket, 1977, p. 17.
2. *Op. cit.*, p. 17.
3. VÉRONIQUE ET JEAN EHRSAM, *La littérature fantastique en France*, Hatier, «Profil formation», 1985, pp. 67-68.
4. Il fut d'ailleurs choisi comme texte illustrateur d'Hellens dans *La Belgique fantastique avant et après Jean Ray*, Verviers, A. Gérard, 1975.

illustre à sa manière la conviction d'une « duplicité » fondamentale de l'être chère à l'auteur, lequel écrivait[1] :

> Une fable ancienne représente l'être originel sous l'apparence d'une forme corporelle à la fois douée des deux sexes, et dont les parties constitutives se sont séparées au cours de l'évolution. Il est permis de croire que dans les périodes de rêve, les parties se rejoignent dans une espèce de reconquête réciproque. L'unité perdue se refait. Le double serait la partie perdue et récupérée.

Dans le cas présent, nous nous trouvons clairement en face d'un « feuilletage de la personnalité » (pour reprendre une heureuse image de Goimard et Stragliati[2]), qui va même en l'espèce jusqu'à la division par trois. Le héros ne voit pas la terre se peupler de ses clones (comme dans le cas du double par multiplication), mais de parties de lui-même aussi différentes que complémentaires (une femme, un enfant), qui prennent en charge certaines de ses potentialités et le laissent ainsi diminué, simplifié – autre. Au lieu d'envahir le monde, il en disparaît en tant que personnalité unifiée. C'est un peu « Le nez » de Gogol corrigé par le *Visconte dimezzato* de Calvino.

Les motifs du « double par multiplication » et du « double hallucinatoire » sont illustrés par « Ma Jeunesse et moi » (dans *Fantômes vivants*) d'une part « Blaise et Monique » (*Le Dernier jour du monde*) et « L'habit du mort » (*Herbes méchantes*) d'autre part. Nous y reviendrons à propos du « fantastique intérieur ».

---

1. *La vie seconde*, Albin Michel, 1963, pp. 14-15.
2. *Op. cit.*, p. 23.

On le constate, Hellens a su illustrer toutes les facettes d'un motif qui semble occuper une place centrale dans sa mythologie personnelle. Il est vrai que « le thème du double se révèle être fortement lié au narcissisme », comme le remarquent V. et J. Ehrsam[1]. Or, notait André Lebois à propos d'Hellens « le narcissisme paraît sa faculté maîtresse »[2]. L'écrivain flamand n'a en fait cessé de dialoguer avec lui-même, d'interroger son passé – son enfance surtout – dans une œuvre dont la composante autobiographique et autoréflexive est majeure.

Fasciné par sa propre complexité, il se plaisait à répéter : « Mon âme est une mer de contradictions »[3]. Le motif du double met ainsi en présence deux formes du même être d'autant plus complémentaires qu'elles sont violemment contrastées.

Bon nombre d'autres motifs chers à Hellens incluent la duplication. La réincarnation, par exemple, opère dans le temps ce que le motif précédent activait dans l'espace. Elle offre aussi sur le mode fantasmatique une réponse possible à une interrogation éternelle :

> Savons-nous ce qui veille en nous d'ancien et se manifeste dans la suite de nos actes et de nos pensées, et ce que nous veut cet hôte qui nous habite, que nous sentons à la fois détaché de nos habitudes contrôlées et attaché à la structure

---

1. *Ibid.*, p. 67.
2. *Op. cit.*, p. 13.
3. Franz HELLENS, « Contradictions », p. 10 et « Portrait du poète par lui-même », p. 49, in *Variations sur des thèmes anciens*, Paris-Bruxelles, Cahiers du Journal des Poètes, 1941. Cf. également Jean DE BOSCHÈRE, Michel MANOLL, Guy LE CLEC'H, *op. cit.*, p. 136 et Franz HELLENS, *Valeurs sûres*, Bruxelles-Paris, Brepols, 1962, p. 24.

physique de nos cellules en voie d'évolution, depuis des siècles de passages successifs, d'arrêts et de reprises[1] ?

Il est à noter que cette duplication temporelle, comme dans le motif du double, fait surgir à chaque fois, non une copie conforme du héros, mais son antithèse. À nouveau, c'est le contraste qui fascine Hellens, non la similitude – l'oxymore, non l'identification métaphorique. Degomez, le héros de « La courge », est

> Un homme froid, d'esprit positif, né pour les chiffres et les affaires, et tout à fait inaccessible aux séductions de la philosophie et de la métaphysique [...] une nature incapable de s'émouvoir au charme d'une idée[2].

Or, il se découvre l'avatar d'un ascète brahmane avec qui il n'a rien en partage. De même, le narrateur d'« Une restitution » se voit en rêve revêtu d'une personnalité diamétralement opposée à la sienne :

> au lieu de l'être malingre et chétif que j'étais habitué à rencontrer dans la glace, j'apercevais l'image d'un homme énorme, gras, au teint cramoisi [...] qui réalisait d'une façon frappante tout ce que je n'étais pas et que j'aurais voulu être [...] Il accomplissait, ou plutôt j'accomplissais, des actions fantastiques ; mes repas étaient dignes de ceux de Gargantua et je ne pouvais assez me repaître de voluptés de toutes sortes[3].

---

1. *La Comédie des portraits*, Le Cercle du nouveau livre, s.d. [1965], pp. 168-169.
2. *Le double et autres contes fantastiques*, p. 9.
3. *Herbes méchantes*, pp. 235-236.

Il acquerra la conviction qu'il est la réincarnation de ce personnage rabelaisien, dont il ne partage pourtant ni les appétits physiques ni la légèreté morale. Le schéma se répète encore dans un roman fantastique écrit sur le tard et construit tout entier sur une double réincarnation : *La Comédie des portraits*. Clémentine y découvre, entre son adorable mari et feu sinistre oncle Tancrède une ressemblance paradoxale, « non pas ressemblance : sorte d'identité contradictoire »[1]. On ne saurait mieux dire.

C'est sans doute avec ce thème de la réincarnation que le thème du double prend sa coloration la plus noire. Car si, dans la forme classique du motif, le personnage central domine sans grande angoisse l'éventuelle aberration, le fantôme hellensien – qui n'est autre qu'un double négatif issu du passé – tisse avec sa victime un rapport de maître à esclave.

> Un autre être vit en lui, non seulement qui parle, mais qui prétend commander en maître (...) Quelqu'un l'habite, vivant, plus que vivant, dont il ne se secouera plus jamais, qu'il ne jettera jamais par les fenêtres de son corps, car cet habitant, cet intrus, le tient par la peau de ses entrailles et les membranes de son cerveau[2].

Le même rapport angoissant se lit dans un thème proche, où se devine à nouveau l'obsession de la duplication : celui de la possession. Le seul élément qui distingue ce thème du précédent est que la force envahissante n'est pas clairement indiquée comme provenant du passé. Mais le héros, à nouveau, sent son être paralysé par une autre volonté, ou poussé

---

1. Éd. Seghers, « Le Cercle du nouveau livre », 1965, p. 63.
2. *La Comédie des portraits*, p. 236.

par celle-ci à des actes dont il se sait naturellement incapable. Un exemple du premier cas peut être trouvé dans « Un crime incodifié », curieux récit de vampirisme mental.

On l'a constaté, le fantastique « extérieur » de l'écrivain gantois s'avère rarement gratuit, et n'est rarement qu'extérieur. Il est même souvent l'occasion d'une plongée vers les profondeurs, vers une réflexion en acte sur les mystères de la personnalité et de la destinée humaines. Et peut-être ne serait-ce pas trop forcer la note que de chercher, dans cette obsession de la dualité, l'assomption douloureuse d'une Belgitude dont ce Flamand francophone ne pouvait qu'intensément sentir la dimension conflictuelle.

2) *Le fantastique « intérieur »*

> Tout va, certes, le plus naturellement du monde. [...] Rien n'est plus simple. Et pourtant... ne va-t-il pas arriver quelque chose ? Il y a eu un soupir dans le corridor... le vent ? Il y a eu un craquement dans la boiserie, une ondulation dans la grande tapisserie où s'étale un chimérique paysage. Je suis inquiet... Je suis ému... Une corde du piano casse et vibre dans sa caisse fermée. [...] Qu'est-ce ?... C'est étrange, tout cela... Pénétrerais-je dans le monde invisible ?
> Non, c'est le Réel, mais le réel vu, senti en ses accidents énigmatiques, avec intensité[1].

Voici, pour Edmond Picard, l'essence du « fantastique réel » tel qu'il l'a découvert dans *Les Hors-le-vent* du jeune Franz Hellens. On observera qu'il n'est pas question de thèmes mais d'une certaine appréhension du réel, dont est

---

1. Edmond PICARD, « Franz Hellens. Le fantastique réel. », *La Chronique*, 18 décembre 1910, p. 1.

mis en relief le côté énigmatique. Il s'agit en quelque sorte d'un fantastique effleuré, où le dernier pas reste à faire et attendra indéfiniment de l'être. Un fantastique qui jouera sur les rêves, les états seconds, les impressions fugaces avant leur saisie par la conscience, pour évoquer – et nier aussitôt – la possibilité de l'impossible. Il s'agit d'aventures que nous pourrions vivre, que nous vivons d'ailleurs chaque jour, sans que soit enfreinte aucune des lois physiques qui régissent notre monde, à cela près que pour un instant, nous nous sommes sentis frôlés par l'ange du bizarre. Mais laissons parler Hellens :

> Pour tout homme capable de s'observer, de se sentir, l'existence la plus positive offre, à quelque moment, de ces circonstances vraiment extraordinaires où les sens sont comme retournés, où la conscience prend un tour insolite et s'égare dans d'inextricables fantasmes[1].

Les thèmes, nous l'avons souligné, ne sont pas déterminants. Le plus souvent, ce sont ceux du fantastique extérieur. Ne nous étonnons pas de retrouver ici le motif omniprésent du double. Ainsi dans « Blaise et Monique ». Plus proche, dans un sens, des classiques du genre (Hoffmann, Poe...), le conte met en jeu le « Double purement hallucinatoire, visible seulement pour le Moi »[2], s'intégrant dans un délire paranoïaque qui fait de lui un persécuteur de son modèle, un rival à abattre. « La persécution par le Double se termine par la folie, qui presque régulièrement conduit

---

1. *Le double et autres contes fantastiques*, p. 161.
2. Otto RANK, *Don Juan et le Double*, Petite Bibliothèque Payot, 1973, p. 89.

au suicide »[1] ou, ce qui revient au même, à « l'assassinat si fréquent du Double par lequel le héros cherche à se garantir contre les persécutions de son propre Moi[2]. »

Le motif est donc proche de celui de la nouvelle « Le Double ». Mais alors que cette dernière semble pousser le lecteur vers l'accréditation des forces occultes (seule l'hypothèse ésotérique rend compte de tous les éléments du récit), c'est tout le contraire qui se passe ici. La seule explication totalisante est celle que propose la pathologie, et s'il existe un effet fantastique, il est dû au fait que, comme l'écrit Frans De Haes pour *Œil-de-Dieu*, « le romancier adopte le point de vue du personnage principal afin de nous entraîner dans sa « logique » de plus en plus démente[3]. »

Faut-il parler encore d'un double « par division » ? Les contours ici se font moins nets. Pour l'œil extérieur du clinicien, et pour celui du lecteur, quand leurs visions se confondront – après l'assassinat de Monique – sans nul doute : « l'autre » n'est évidemment qu'une projection de la jalousie de Blaise. Mais pour ce dernier, la question du double ne se pose même pas : « l'autre » est un autre, qui ne lui ressemble en rien et n'a en commun avec lui que le fait d'aimer la même femme. Non perçu comme tel par le héros, le double prend donc ses distances vis-à-vis du modèle classique.

C'est un peu ce qui se passe également avec « L'Habit du mort », bien qu'une certaine conscience de la part du protagoniste ne soit pas à exclure. À plus d'une reprise,

---

1. *Ibid.*, p. 86.
2. *Ibid.*, pp. 108-109.
3. Franz DE HAES, « Lecture » in F.H., *Œil-de-Dieu*, Labor, « Espace Nord », 2000, p. 390.

Eugène Dusoucy est présenté comme le double de son père mais, ainsi que dans les formes « extérieures » du thème, un double contrastif. Sans doute y a-t-il des choses qui les rapprochent : leurs prénoms, que deux lettres seulement distinguent (le père s'appelait Eusèbe), ou la corpulence, car, nous dit l'auteur à propos d'Eugène, « ses quarante ans le virent s'élargir comme citrouille au soleil jusqu'à ressembler, au corporel, à ce père qui lui avait donné l'exemple. » Mais, au-delà des apparences, ce sont les différences qui l'emportent. Ainsi, Eugène « ne cessait de s'en faire, de ce souci dont le nom paternel était chargé ». En outre, « le fils, à l'encontre du père, manquait d'appétit et ne mangeait guère. » Et puis Eusèbe « avait le crâne chevelu comme un doryphore de l'ancienne Médie » tandis que le fils « était depuis de longues saisons presque chauve. » C'est la cérémonie du deuil qui va les identifier. Car Eusèbe a revêtu « l'habit du mort », il se met à boire comme son père, envisage à son tour de prendre femme, finit logiquement par « sentir le mort » comme lui et le rejoindre dans la tombe.

L'Habit du mort, contrairement aux procédés du fantastique extérieur, nous introduit dans un univers parfaitement banal, animé de passions banales, et où l'étrangeté de l'événement se trouve médiatisée par l'ivresse du protagoniste qui croit entendre des voix (de Marguerite ? de l'outretombe ?) sans que nous puissions décider de leur réalité objective. Tout ne serait donc que de simples coïncidences ? C'est la solution vers laquelle nous pousse notre logique, même si, un instant, nous avons cru frôler l'histoire classique du fantôme vindicatif. Laquelle ne serait, d'ailleurs, pas à exclure.

La thématique peut aussi substituer au double comme personne ce que Goimard et Stragliati appellent un « objet transitionnel »[1], par exemple une peinture ou une statue. Le sujet a été abondamment utilisé par le fantastique « extérieur » (songeons à *La Vénus d'Ille* de Mérimée, à la *Gradiva* de Jensen, à certains récits de Théophile Gautier ou de Jean Ray), mais Hellens l'a surtout traité sur le mode « fantastique réel ». Notons en outre qu'il a, cette fois, suivi les voies traditionnelles, soulignant une ressemblance entre modèle et portrait qui confine à l'identité. Dans « Ce lourd silence de pierre », le narrateur dialogue avec l'autoportrait de Maurice Bernier, croit même entendre ce dernier lui répondre et lui fixer un rendez-vous... où il trouvera un autre double du sculpteur, portant d'ailleurs le même nom, et qui se révélera être le petit-fils de Bernier. Cette duplication dans la descendance où l'œuvre d'art sert de média est également le sujet d'« Un voyant » : le narrateur découvre, dans un portrait de lui-même fait quinze ans plus tôt, et qui ne lui ressemblait guère, la figure de son fils alors encore à naître. Une inspiration voisine est sensible dans « Le portrait » : une photographie dévoile au narrateur l'inquiétude qui ronge un jeune marié en dépit des apparences qu'il se donne et, longtemps après que l'ami aura tué sa femme, elle révèle une sérénité finalement retrouvée. Enfin, dans le plus classique « Portrait récalcitrant », nous retrouvons l'idée, chère à la pensée mythique que « l'image d'un homme est un *alter ego* : ce que l'image subit, l'homme le subit »[2] : un bourgeois barbouille de chaux le buste en terre cuite qui le représente, ce qui aura pour conséquence qu'on le retrouvera quelques jours plus tard, le visage « d'un blanc de craie, plus blanc

---

1. *Op. cit.*, p. 21
2. Ernst CASSIRER, *La Philosophie des formes symboliques. 2. La pensée mythique*, Les Éditions de Minuit, 1972, p. 65.

que le blanc ordinaire, blanc comme lait de chaux, froid comme neige du glacier » : aussi blanc et mort que son double.

Le fantastique « intérieur » (ou « réel ») se caractérise donc moins par le choix des thèmes que par une certaine vision des choses. Celle-ci ne se réfère plus à un corpus de croyances partagées par le groupe, mais apparaît comme le fruit des aberrations perceptives d'une individualité en proie à ce que la psychologie a appelé un « état crépusculaire », « état pathologique transitoire, caractérisé par une obnubilation de la conscience » selon le Larousse.

On montrerait aisément le rôle de ce glissement de conscience dans l'élaboration de l'imaginaire hellensien. L'obscurité, le brouillard, l'illusion mimétique de l'art, la maladie physique ou mentale, le sommeil, la rêverie interposent entre la conscience et le monde un prisme qui offre au réel l'occasion d'interpeller nos phantasmes. Telle forme mal perçue se transforme en image poétique, érotique ou terrorisante, selon le tempérament ou l'humeur du moment. Tout l'art du conteur sera de la cueillir au passage pour construire sur l'illusion consciente un de ces moments de bonheur que dispense toute ivresse :

> La lumière de la lampe, au-dessus de la table, n'éclairait au dehors qu'un pan de mur, l'annexe de l'habitation voisine ; le bord de la toiture traçait un angle noir. On pouvait se croire en pleine ville, et j'étais à deux lieues de Paris. Cette illusion provoquée par l'aspect externe de l'objet, communiquait à l'âme une volupté très spéciale, celle qu'on éprouve en se trompant soi-même sur la nature d'une chose à laquelle on tient particulièrement. Je savais qu'il suffisait de me lever et de faire quelques pas à gauche pour jouir du vrai spec-

tacle de cette nuit vraiment royale ; mais il convenait de prolonger une si agréable erreur, afin d'accueillir la réalité comme une chose toute nouvelle, une sorte de cadeau du hasard[1].

---

1. *Le double et autres contes fantastiques,* p. 185.

GENÈSE

Hellens a parfois révélé l'origine de son inspiration. « Un voyant » (*Nouvelles Réalités fantastiques*) est né d'une expérience vécue :

> C'est à Nice que je fis la connaissance de Modigliani, nature forte et charmante, complètement dépaysée en ce monde. Il était déjà malade à cette époque. Tout de suite, je pressentis un terrible mystère au fond de lui. Modigliani voulut peindre mon portrait et il l'acheva en quelques heures d'un pinceau agité. À côté de nous, sur la table, il y avait trois litres de vin, qu'il but à lui seul, tout en peignant. Il n'interrompit qu'une fois son travail, « pour faire un bout de promenade et prendre l'air », disait-il. Mais en chemin, il m'entraîna dans un bistrot où il absorba plusieurs petits verres d'alcool.
> On m'avait vanté la lucidité d'esprit de ce peintre et j'avais pu m'assurer, en diverses circonstances, de son jugement pénétrant. Un réel talent de graphologue doublait l'artiste d'une sorte de magicien.
> Il me fallut déchanter lorsque je regardai le portrait. Qu'avait-il fait de moi ? Non seulement je ne retrouvais pas ma ressemblance dans cette peinture, mais la figure esquissée par Modigliani me parut fausse : l'artiste m'avait peint sous les traits d'un enfant. Avait-il, par une étrange induction, reconstitué un aspect inconnu de mon passé ?
> – Ce n'est pas toi et pourtant... C'est curieux, disait Maria Marcovna, on dirait qu'il t'a peint par le dedans. Ce n'est pas toi, mais quelque chose comme ta représentation.

> J'ai retrouvé assez récemment une photographie de ce portrait et la valeur prophétique de l'esquisse m'a tout de suite frappé. À présent, je m'y reconnais fort bien, tel que je me suis peint moi-même dans *Le Naïf*. J'eus en même temps la révélation d'une espèce de prodige, lorsque ma femme me fit observer que cette peinture reproduisait, d'une façon frappante, les traits de Serge, notre plus jeune fils.
>
> (*Documents secrets*, p. 78)

« Une restitution » (*Nouvelles Réalités fantastiques*) trouve en revanche son premier mouvement dans un rêve de l'auteur :

> J'ai rêvé, plusieurs nuits de suite, d'une petite ville que je n'avais jamais visitée, jamais vue ni en images ni réellement. Elle avait tout l'aspect d'un passé lointain et j'y voyais remuer des personnages d'autrefois et d'aujourd'hui, se mêlant sans qu'ils eussent l'air de se douter de leurs différences d'allure et de vêtement. Moi-même, je marchais dans la ville, parmi cette population, avec la plus grande assurance, j'y étais chez moi bien que je n'y eusse pas ma maison. J'y retournais toujours comme un voyageur qui vient voir des parents ou traiter une affaire. Mais voilà : je ne parvenais pas à savoir quels parents ou quelle affaire m'attiraient dans cette région, et au même endroit : une place publique dont l'aspect demeurait invariable à chacune de mes visites, à tel point que je reconnaissais autour de l'église chaque habitation et jusqu'aux enseignes des cabarets et des boutiques, et une rue étroite et déserte, on aurait dit honteuse, plongée dans une demi-obscurité. Je sentais nettement que c'était dans cette rue dont les maisons avaient l'air de se cacher, que j'avais affaire ; mais régulièrement le rêve s'achevait, ou plutôt je me réveillais avant que je fusse arrivé au bout, je veux dire que j'eusse entrevu un indice, une lueur.

J'ai écrit sur ce thème un récit intitulé : *Une restitution*. Mais l'imagination courante ne supplée en aucun cas à celle du rêve. Le plus curieux, dans le mien, était que mon personnage, celui que j'incarnais, moi en un mot, ne ressemblait d'aucune façon à celui que j'ai l'habitude d'apercevoir dans la glace. Je suis maigre, j'étais gras ; pâle, mon teint prenait la couleur du vieux bourgogne ; sobre et vivant de peu, je me sentais un appétit pantagruélique, bâfrant et buvant comme quatre. Au moral, mêmes oppositions.

Je ne puis douter que ce rêve m'arrivait de loin, d'une époque très ancienne, à en juger par l'aspect architectural de cette ville et l'accoutrement de certains de ses habitants et de moi-même ; d'un temps où l'un de mes ancêtres, de qui une parcelle, un atome de caractère s'est transmis jusqu'à moi, habitait cette ville dont je n'aurais su dire le nom mais que je connaissais comme si je n'avais jamais cessé d'y habiter. Quant à la rue obscure, il n'est pas exclu de penser qu'elle fut jadis le théâtre d'un drame, le lieu d'une énigme dont j'essayais de dénouer le fil, peut-être pour apaiser un vague remords de conscience. En effet, je me souviens fort bien que je n'y pénétrais jamais sans une angoisse et un besoin d'y voir clair.

Souvenir, répétition d'un cauchemar transmis de père en fils, et dont je fus peut-être le premier à prendre souci ; qui m'attendait, cherchait une solution et, qui sait, un pardon, la fin d'une obsession douloureuse.

(*La vie seconde*, Albin Michel, 1963, pp. 99-100)

ÉLÉMENTS BIOGRAPHIQUES

1881 : Naissance à Bruxelles de Frédéric Van Ermengen, troisième enfant d'Émile Van Ermengen, docteur en médecine et futur professeur à l'Université de Gand.

1886 : La famille va s'établir à Wetteren, petite ville de Flandre Orientale.

1893-1899 : Études chez les Jésuites, au collège Sainte-Barbe à Gand, puis au collège Saint-Joseph à Turhout.

1900-1905 : Études de droit à l'Université de Gand.

1906 : Renonçant au barreau, Hellens entre à la Bibliothèque royale de Belgique. Il s'établit à Ixelles et publie *En ville morte*.

1909 : Parution des *Hors-le-vent*, salué par un article d'Edmond Picard : *F.H. Le fantastique réel*.

1914-1920 : N'étant pas mobilisable, Hellens voyage. Un long séjour sur la Côte d'Azur lui fait rencontrer Modigliani, Maeterlinck, le musicien Rogowski et Maria Marcovna Miloslawski, qui va partager sa vie. Il publie *Nocturnal*.

1920 : H. Reprend à Bruxelles ses fonctions de bibliothécaire. Publication de *Mélusine*.

1921-1925 : Fondation de la revue *Signaux de France et de Belgique* qui va devenir *Le Disque vert*.

1923 : *Réalités fantastiques*. Récits.

1925 : *Œil-de-Dieu*. Roman.

1926 : *Le Naïf*. Roman.

1929 : *La femme partagée*. Roman.

1930 : *Les filles du désir*. Roman.

1931 : Réédition des *Réalités fantastiques* sous le titre : *R. F. Contes choisis*.

1935 : *Frédéric*. Contes.

1937 : Signe avec Plisnier, Ghelderode, Thiry, Vivier et d'autres le Manifeste du « Groupe du Lundi ».

1940 : Alexandre, le fils aîné d'Hellens, est tué près de Rouen.

1941 : *Nouvelles réalités fantastiques*. Récits.

1944 : *Fantômes vivants*. Récits.

1946 : *Moreldieu*. Roman.

1951 : *L'homme de soixante ans*. Roman.

1953 : *Les marées de l'Escaut*. Nouvelles.

1954 : *Mémoires d'Elseneur*. Roman.

1956 : *Style et Caractère*. Essai critique.

1958 : *Documents secrets*.

1959 : *Poésie complète, 1905-1959*.

1964 : Grand Prix de la littérature française hors de France.

       Herbes méchantes et autres contes insolites.

       Les yeux du rêve. Moralités fantastiques.

1965 : *La comédie des portraits*. Roman.

1967 : *Le dernier jour du monde*. Nouvelles fantastiques.

       Le fantastique réel. Essai.

1968 : *Essai de critique intuitive*.

1970 : *Cet âge qu'on dit grand*.

1972 : Mort de Franz Hellens.

CHOIX BIBLIOGRAPHIQUE

1. Œuvres

A. Contes

Nocturnal, précédé de quinze histoires, Bruxelles, Les Cahiers indépendants, série 1, n° 2, 1ᵉʳ mai 1919, 244 p.

Contient :

Histoire d'une célébrité, Les Plaisanteries de Batman-Tchaî, La Courge, Le Dompteur de voix sauvages, L'Homme ganté, Récit de Joseph-Arthur Ardisson-Jude, La Dame en noir, Le Conteur, Le Porteur d'eau, La Robe de la princesse, Un crime incodifié, Le Squelette d'or, La Divinité indoue, Une histoire vieille comme le monde, Le Double, Nocturnal.

Réalités fantastiques, Paris-Bruxelles, Éd. Du Disque vert, 1923, 254 p.

Contient :

Le Char de feu, Le Portrait, Le Fantôme de la liberté, L'Adversaire, La Balance, Le Grand homme de bronze, Les Chasseurs d'illusions, Le Crucifié à la pipe, Esthella, La vie trouve toujours son chemin, Le Goût de l'oignon, Everywoman, Les Vainqueurs du temps (extraits), écrit par Hellens en 1915.

Autres éditions :

Réalités fantastiques. Contes choisis, 1909-1929, Paris, Gallimard, 1931, 324 p.

Le sommaire de cette réédition est très différent :
Extraits des Hors-le-vent, de Nocturnal et du Naïf, plus quelques extraits inédits : La Tête de Turc, Dimanche après-midi torride, Le Monde inférieur, La Chasse au canard. Les deux derniers, regroupés sous le titre L'Enfant sauvage, seront repris dans Frédéric en 1935.

Réalités fantastiques. Contes choisis, 1909-1929, Paris, Gallimard, 1966, 324 p.

Nouvelles réalités fantastiques, Bruxelles, Les Écrits, 1941, 272 p.

Contient :

Tempête au Colisée, Un voyant, L'amour fait des miracles, Au Repos de la santé, La Chauve-souris, Une restitution, La mort est une récompense, Le Brouillard, Le Double, Carlo Salvani, Ce lourd silence de pierre.

Herbes méchantes et autres contes insolites, Verviers, Éd. André Gérard, Coll. « Marabout géant », n° 194, 1964, 288 p.

Contient :

L'automobile fantôme, Tempête au Colisée, Le Dompteur de voix sauvages, Le Squelette d'or, Un crime incodifié, La Dame en noir, Le Double, L'Amour fait des miracles, Récit de Joseph-Arthur Ardisson-Jude, L'Habit du mort, Le Portrait récalcitrant, La Courge, Une restitution, Le Brouillard, Herbes méchantes.

Les Yeux du rêve. Moralités fantastiques, Bruxelles et Paris, Brepols, Coll. « Le Cheval insolite », 1964, 210 p.

Contient :

Légende de Kapumbu, Le Chemin de la vérité, La Comédie du hasard et du caractère, L'Objet et l'image, Conte moral, Le Retour du fils prodigue, Le Gyropède, Le Sens de l'illusion, À l'article de la mort, L'homme qui sortit de lui-même, La Fable du maigre et de la grosse, La Légende dorée, Pour faire un enfant il faut être deux, Les Ballerines du ciel,

Immortelle Enfance, Le mythe d'Arthur et de Rimbaud, Orage, Le Jour et la nuit, Ma tasse de thé.

Le Dernier Jour du monde. Nouvelles fantastiques, s.l. [Paris], Pierre Belfond, 1967, 176 p.

Contient :

> À propos de Franz Hellens, par Michel de Ghelderode, Le Dernier Jour du monde, Le Lapin de porcelaine, Le Conteur, La Divinité hindoue, Le Train fantastique, Le Pharmacien reconnaissant, Blaise et Monique, Entre le sommeil et la mort, Lorsque le fantastique devient réel, par Hubin Juin.

B. Essais

Documents secrets, 1905-1931, Bruxelles-Maestricht, A.A.M. Stols, 1932, 126 p.

Réédition argumentée :

> *Documents secrets, 1905-1956. Histoire sentimentale de mes livres et de quelques amitiés,* Paris, Albin Michel, 1958, 416 p.

La vie seconde ou Les songes sans la clé, Bruxelles-Paris, Éd. Du Sablon, 1945, 212 p. Couverture de René Magritte.

Autre édition :

La Vie seconde, Paris, Albin Michel, 1963, 224 p.

Style et caractère. Essai critique, Bruxelles, La Renaissance du livre, 1956, 192 p.

Le Fantastique réel, Bruxelles, Amiens, SODI, coll. « Style et langage », S.d. (1967), 128 p.

2. Travaux critiques

BOSCHÈRE (J. de), MANOLL (M.), LE CLEC'H (G.), *Franz Hellens*, Lyon, Henneuse, 1956, 176 p.+16 p. de photographies.

FRICKX (R.), *Franz Hellens ou le temps dépassé*, Bruxelles, Palais des Académies, 1992, 452 p.

HALEN (P.), « Un certain regard sur le monde : le fantastique réel dans l'œuvre de Franz Hellens », in *Écritures de l'imaginaire* (Michel Otten dir.), Bruxelles, Labor, « Archives du futur », 1985, p. 45-67.

LYSØE (E), « Franz Hellens et le fantastique réel : quelques jalons pour l'arpenteur », in *Itinéraires et contacts de cultures*, n° 20, 1995, p. 85-101.

NACHTERGAELE (V.), dir., *Franz Hellens. Entre mythe et réalité*, Leuven, Leuven University Press, 1990, 206 p.

PULEIO (M.T.) dir., *Réalités magiques*, « Le ragioni critiche », Catania, CUECEM, XVIIe année, n° 63-66, 1988, 233 p.

Contient notamment :

> ANGELET (C.), « La réalité magique dans *L'Habit du mort* de Franz Hellens », p. 5-16.
> MARCHETTI (M.), « Il "double" o sogno di onnipotenza di Franz Hellens », p. 17-26.
> RICCI (E.), « Le dimore oniriche nei racconti di Franz Hellens », p. 27-38.

TABLE DES MATIÈRES

Nocturnal, précédé de quinze histoires (1919) . 7

La courge 9
La dame en noir 23
Un crime incodifié 31
La divinité indoue....................... 43
Le double 57

Réalités fantastiques (1923) 67

Le portrait.............................. 69

Nouvelles réalités fantastiques (1941) 79

Un voyant.............................. 81
Au repos de la santé 101
Une restitution 121
La mort est une récompense 143
Le brouillard........................... 161
Ce lourd silence de pierre 175

Herbes méchantes
et autres contes insolites (1964) 213

L'habit du mort......................... 215
Le portrait récalcitrant 237

Le dernier jour du monde (1967)........... 249
Blaise et Monique 251

Lecture 281
Genèse 303
Éléments biographiques 307
Choix bibliographique 309

Certains documents iconographiques reproduits dans cet ouvrage nous ont été aimablement prêtés par

LES ARCHIVES & MUSÉE DE LA LITTÉRATURE

Installés dans la Bibliothèque Royale de Belgique, les Archives & Musée de la Littérature (AML) sont un centre de documentation et de recherche sur le patrimoine littéraire, théâtral et éditorial de la Belgique francophone, essentiellement pour la période qui va de 1815 à nos jours.

Accessibles aux chercheurs et étudiants, belges et étrangers, les collections sont composées de manuscrits, de correspondances, de tracts, d'objets personnels d'écrivains, d'ouvrages, de revues, d'œuvres d'art, de photographies, d'enregistrements d'émissions littéraires et de voix d'auteurs, de captations de spectacle, de coupures de presse, d'affiches de théâtre, de conférences et d'expositions...

L'institution édite et diffuse travaux et recherches sur les lettres belges de langue française et leurs relations avec la Francophonie à travers plusieurs revues et collections.

AML, 4, bd de l'Empereur, B-1000 Bruxelles
Tél.: + 32 2 519 55 82 – Fax: + 32 2 519 55 83
www.aml.cfwb.be – info@aml-cfwb.be

Derniers titres parus
dans la collection ESPACE NORD :

230. Alain BERENBOOM, *Le lion noir*
232. Armel JOB, *La femme manquée*
233. Patrick VIRELLES, *Les pigeons de Notre-Dame*
234. Xavier HANOTTE, *Manière noire*
235. Jean Claude BOLOGNE, *Le frère à la bague*
236. Élisa BRUNE & Thomas GUNZIG, *Relations d'incertitude*
237. Patrick VIRELLES, *Un puma feule au fond de ma mémoire*
238. Gérard PRÉVOT, *Les tambours de Binche*
242. Franz BARTELT & Alain BERTRAND, *Massacre en Ardennes*
243. François EMMANUEL, *Retour à Satyah*
247. Paul EMOND, *Paysage avec homme nu dans la neige*
248. Nicole MALINCONI, *Rien ou presque*
249. J.-H. ROSNY aîné, *L'étonnant voyage de Hareton Ironcastle*
250. Marie GEVERS, *Paix sur les champs*
251. Raymond TROYE, *Meurtre dans un oflag*
252. Jacques STERNBERG, *Manuel du parfait petit secrétaire*
255. Xavier HANOTTE, *De secrètes injustices*
256. Jean-Baptiste BARONIAN, *La nuit du pigeon*
257. André-Marcel ADAMEK, *Retour au village d'hiver*
258. Victor SEGALEN, *Équipée, voyage au pays du réel*
259. Gérard PRÉVOT, *Le démon de février*
261. Franz BARTELT, *Les bottes rouges*
262. Élisa BRUNE, *Les Jupiters chauds*
263. Michel LAMBERT, *Une vie d'oiseau*
264. Jean RAY, *Le carrousel des maléfices*
265. Max SERVAIS, *La gueule du loup*
268. Jacques STERNBERG, *Contes glacés*
269. Fernand CROMMELYNCK, *Monsieur Larose est-il l'assassin ?*
270. Paul ARON, *La littérature prolétarienne*

273. Jean-Louis DU ROY, *La honte de Max Pélissier*
275. Malika MADI, *Les silences de Médéa*
276. André-Marcel ADAMEK, *Contes tirés du vin bleu*
277. Xavier HANOTTE, *Derrière la colline*
278. Thomas OWEN, *Le jeu secret*
279. Edmond KINDS, *Les toits de Saint-Colomban*
280. Dominique ROLIN, *Les marais*
281. Caroline LAMARCHE, *Le jour du chien*
282. Jean Claude BOLOGNE, *La faute des femmes*
283. Alexis CURVERS, *Le monastère des Deux-Saints-Jean* suivi de *Entre deux anges*
284. Georges SIMENON, *L'homme à barbe et autres nouvelles*
285. Vincent ENGEL, *Mon voisin, c'est quelqu'un*
286. Jacques CRICKILLON, *Supra-Coronada*
287. Julos BEAUCARNE, *Mon terroir c'est les galaxies*
288. Franz HELLENS, *Le double et autres contes fantastiques*

ACHEVÉ D'IMPRIMER EN JANVIER 2009
SUR LES PRESSES DE L'IMPRIMERIE NOVOPRINT
(BARCELONE, ESPAGNE)